KB259818

비평의 윤리, 윤리의 비평

비평의 윤리, 윤리의 비평

〈해석과 판단〉 비평공동체 지음

산지니

불화를 넘는 악수

일찍이 기형도는 흰 종이 앞에 펜을 들면서 '공포'스럽다고 표현한 바 있거니와, 글쓰기는 언제나 글쓴이에게 고통을 뒤따르게 한다. 더욱이 자기만족적인 글쓰기가 아닌, 타인에게 읽힐 것을 고려해야 하는 글쓰기는 타자에 의해, 타자에 대해 다시 쓰일 것까지도 염두에 두어야 한다. 이럴 때, 두려움과 고통은 글쓰기의 공통적인 양식적 자질로 우리에게 엄습하고야 만다.

2011년 12월, 〈해석과 판단〉이라는 이름으로 내놓는 다섯 번째 평론집 역시 글쓴이들의 이와 같은 고통과 수고가 고스란히 반영되어 있다. 단독작업이 아닌, 비슷한 또래의 비슷한 관심사를 가진 열 명 남짓의 멤버가 모여 함께 토론하고 글을 쓰는 과정에서 우리는 또 한 번의 고통과 갈등을 경험했다. 매번 겪는 통과의례적인 과정이기도 하지만, 그 과정이야말로 글쓰기의 위기감을 최고조로 추동해내었다. 이것이 우리 공동체에서 창조적인 에너지를 발산하게 하는 힘이 되었음은 부인할 수 없는 사실이다. 그 모든 경험은 하나의 결과로서가 아니라 과정으로서 지속되고 있다는 점에서, 그리고 여전히 현재 진행형으로서 우리에게 시시각각으로 감각되는 충격이라는 점에서 〈해석과 판단〉 비평공동체라는 이름을 유지시키고, 그 행보를 예감하게 하는 현실태이자 잠재태이기도 하다. 따라서 이번 5집은 단순히 한 해 동안 공부한 내용의 결산이라는 의미를 넘어, 앞으로 〈해석과 판단〉이 걸어가야 할 길을 예감하게 하는 과정으로서의 가치가 아로새겨져 있다.

지금까지 〈해석과 판단〉은 『2000년대 한국문학의 징후들』, 『문학과 문화, 디지털을 만나다』, 『지역이라는 아포리아』, 『일곱 개의 단어로 만든 비평』의 4권을 상재했다. 이 작업들에서 행해진 당대의 문학·문화를 아우르려는 노력은 이번 작업에도 여전한 긴장감으로 유지되었다. 그리고 기존의 작업들이 아직 말하지 않은 것, 말하지 못한 것을 담아내기 위해 각 필자들은 갖은 노력을 기울였다.

〈해석과 판단〉은 매년 비평적 맥락을 관통하는 새로운 주제를 통해 글쓰기를 기획하고 있다. 하지만 우리가 제기하는 기획은 단순히 한 해의 작업으로 마무리되는 것이 아니라 하나의 과정으로 주어지는 것이라는 점에서, 이 역시 진행형으로서의 위상을 지니고 있다. 2011년 〈해석과 판단〉은 '폭력', '실재', '공동체'라는 세 가지 키워드를 중심으로 함께 공부하여, 그 결과를 각기 자신의 논리로 개진, 토론과 수정을 반복했고 그 결과물로 이 책을 내놓게 되었다. 우리가 주목한 이 세 가지 키워드는 한국 현대 사회에서 본격적으로 제기되기 시작하는 '타자성'의 윤리적 접점들을 찾아보고자 찍은 방점이다. 그런데 우리는 이 작업을 단순히 5집 안에서만 머무르게 하는 것이 아니라 앞으로 쓰일 6집의 연장선상에서 문화텍스트들에 나타나는 타자의 타자성을 살핌으로써, 궁극적으로 타자와 주체, 타자에 대한 윤리적 태도의 문제를 제기하고자 하였다. 그런 점에서 이 세 가지 키워드는 서로 동떨어져 있는 것도, 단순한 일회적인 작업도 아니다. 우리 시대의 텍스트들이 제시하는 결들을 아우르면서 동시에 외화할 수 있는 화두라는 점에서 그 거리가 멀지 않고, 단순히 일회적인 작업으로 물리쳐 두기에는 그 내연과 외연이 무척이나 깊고 넓다고 판단되기 때문이다. 그러므로 우리가 분석하는, 말하고자 하는 텍스트들은 모두 한국 현대 사회에서 돌올하는 타자성이라는 물음에 대해 질기게 고민하고 토론한 끝에 제출한 일련의 통시적 · 공시적인 답변의 과정으로 읽히기를 바란다.

먼저, 고은미의 「폭력의 스펙터클과 윤리적 되갚음」은 〈아저씨〉, 〈김복남 살인사건의 전말〉, 〈악마를 보았다〉를 중심으로 2010년 한국영화 속에 두드러지게 나타났던 잔혹한 폭력 이미지와 복수의 의미를 고찰한다. 대중의 피해 의식과 불안, 배설 욕망을 포착하였지만, 이들 영화 속 폭력 이미지는 자본주의적 교환 의지를 바탕으로 전시 욕망의 스펙터클을 위해 활용될 뿐이다. 앙갚음을 원하는 복수극 안에서 분개심의 정의를 넘어 윤리적 되갚음을 고민하는 영화적 시선이 필요함을 역설하고 있다.

김필남의 「폐쇄된 세계, 역류하는 신체—김기덕론」은 김기덕 감독의 영화들을 분석하고 있다. 김기덕 영화는 관객들에게 '구역질'을 유발하는데 이 의미는 몸에서 받아들여질 수 없는 것을 게워내려는 가역반응이다. 봉합하고 감추기 급급한 이 사회의 지배이데올로기를 적나라하게 보여주는 영화이기 때문에 구역질이 일어날 수밖에 없다는 뜻이다. 다시 말해 영화는 사회 규칙과 규범 등을 부정하기 때문에 관객들과의 소통에 실패했으며 이 지점이 바로 개인들에게 윤리적 존재가 되게끔 강요하게 만드는 사회를 똑바로 직시하게 만든다는 것이다.

박정민의 「고통의 심연」은 이창동의 영화 〈밀양〉(2007)과 〈시〉(2010)가 고통을 다루는 방식에 주목한다. 이창동은 자극적인 사건의 재현을 생략한 채, 인물들의 고통을 반복되는 일상 속에서 무대화하고 있다. 피해자와 가해자라는 서로 다른 두 입장은 시선의 작용과 반복의 구조 속에서 손쉬운 이해와 연민으로 남기를 거부하며, 형식의 문제를 관객에게 돌리려는 이창동의 안간힘 앞에서 '본다'는 행위에 대한 근본적인 질문과 마주하게 된다.

오선영의 「환상은 없다-황정은론」은 황정은 소설에서 나타나는 '환상'의 배치와 맥락화에 초점을 두고 있다. 궁극적으로 황정은의 환상은 베일에 가려진 진실의 이면을 들추어내면서 예외적 존재들의 자기 목소리를 들려준다고 그는 주장한다. 거기서 삶의 진실에 대한 앎이 아닌 행동의 문제를 제기할 때 주체의 윤리적 태도는 나타날 수 있다는 것이다.

조춘희의 「노동하는 사람들-박현덕 시조(時調)를 읽는 한 방식」은 궁극적으로 폭력 상황에 놓인 생존의 현장을 목도하는 일에 닿아 있다. 박현덕의 시조는 노동의 정치적 구도에 내재한 폭력의 속성을 폭로함으로써 자본주의가 은폐하고 있는 균열의 지점들을 포착한다. 이러한 박현덕의 작업은 시조의 외연을 확장함으로써 오늘의 시조가 서야 할 자리에 물음을 던진다. 과연 노동이 우리를 자유롭게 할 수 있는가, 라는 역설적인 물음 앞에 오늘에 복무하고 있는 우리가 던질 수 있는 답변이 있을까. 현대시조가 설 자리를 탐색하는 하나의 방식은 노동의 오늘을 진단함으로써 가능하다는 것을 박현덕의 시조에서 찾을 수 있다.

손남훈의 「르포르타주와 글쓰기의 윤리-김곰치의 르포·산문론」 은 허구문학과 일별되는 것으로 여겨지는 '르포르타주 문학'의 현실 태를 점검하고, 김곰치의 르포르타주에서 글쓰기의 가능태를 보고자 하는 욕망을 보여준다. 작금에 일어나는 르포르타주 글쓰기는 당대 현실의 부조리에 반하는 실재를 향한 충동의 결과인데, 김곰치의 르포르타주는 '직각'과 '의심'의 글쓰기를 통해 궁극적으로 글쓰기=행동에 근접하고자 하는 양태를 보여주고 있다.

장수희의 「죄의식의 정치, 윤리의 기술(Art)」은 지금까지 스타일리스트로 평가되어온 소설가 이기호를 읽는 다른 방법을 제시하고 있다. 이기호가 화두로 삼아온 '죄의식'이라는 키워드에 주목하고, 근대 체제를 만들어온 이 죄의식을 벗어나기 위한 이기호의 전략을 분석하는 것이 주요 내용이다. 그것은 이기호의 근작(近作) 「밀수록 더욱 가까워지는」과 『사과는 잘해요』에 잘 드러나고 있으며, 끊임없는 수행을 통해서 죄의식의 틀에서 벗어나려고 하는 소설과 소설가의 작업 내용은 소설가 이기호의 다음 행보를 기대하게 한다.

이희원의 「'아무도 아닌 자들'의 윤리―배수아의 『북쪽거실』을 읽는 어떤 시선」은 배수아의 장편소설 『북쪽거실』을 통해 공동체의 윤리적 가능성을 타진해보고 있다. 새로운 공동체에 대한 상상이 작품 내에서 하나의 세계로 형상화되기 위해서는 새로운 가치, 그것을 내재화하고 있는 일군의 구성원들, 그리고 그들이 만들어가는 역사가 있어야 할 것이다. 필자는 이 작품에서 동일성의 논리로는 계산해낼 수 없는 복잡하고 미묘한 진실과, 그것에 충실하기를 멈추지 않는 자들을 만난다. 그리고 그들이 만들어내는 정념과 소통의 방식, 그 속에서 혼적으로 남는 아이러니한 역사를 좇아가면서 공동체의 새로운 가능성을 발견하고 있다. 현실의 역사는 권력자가 제출하는 동일성의 논리가 개체를 포획해내는 방식을 벗어난 적이 한 번도 없다고 해도 과언이 아니다. 이러한 틀에 대한 전복적 윤리 의식의 결과가 이 작품에서 새로운 공동체로 형상화되고 있는 것이다.

김수현의 「경계, 불안, 눈(seeing)」은 영화 〈황해〉(나홍진, 2010)와 〈무산일기〉(박정범, 2011)를 통해 조선족과 탈북자를 바라보는 카메라의 입장과 태도를 분석한다. 이는 영화 속의 이방인의 존재가 국민국가-자본주의라는 틀 속에서 어떻게 그려지고 있는지를 살펴보는 가운데, 기본적으로 윤리란 사회적 관계 속에 놓인 주체의 입장과 태도에 관련된 질문을 의미한다는 관점에서 접근하고 있다.

박형준의 「불화의 공동체-지역학문공동체와 지역학의 윤리」는 '우리'라는 연루 회로에 대한 불온한 상상에서 출발한다. 우리가 타도의 대상으로 삼아야 할 것은 중앙 그 자체가 아니라, 중앙이라는 대타적 관념을 작동—점멸시키는 정치회로라는 것이다. 비평적 논쟁의 실종과 침묵의 공모를 가능하게 하는 주체의 취약함, 이를 극복할 수 있는 유일한 방법은 입에 발린 지역적 연대가 아니라, 오히려 지역, 더 넓은 의미에서의 '로컬'을 '불화의 장소(local trouble)'로 사유하는 것임을 주장하고 있다.

이상과 같이, 〈해석과 판단〉 비평공동체는 서로 다른 목소리들을 한 권의 책으로 묶었다. 우리는 타자의 윤리를 사유하는 각각의 지평 속에서 그 목소리들이 불협화음이 아니라 조화로운 하모니가 되도록 하기 위해 노력했다. 그러나 불협화음으로 우리의 목소리를 듣는다

하더라도 그것이 꼭 잘못된 독법은 아니다. 그 목소리들은 우리가 이 책을 내게 된 과정과 마찬가지로 잠정적인 갈등과 유보되는 화해, 말할 수 있는 것과 말하지 못한 것들 사이의 끊임없는 길항 가운데서 탄생했기 때문이다. 그렇다면 되레 불협화음의 우리 목소리는 이 책의 한계가 아니라 우리 비평공동체의 가능태를 목격하게 되는 것인지도 모른다. 우리가 여전히 불화를 말하면서도 불화를 넘는 악수가 가능하다고 믿는 이유도 여기에 있을 것이다. 다만 우리는 천천히 제 걸음을 확신해가는 거북의 발자국처럼 여전히, 앞으로, 전진할 것이다. 앞으로도 독자 여러분의 많은 질정을 부탁드린다.

　마지막으로 어려운 출판 사정에도 불구하고 흔쾌히 출판을 맡아, 이 책이 빛을 보게 해주신 산지니 출판사 강수걸 사장님과 편집부팀에 깊이 감사의 말씀을 올린다.

2011년 12월

〈해석과 판단〉 비평공동체

차례

1부

폭력

고은미

폭력의 스펙터클과
윤리적 되갚음

책임을 찾는 모든 곳엔 복수의 본능이 있었다.
이 복수 본능이 수천 년 동안 인간의 주인이 됐다.
—프리드리히 니체

1. 잔혹복수의 시대

설사약을 먹어서라도 쌓여 있는 것을 쏟아내 버리고 싶은 욕구, 과
시적인 폭력, 과장된 공포, 의도적인 불안, 잔인한 보복, 열렬한 흥분.
최근 한국영화에서 두드러지는 배설의 욕망을 설명하기 위해서는 이
와 같은 표현들이 필요하다. 선정적이고 폭력적인 성향이 강한 영화
장르들(누아르, 서부극, 조폭, 호러 등)의 점진적인 소멸 속에서도 최
근 한국영화에는 폭력을 재현하는 이미지가 창궐하고 있다. 이는 특히
2010년 하반기에 이르러 절정에 도달했다. 5월에 개봉한 〈하녀〉(임상
수)를 시작으로, 〈파괴된 사나이〉(우민호), 〈이끼〉(강우석), 〈아저씨〉(이
정범), 〈악마를 보았다〉(김지운), 〈김복남 살인사건의 전말〉(장철수), 〈심

야의 FM〉(김상만)에 이어 〈황해〉(나홍진)까지 일제히 모습을 드러내자, '너무 잔인해 차마 눈뜨고 볼 수 없다' 는 목소리와 '현실은 더 잔혹하다' 혹은 '장르 영화로서 흥미롭다' 는 의견이 날카롭게 대립하며 한국영화의 폭력성에 대한 논란이 일었다. 이들은 청소년관람불가 등급을 불사하면서도 잔인한 이미지, 과도하고 무지막지한 폭력들을 나열하는 것에 '목숨을 건다.' 육탄 액션의 종합판이라 불렸던 〈아저씨〉는 말할 것도 없고, 〈악마를 보았다〉의 두 주인공은 발뒤꿈치 찌르고 베기, 손등에 칼 꽂기, 인육 먹기 등 영화 내내 어떻게 하면 신체를 가장 잔인하고 끔찍하게 다룰까를 경쟁한다. 한 여인의 수난과 복수를 기준으로 1, 2부로 나눠지는 〈김복남 살인사건의 전말〉에는 낫으로 신체를 베고 찌르고 자르거나, 망치로 내리치고, 부러진 리코더를 목에 찌르는 등 다양한 방식의 폭력적인 살인 장면이 영화의 반을 채우고 있다. 〈황해〉 역시 불필요하게 잔인한 도륙이 넘쳐나는 영화였다.

　〈쉬리〉(강제규, 1998)와 〈친구〉(곽경택, 2001) 이후 상업영화시장의 확산, 검열의 완화, 좀 더 자극적인 이미지를 통해 대중의 흥미를 끌어보려는 갖가지 모색과 과열 경쟁으로 인해 한국영화 속 폭력성의 수위가 지속적으로 높아지고 있는 것은 자연스러운 수순으로 보인다. 하지만 최근 이런 잔혹복수극의 과부하 경향은 특정 감독들의 취향으로만 여겨졌던 일명 '잔혹스릴러' 와 '복수극' 의 성공에 힘입은 바 크다. 김기덕 감독의 초기 영화가 준 충격과 500만 관객의 호응을 얻은 〈추격자〉(나홍진, 2008)의 흥행은 앞의 영화들이 한꺼번에 기획, 양산되는 결정적인 계기를 만들었다. 내러티브와 스타일이 조금씩 다르기는 하지만 최근 영화에는 〈추격자〉에서 두드러졌던 잔혹함과 긴장감, 강도 높은 신체 훼손 이미지와 외설적이고 선정적인 묘사, 평범해 보이는 사람들의 악마성, 어린이와 여성 학대라는 특징이 공통적으로 부각되어 있다.

과거의 스릴러물이 금기의 공포와 위반의 욕망 사이에서 발생하는 긴장감을 주된 소재로 하여 잘못을 드러내고 규범의 미덕을 재확인시키거나, 폭력 발생의 기원을 고민한 흔적을 보여주는 경우가 많았던 반면, 최근의 스릴러물은 폭력을 당한 자들의 폭력 이후의 폭력이라는 코드 하에 범람하는 폭력 이미지와 들끓는 복수심의 재현에 그 초점이 맞춰져 있다. 이들은 '복수는 나의 것'을 외친다.

우리 사회가 점점 폭력적으로 변하기 때문에 폭력 이미지들이 더 많아지고 있는 것일까? 사이코패스, 연쇄살인범, 묻지마 살인, 우발적 범행 등이 현실에서 갈수록 빈번하게 나타나고 있음은 주지의 사실이다. 그 어떤 장르보다 (공포)스릴러 영화가 시대의 암울한 공기와 동시대인들의 비정상적인 내면을 예민하게 포착하고 반영해왔음을 상기해볼 때[1] 오늘날의 상황은 예술의 현실반영 측면에서 당연한 결과인지도 모른다.[2] 현대 사회에 대한 불신, 이기심과 폭력 불감증, 불관용, 불공정으로 인한 피해 의식의 팽배가 비등점에 이르러 폭발하고 있는 것이 아닐까. 2009년 대중문화를 휩쓴 '막장' 코드가 깊어지는 사회적 불황의 영향이었던 것처럼 올해 복수가 유독 두드러지는 데에는 크게 나아지지 않고 있는 불황과 불안감이 여전히 영향을 주고 있

---

1 마녀나 흡혈귀와 같은 비인간적인 존재에 대한 두려움이 연쇄살인이나 대학살 혹은 심리적인 불안과 같은 것으로 변형되어 나타난 이유에 대해서 대부분의 평자들은 2차 대전의 영향을 가장 먼저 꼽는다. 전쟁 후 생존에 대한 막연한 공포와 인간존재에 대한 불신이 1950년대 몇몇 영화 속에서 잔혹한 신체 훼손 이미지로 드러난 것으로 보기도 한다.
2 장철수 감독은 '밀양 여중생 집단 성폭행 사건, 노예 생활을 하는 사람들의 현실을 비춘 TV 프로그램에서 착안' 해 〈김복남 살인사건의 전말〉을 만들었다고 밝힌 바 있다.

기 때문이라는 분석이 지배적이다.[3] 특히 사회적 약자인 여성이 권력자인 남편이나 시대에 대항하는 통쾌한 복수나, 연쇄살인범이나 강간범 등 무차별적인 공격에 희생당한 이들을 대신한 사적인 사형집행이 두드러지는 데에는 법과 사회에 대한 뿌리 깊은 불신이 한몫하고 있음을 부정하기 어렵다. 영화에 보내는 관객들의 호응이 현실에서도 폭력에 대한 동의로 이어지는 것은 물론 아니다. 그러나 한국에서 이런 영화들이 확산되고 있는 상황은 '판타지' 안에서나마 법과 도덕과 이성을 벗어나 점점 확산되고 강도를 더해가는 폭력의 난무에 동참하고픈 대중의 욕구를 포착한 결과일 것이다.

하드고어라고 하기도 하고, 슬래셔영화라고 하기도 한다. 구체적인 의미는 조금씩 다르지만, 연쇄살인극이라 하기도 하고 스릴러라고도 부를 수 있는 유혈이 낭자한 영화들 중 잔인하게 복수하는 인물들을 내세운 최근의 영화들을 이 글에서는 '잔혹복수극'이라 통틀어 칭하기로 한다. 그들은 복수를 내세운다, 잔혹한 방식으로.

극단적인 것을 통해서 보편적인 진리를 보여줄 수 있는 것이 예술의 기능 중 하나라면 영화는 현실에 산재한 유무형의 폭력을 가장 직접적으로 드러낼 수 있는 매체임이 틀림없다. 하지만 폭력의 문제를 다루는 것과 폭력을 재현하고자 하는 전시 욕망은 다르다. 악을 형상화하고픈 열망과 잔혹함을 통해 충격을 주고 싶은 과시욕 또한 같을 수 없다. 오히려 최근의 영화들은 어떤 거리낌도 없이 자신의 울분을

---

3 복수극의 유행은 영화에서만이 아니다. 2010년 들어 8월까지 방영됐거나 방영 중인 드라마 50여 편 중 복수를 전면에 내세웠거나 복수의 코드를 사용한 드라마는 〈나쁜 남자〉, 〈황금 물고기〉, 〈자이언트〉, 〈제빵왕 김탁구〉, 〈구미호: 여우누이뎐〉, 〈분홍립스틱〉, 〈신이라 불리운 사나이〉, 〈검사 프린세스〉, 〈추노〉 등 13편이 넘는다.

투사하고 대리만족을 느끼도록 관객들의 심리를 유도하고 이용하는
듯 보인다.

잔혹복수극을 대하는 기본적인 양극단의 시각이 있을 수 있다. 영
화가 줄 수 있는 쾌락, 엔터테인먼트를 중요시하는 입장에서 보면 영
화는 오락에 가까운 것이고, 즐기는 것이 된다. 반면 신체 훼손의 스펙
터클을 전시하기 위해 사유의 가능성과 인간의 복잡함을 부속품으로
치부했다고 비판한다면 영화를 소통의 매개체, 사유의 장으로 인식하
는 쪽에 좀 더 가깝다. 어떤 영화가 한 극단에 더 가까울 수는 있지만,
관람자에게 양극의 시각 중 어느 한 쪽을 포기하기를 기대하는 것은
무책임한 일이다.

2. 폭력 전시의 욕망

폭력을 당했다는 점에서는 공통된 가해자/피해자의 구도를 가지지
만, 피해자가 행동하는 시점이 다르다는 점에서 최근의 영화들은 두
부류로 나눌 수 있다. 〈파괴된 사나이〉의 아빠(김영민)와 〈심야의 FM〉
의 선영(수애)은 아이가 납치된 긴급한 상황에 처해 있고, 아이의 목숨
을 살리기 위해 어떤 행동도 불사할 수 있는 절박한 심정으로 일종의
'대항폭력'을 행사한다. 그러나 〈악마를 보았다〉의 수현(이병헌)이나
〈아저씨〉의 차태식(원빈), 〈김복남 살인사건의 전말〉의 복남(서영희)의
폭력은 (유사) 가족의 죽음에 대한 '복수'다. 이들은 자신과 가족이
당한 폭력에 보복하는 것만이 남은 생의 절대적 목표가 될 만큼 증오
심에 사로잡혀 있다. 회복이 불가능하게 된 상황에서 이들이 원하는

것은 '앙갚음'이다. 이들은 악마 같은 범죄자들의 행위를 증오하면서 기꺼이 스스로도 악인이 되는 것을 선택한다.

〈아저씨〉, 〈악마를 보았다〉, 〈김복남 살인사건의 전말〉, 이 세 편의 '복수' 영화는 폭력에 대처하는 '태도와 방식'을 고민하는 것이 아니라 복수를 위해 동원되는 폭력의 '형태'를 보여주는 데 몰두한다는 점에서도 공통적이다. 이미지의 논리나 윤리, 존재 의의보다 이미지의 재현 가능성과 그 과시가 우선순위에 놓여 있는 것이다.

'악마'들에게는 폭력의 이유가 없다. 그들은 '본능'이라는 어쩔 수 없는 유전자적 이유 때문에, 또는 '돈'이라는 전인류 공통의 사회적 이유 때문에 유괴하고 (성)폭행하고 살인하는 것처럼 보인다. 당연하다. 악마들의 난도질에서, 푸줏간의 고기들을 손질하는 듯 기계적이고 능숙한 살인의 칼부림에서 삶의 고통과 회한이 비친다면 관객들은 얼마나 혼란스럽겠는가. 나름의 까닭과 이유를 가진 폭력들이 군무를 춘다면, 관객은 누구의 편에도 쉽게 서지 못하고, 액션을 즐기지도 못하며, 심지어 불편한 마음으로 영화의 '복수'를 거부하게 될 것이고, 영화 속에서 폭력-액션 자체가 불가능해질 수도 있다.

그래서 얼핏 '선한' 주인공들은 외로운 병사가 되어 세계 전체에 만연한 악을 상대로 싸우는 영웅의 모습을 하고 있다. 악의 무리들과는 달리 그들은 분노할 이유를 가지고 있기 때문이다. 그들은 피해자의 위치를 선점했다. 그들은 권력이 없는 약자이고, 죄 지은 과거가 없는 선한 자이고, 누구의 도움도 닿지 않는 절박한 자이고, 가진 것은 가족과 몸뚱이뿐인 극한에 몰린 자이(였)다. 그러하기에 그들이 물기 어린 눈동자에 증오와 아픔과 어쩔 수 없는 폭력을 뒤섞어 보여줄 때 관객들은 쉽게 그들에게 정치적 정당성과 도덕적 우월성을 부여한다.

정당한 증오와 분노, 슬픔의 발로라는 심리적 동의를 얻어놓고 그들은 점점 과격해지고 주체할 수 없어진다. '수현'과 '태식'과 '복남'이 살인범들과 대등하게 '맞짱'을 뜰수록 관객들의 쾌감지수도 올라간다. 그들은 어떤 잔인한 행동을 하더라도 용인된다. 관객들은 피해자에서 가해자로의 그 변환을 자연스럽게 받아들인다. 오히려 '선했던' 주인공들이 분노에 휩싸여 복수의 갑옷을 입고, 과거의 도덕적 자존감을 던져버리고, 법의 영향권 밖으로 걸어나가 폭력의 대결장으로 들어서는 순간은 관객에게 환희의 순간이요, 고통의 시작이 된다.

이런 지점은 비참한 근심을 수반한다. 우리가 폭력 그 자체인 악을 상대로 폭력으로 대처하는 일 외에는 아무것도 할 수 없을 것이라는 무력함. 사회와 삶에 대한 망각과 허무주의. 폭력을 저지르는 자와 폭력을 당하는 자, 살인자와 피해자 사이에는 더 이상 아무 차이가 없다는 확신. 우리도 언젠가는 복수라는 이름으로 살인을 저지르고 파멸할 수도 있다는 불길함. 오늘, 이곳에서, 폭력은 운명이라는 예감.

〈악마를 보았다〉와 〈아저씨〉의 두 주인공은 동일하게 전직 국가정보요원이다. 이 설정은 그들의 액션을 폼 나게 만들고, 심지어 범인 추적을 가능하게 하는 바탕이 된다. 여기서 경찰을 국가의 테두리에 넣지는 말자. 무능력과 늑장 대응의 상징인 경찰은 복수영화에서 국가를 대신하기보다는 내레이터 역할에 가깝다. 국가정보원은 관객이 상상할 수 있는 가장 강력하고 완전한 국가 이미지이므로 판타지적일 수밖에 없다. 그래서 수현과 아저씨는 비일상성을 덧입고 있다. 이미지의 화려함, 영웅적인 액션, 폭력의 스펙터클을 위해선 '국가' 이미지를 불러놓고, 폭력을 선택하는 이유와 그 수위에 대해선 '개인'의 상황과 감정에 책임을 넘긴다. 그들이 (전직) 국가정보원이 아니었다면 현대를 배경으로 한 영화에서 그렇게 화려한 액션 동작을 구사하고, 소형 GPS와 같은 첨단 무기를 동원할 수는 없었을 것이다. 범죄와 살인자의 현실성은 영웅의 외피를 입은 적수를 만나는 순간 현실적 감각을 상실한다. 싸움의 기술도, 체력도, 근력도, 빽도, 돈도 없는 일반인들은 불가능한 장면들로 영화 이미지를 채우면서 영화가 노리는 것은 무엇인가.

폭력의 원인은 애초부터 불분명하고, 폭력에 대항하는 유일한 방식은 폭력이며, 폭력과 정의를 둘러싼 딜레마는 '증오심'으로 가볍게 정리된다. 이때 영화에는 남은 이야기가 없다. 폭력의 악순환만이 끊임없이 위험한 선택을 강요하며 자동운행한다.

이런 잔인한 영화 관람—현실을 받아들이는 것, 관객들이 영화를 즐기는 행위 자체가 그들과 폭력이 공명 관계, 대체 관계에 놓여 있음을 반증한다.

1) 폭력의 스펙터클을 위한 알리바이: 폭력의 짝패

잔혹복수극에서 주인공들은 지라르의 짝패 이론의 규칙대로 움직인다. 범죄자, 살인자, '악'의 존재는 이해할 필요나 여지가 없는 태생적이고 개인적이며 고유한 악마성 그 자체다. 하지만 선량했던 주인공 역시 '악'과 대면한 뒤 '악'의 폭력을 욕망하기 시작한다. 적의 행위를 증오하면서 점점 적을 닮아간다. 그들은 더 큰 폭력을 누가 만드느냐를 두고 싸운다. 우리의 '영웅들'이 폭력에 종지부를 찍기 위해 홀로 전쟁을 치르는 '경이로운' 순간에도, 제어할 수 없고 끝없이 순환하는 폭력의 한 고리가 이 새로운 전사들의 멈추지 않는 행동의 원천에 자리 잡고 있다는 두려운 예감을 떨칠 수가 없다. 잔인함의 양상과 수위에 있어서 때로 '피해자'는 '가해자'의 추종을 불허한다. 그들은 누가 더 잔인한가를 경쟁한다. 폭력의 과시가 그들의 우위를 결정하기 때문이다.

〈아저씨〉에서 차태식과 람로완(타나용 웡트라쿨)은 적대적인 관계지만, 여러 가지 면에서 서로의 거울 이미지로 나타난다.[4] 태식은 과거 '훈련과정에 대해선 격투시범을 시찰하던 국회의원이 쇼크로 기절했을 정도로 잔혹'하다고 알려져 있던 국가정보사 특작부대요원 섬멸조였다. 람로완은 군인이었지만 지금은 범죄조직의 일원으로 '독고다이'를 좋아하는 살인용병이다. 두 사람은 한때 국가를 위해 싸우는 전투–기계였지만, 지금은 국가와 단절한 채 폭력–기계로 살고 있다. 폭력을 사용하는 목적은 조금 다를지언정 잔혹함에 있어선 누구에게도 뒤지지 않는다. 동시에 이들은 지극한 인간애로 가득한 정신과 누구보다 비인간적인 살인병기로서의 육체를 동시에 지닌 역설적인 존재다. 운명적인 폭력의 짝패를 만난 순간의 희열을 감추지 않은 채 람로완은 태식이 자신과 한패였던 이들을 잔인하게 도륙하는 모습을 감탄에 젖은 얼굴로 바라본다. 그는 소미(김새론)의 안구가 든 병을 총으로 쏘아 깨트려버리고 총을 던져버린다. 그 순간 유리병이 아니라 태식을 쏘았다면 싸움은 싱겁게 끝났을 것이다. 결국은 범죄조직들이 살아남았을 것이다. 현실이라면 그러했을 것이다. 하지만 영화 속 폭력의 짝패들은 단순히 목숨을 부지하는 승리가 아닌 잔혹함의 대결을 바란다. 람로완은 태식에게서 극한의 분노를 이끌어낸 뒤 총을 버리

---

4 장병원, 「타성과 싸워 이겨」, 《씨네21》 767호, 104쪽.

고 칼을 꺼낸다. 더 가까이에서 육체가 직접 맞부딪치며, 어느 한 사람이 더 이상 싸울 수 없을 때까지 전투는 계속된다.

아저씨는 말한다. "너흰 내일만 보고 살지? 내일만 사는 놈은 오늘만 사는 놈한테 죽는다. 난 오늘만 산다." 이 폭력의 순환에서 더 큰 폭력, 상대적으로 더 강한 폭력은 더 많이 잃은 자가 저지른다. 더 이상 잃을 것이 없는 자, 자기 몸뚱이만 남은 자, 그 몸뚱이마저 갈기갈기 찢겨지길 소망하는 자가 더 크고 막대한 폭력을 저지를 수 있다. 이것은 영화 관람의 규칙에서 악의 편에 세워진 자들에게도 가능한 역설이다. 이들은 심리적이고 현실적인 주체로서는 끝없이 추락하지만 폭력 속에서만큼은 상승한다. 분노한 인물들에게, 그 인물들이 누비는 영화 안에서 가장 중요한 것은 폭력의 전시다. 이런 영화들이 퍼부어대는 감각은 강렬하고 때론 매혹적이지만, 동시에 역겨움과 경멸감을 불러일으킨다.

〈악마를 보았다〉의 수현의 냉철한 포커페이스는 발악하는 장경철(최민식)의 악마적 얼굴과 대립하지만, 그들은 결국 서로에게 걸맞은 맞수임을 인정한다. 장경철이 수현에게 말한다. "너도 나만큼이나 미친놈이구나." 수현은 말한다. "뭔가 좀 평등하지 않더라구. 너는 그 수많은 죄 없는 사람들의 목숨을 아무런 죄의식 없이 죽여나가는데 우리는 그런 놈 죽이는데 왜 이렇게 고민하고 힘들고 아프고 해야 하는지. 그러다 결론을 내렸어. 기꺼이 짐승이 되기로."

여타의 복수극이 피의자를 붙잡고 처단하면서 끝을 맺는 것과는 달리 〈악마를 보았다〉는 김수현이 그의 약혼녀를 죽인 장경철을 붙잡는데 성공한 이후부터 본격적인 대결 구도가 시작된다. 수현은 약혼녀가 받았을 고통의 천 배 만 배를 돌려주겠다며 장경철을 놓아주고 잡기를 반복한다. 이 대범한 복수 형식은 의도적으로 더 많은 희생자를 만들어내기 위한 장치다.

흥미로운 것은 그 과정에서 수현이 자신의 복수 방식에 대해 전혀 고민하지 않는다는 점이다. 수현이 경철을 일부러 놓아주고 뒤쫓기를 반복하는 동안 많은 사람들이 잔혹한 상황에 처해지고, 그때마다 검붉은 피와 훼손된 신체 이미지가 스크린을 채우지만, 수현은 이에 대해 어떤 충격을 받거나 내면의 변화를 일으키지 않는다. 분노가 인물의 입체감을 삼켜버린 것이다. 그렇기에 수현은 자신의 복수가 의도하지 않은 또 다른 누군가의 고통의 원인이라는 사실을 깨닫지 못한다. 이러한 면에서 볼 때, '수현의 흐트러지지 않는 감정'이란 신체 훼손의 스펙터클을 전시하기 위한 일종의 알리바이라 할 수 있다. 복수에 눈이 먼 수현은 잔혹한 행동을 서슴지 않고, 윤리적 딜레마에 빠져 고민하는 일도 없다. 이는 신체 훼손 이미지 등의 스펙터클이 점층적으로 과잉되고 지속될 수 있는 궁극적인 동력으로 작동한다. 수현의 이러한 특징은 김지운 감독의 연출 의도에 이미 내재해 있었다. 그의 말에 따르면, 〈악마를 보았다〉는 분노가 최고조인 상태의 인물이 "그 감정을 그대로 끝까지 쭉 흐트러짐 없이 가지고 가는 영화다."[5] 그로 인해 우리가 스크린에서 확인하는 수현의 복수는 눈먼 자의 맹목적 몸짓에 가깝게 느껴진다.

오직 자극적인 장면의 전시를 위해 복수의 종결은 유예된다. 안시환 역시 〈악마를 보았다〉에서 '인과율적 내러티브의 생략이 스펙터클의 전시를 위해 의도된 것처럼 보인다'고 평한 바 있다.[6] 그 예로

---

5 김지운 인터뷰, 《씨네21》 767호, 57쪽.

수현과 대면한 시점을 기준으로 장경철이 여성을 살인하는 과정을 보여주는 영화 이미지에 변화가 있음을 지적한다. 수현에게 발각되기 전 장경철은 두 번의 살인(수현의 약혼녀와 버스를 기다리던 여성)을 저지르는데, 영화는 그녀들이 포획되고 살해당했음을 점프 컷으로 빠르게 보여준다. 반면 이후 장경철이 여고생과 간호사에게 강간 살인을 시도하는 장면은 느긋하게 묘사하듯 보여준다. GPS로 추적하며 바로 장경철의 근처를 맴돌던 김수현이 왜 늦게 도착하는지는 분명하다. 카메라는 여고생의 하얀 속옷이 노출되는 순간을 강조하고, 특히 간호사가 옷을 벗는 장면을 롱숏으로 꽤 길게 보여주기도 한다. 이런 도착적 스펙터클의 전시를 위해 수현의 도착은 지연되어야 했던 것이다.

복수는 그 복수를 향한 광기를 잠재워야만 끝난다. 그것은 내가 죽거나 상대가 죽는 단 두 경우밖에 없다. 그러나 복수의 끝은 항상 '허무하다'는 게 대부분의 영화의 결론이다. 그러니 지금까지 본 통쾌한 복수의 장면들은 그만 잊으라는 뜻인가? 복수를 완성한 이후, 〈악마를 보았다〉의 마지막 장면은 수현의 클로즈업이다. 끔찍한 아들의 시체를 발견한 노부모의 비명소리까지 담담하게 확인한 뒤에야 수현의 표정은 일그러진다. 고독하고 허무하고 슬픈 표정이 화면을 채운다. 결국 울음을 터트리는 얼굴, 괴로워하며 비틀대는 피사체는 그러나 이 영화에서 가장 아이러니한 이미지로 남는다. 마치 복수 앞에선 선택권이 없기 때문에 괴로웠지만 참을 수밖에 없었다는 제스처. 복수를 마친 인물들의 마지막 얼굴은 하나같이 공통적이다. 처참한 결투

---

6 안시환, 「스펙터클이 영화를 눈멀게 했네」, 《씨네21》 769호, 104쪽.

의 끝, 그렇게 복수를 이행한 다음 껍데기만 남은 아련하고 복잡한 얼굴. 폭력행위와 맞붙은 얼굴의 클로즈업들을 볼 때, 이 숏의 배열에서 우리는 곤혹해진다. 얼굴의 클로즈업은 희열을 느껴야 할 것 같은 순간, 후회를 느끼라 한다. 이 미묘한 감정–이미지는 복수의 쾌감인가, 자폭의 불쾌감인가.

한 숏으로 영화 전체를 정당화시키려는 조잡한 속물주의. 이것은 오늘날 한국 상업영화의 대표적인 경향이다. 그것은 도피주의의 다른 이름이다. 혹은 스펙터클을 위한 게으른 변명이기도 하다.

〈아저씨〉. 아마도 가장 유명한 장면일 것이다. 원빈이 아니라 원래 설정대로 40대 배우가 이 배역을 맡았다면 나오지 않았을, 최소한 이렇게 부각되지 않았을 장면. 이 장면이 유명해진 이유는 영웅이 탄생하는 순간의 감격과 피사체의 아름다움을 적절히 혼합했기 때문이다. 잘려나가는 머리카락(익스트림 클로즈업) → 굳게 결심한 얼굴(클로즈업) → 운동으로 다져진 탄탄한 상체(미디엄 숏) → 검은 양복을 입고 총을 준비하는 전신(풀 숏). 카메라는 '아저씨'의 '전환'을 육체와 프레임의 확장 과정으로 설명한다. 그가 이 거울 앞을 떠나면 더 이상

망설이지 않을 것을 우리는 잘 알고 있다. 조용히 살고 싶다던 그가 세상으로 나가는 전환점에서 관객들은 환호했지만, 그 환호가 그의 결단과 행동에 대한 동의였을까. '보호'라는 판타지를 가장한 분개심은 스타 이미지의 매혹에 힘입어 손쉽게 옹호된다.

〈김복남 살인사건의 전말〉. 시나리오에는 다음과 같이 나와 있다. 58번째 씬. "갑자기 일손을 멈추는 복남, 허리를 펴고 하늘을 보면 태양은 여전히 뜨겁다. 찌푸린 눈으로 태양을 보는 복남, 태양을 보면서 눈을 똑바로 뜨려한다. (중략) 마치 태양을 이겨보겠다는 듯이 마침내 부릅뜨고 태양을 본다." 복남은 말한다. "태양을 한참 째려봤더니 말을 하대. 참으면 병 생긴다네." 복남이 태양(해석 불가능한 것)의 계시를 받아 복수–살인의 화신이 된다고 여기는 쪽과 태양(남성적 세계)과 맞짱을 뜨는 것으로 해석하는 쪽은 이후의 폭발적 이미지를 다르게 받아들일 수밖에 없다.

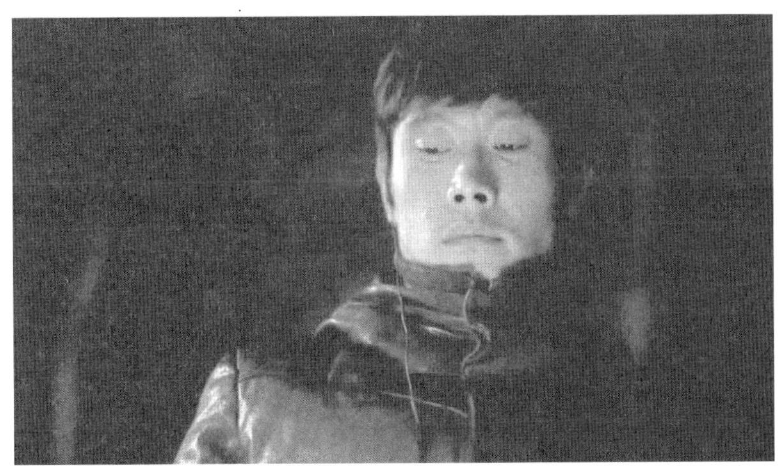

〈악마를 보았다〉. 경철을 죽이고 복수를 완성할 수 있는 첫 번째 기회에서 수현은 망설이다 일그러진 얼굴로 쳐들었던 돌덩이를 내려놓고 경철을 살려주었다. 게다가 돈봉투까지 남겼다. 이것으로 복수는 살인으로까지 이어지지 않는 것인가라고 짐작할 즈음, 택시를 잡고 도망가는 경철을 지켜보는 수현. 어느새 말끔해진 그의 얼굴에는 경철의 위치를 알리는 GPS의 불빛이 비친다. 복수가 광기의 '사냥놀이'로 전환되어 새롭게 시작되었음을 알리는 장면. 이 침착한 표정 뒤에 숨겨진 잔혹함에 동의하느냐 마느냐에 따라 영화의 남은 부분을 즐기느냐 구역질을 참느냐가 갈린다.

2) 폭력의 스펙터클로의 동참: 촉지각적 체험으로서의 관람

영화는 점점 전세계에 만연한 전쟁을 닮아가고 있다.[7] 현실이 주는 자극의 강렬함, 무력함, 믿을 수 없는 결정과 결과들을 따라가기엔 오히려 영화가 역부족인지도 모르겠다. 오늘날 극도로 표준화된 사회

체계에서 경직화된 제도, 조직화된 절차에 목 졸리고, 삶과 감정에 대한 감각을 상실한 신체들은 극도의 감각에 노출되는 잔혹복수극의 관람 과정을 통해 신체를 회복할 기회를 갖고자 하는 것일까?

영화 속 짝패들의 잔인한 대결 양상이 역사의 광기, 고문, 박해, 전쟁, 대량 학살, 혁명, 시위 등에 의해 야기되는 '정치적'이고 사회 공통적인 끔찍함이기보다는 지극히 폐쇄적인 개인의 '신체성'에 집중해 표현된다는 점을 주목할 필요가 있을 듯하다.

이런 영화들을 응시하는 관객에게 스크린—세계는 해석해야 할 텍스트라기보다 물질적, 감각적 이미지로 먼저 다가온다. 탐 거닝, 린다 윌리엄스, 미리엄 한센, 스티븐 샤비로 등 최근 많은 논자들은 영화 테크놀로지 분야의 일대 혁명과도 같은 디지털화로 인해 영화 이미지는 가공할 만큼 충격적으로 다가오고 그에 따라 관람은 강렬하게 체화된다고 말한다. 이제 관람 행위는 이미지가 신체에 충격을 주거나 각인됨으로써 발생하는 신체 효과로 파악된다. 잔인한 유혈 복수극은 관객의 '보는 행위'로 만족하지 않는다. 시각적인 것만이 아니라 촉각(tactile)적이고 촉지(haptic)적으로 체험하기를 강제한다. '린치의 영화는 보는 것이 아니라 경험하는 것'이라는 말처럼 촉지적 영화는 관객으로 하여금 거리를 취하게 하고 그것의 장치나 물질성에 눈뜨게 하는 것이 아니라, 스크린을 마치 또 하나의 피부처럼 취하여 보는 자/보이는 것의 구분을 없애고 에로틱한 감각을 발생시킨다. 촉지적인 감각은 깊이보다는 대상의 표면을 선호하는 경향이 있다. 이때 몸으

7　작곡가 칼-하인츠 스톡하우젠은 9.11 테러를 "사상 최고의 예술작품"이라고 표현했고, 미국의 이라크 전쟁의 주요 작전명은 "충격과 공포(Shock and Awe)"였다.

로서의 영화와 관객의 직접적이고 감각적이며 즉각적인 조우가 일어난다. 음향이나 대체 이미지로 살짝 비껴서 보여주는 것이 아니라, 신체를 훼손하는 장면 '바로 그것'을, 가까이에서, 컷을 하거나 시선을 돌려 상상에 맡기는 일 없이 적나라하게 보여주는 것. 최대한 포장하지 않고 자극적이고 현실적이며 직접적이고 잔인한 이미지들을 그대로 보여줌으로써 영화는 촉각성과 현실성을 얻어내려 한다. 그러기 위해 폭력—이미지의 위장, 진열, 자각, 전시, 과시가 바탕이 된다.

영화들은 보는 내내 오감을 자극하고 신경을 흥분시키며 때때로 통쾌함을 안겨주고, 섬뜩함마저 즐기도록 만든다. 여기서 우리는 폭력이 포르노와 얼마나 가까운지 깨닫게 된다. 폭력과 포르노는 남의 일처럼 느껴지지만 사실 도처에 널려 있다. 누구나 볼 수 있고 사용할 수 있는 익숙한 것이 되어버렸다. 비현실적이면서도 지극히 현실에 가까이 있고, 하찮은 것이면서 끔찍한 것일 수 있는 이중의 양상으로 존재한다. 무엇보다 폭력과 포르노를 (상상하거나 행하거나) 즐기는 행위에는 '당하는 자'가 필요하다는 공통점이 있다. 포르노를 보는 것과 똑같이, 폭력 영화를 보는 관객의 관람 목적은 보는 것이 아니라 느끼는 것이다. 그 자발적인 공포의 순간에 관객을 기다리는 것이 상상력의 분출을 통한 해소와 정화라면 다행일 테지만, 최근의 영화들은 헐거운 봉합 자국을 드러내며 찝찝한 뒷맛과 불안감, 섬뜩한 예감을 증폭시킬 뿐이다. 그들을 위태롭게 지탱하고 있는 것이 현실과 고리를 맺은 판타지가 아닌 폭력 재현의 욕망일 뿐이기 때문이다.

관객은 자신의 삶에 직접적인 영향을 주지는 않는 2차원 세계를 훔쳐보며 안전하게 탈체화된 심미화에 빠져든다. 태식의 눈부신 액션에 우리는 매혹을 넘어 숭고의 감정마저 느낀다. 하지만 숭고함은 '우리가 안전한 곳에 있다' 는 조건 하에서,[8] 환상의 논리 안에서 가능한 것이다. 이런 정치적, 윤리적 교착 상태를 돌파하기 위해서는 마조히즘적 혹은 페티시즘적 관람성에서 탈피해야 한다. 그리고 영화는 현실의 '실재의 기표' 의 불가분한 잔여로 남기를 반복해야 하지 않을까.

3. 자본주의적 교환 의지와 복수극의 윤리성

〈아저씨〉에서 가장 이상한 장면은 반전으로 설정된 '소미의 무사 귀환' 이었다. 소미가 죽은 줄 알고 극도로 분노한 태식이 적들을 전멸시켜버릴 것처럼 싸우는 시퀀스가 이미 영화의 대단원을 장식한 이후였기 때문이다. 람로완이 죽고 나서야 소미가 살아 있고, 소미를 살려준 사람이 람로완이라는 사실이 밝혀진다. 마지막 액션 장면을 극대화해야 한다는 지상 명령을 수행하면서 동시에 해피엔딩을 만들고 싶은 욕심이었겠지만, 태식과 함께 관객에게도 소미가 죽었다는 확신을 줄 때 이 '거짓' 은 폭력을 축적하고 폭력의 강도를 높이기 위해 사용되는 트릭이 될 뿐이다. 태식과 람로완의 숙명의 대결을 보며 태식을 응원했던 관객은 폭력 이미지의 전시를 위해 우롱당한 존재가 되어버린다. 사실은 소미가 살아 있었다는 장난 같은 결말은 사건과 인물의 선악에 관해 생각할 여지를 철저히 봉쇄한 결과다. 아저씨의 폭력도,

---

8 "숭고함의 감정은 도덕법칙에 너무 가까이 간 주체가 (중략) 그 자신과 그 법칙 사이에 얼마간의 거리를 도입함으로써 굴욕을 느끼는 근접성으로부터 자신을 구하고자 하는 방식이라고 말할 수 있다. 이 거리는 물론 표상의 개입 외에 아무것도 아니다." (임마뉴엘 칸트, 이석윤 옮김, 『판단력비판』, 박영사, 1998, 128쪽)

람로완이라는 범죄자의 과거도 은근슬쩍 용서해버리고 무마시키는 기묘한 효과를 발생시키기 때문이다. 유괴, 마약, 살인, 장기밀매 등이 횡행하는 끔찍한 세상에서, 그것도 그 지옥의 한가운데에서, 태식과 동류의 인간애를 가진 인물이 있(을 수 있)다는 것을 도저히 믿을 수 없지만, 이것이 영화가 마지막으로 전하는 환상이고 희망이다. 단지 '이웃집 아저씨'인 사람이 우리를 위해 목숨을 걸고 싸울 수도 있다, 우리를 지옥의 밑바닥까지 끌고 간 사람들 중 하나가 우리를 구해줄 수도 있다는 헛된 기대. 그러고 보니 태식이 자살하려던 순간 이 세상 너머의 것인 양 살아 있는 소녀의 목소리가 들렸다. "아저씨." 이때부터 영화는 말 그대로 판타지가 된 것은 아니었을까. 아이에게 미안하다고 말할 수 있는 기회, 물건을 가득 채운 책가방을 사줄 수 있는 기회를 갖는 것은 태식이 마지막으로 꾼 꿈이 아니었을까.

〈아저씨〉가 대중적으로 호응을 얻을 수 있었던 것은 이 판타지의 힘이 컸던 것 같다(마케팅 비용과 개봉 상영관 수에서 다른 영화들과 차이가 크지만 배급의 규모를 떠나 관람 후기의 평점을 생각해봐도 〈아저씨〉는 열광적인 지지를 얻어냈다). 이 판타지의 가장 중요한 요소는 (어쨌든) 아이만은 구해내어 해피엔딩을 성취했다는 점이다. 생존이 위협받는 상황에서 아이를 살리는 게 가장 중요한 목적이었던 영화들, 구출 과정에서 (유사) 부성이 두드러지고, 어떤 식으로든 '판타지적 요소'가 영화 속에 개입되어 있던 영화들을 떠올릴 때 빠질 수 없는 영화가 천만 관객의 신화를 달성하기도 한 〈괴물〉(봉준호, 2006)과 〈해운대〉(윤제균, 2009)다. '쓰나미'와 '괴물'이 위험 상황을 스펙터클화한다면, 잘생기고 싸움 잘하는 수호자 '아저씨'는 구출 과정을 스펙터클화한다. 영화가 그려내는 현실은 영화 속 세계의 '스펙터클'의 두께만큼 떨어져 있다. 인물들은 곤혹을 치르지만, 결국 일정부분 과거로의 '회귀'에 성공하고 삶의 존재기반을 되찾는다. 그들 삶에서 변화된 지점은 상징적이거나 암시적으로 제시될 뿐이다. 아직 관객의 지지는 실재의 흔적을 끝까지 응시하기보다는 달콤한 몽상으로 봉합해두는 쪽에 쏠려 있는 것 같다.

실현될 수 없는 꿈으로 끝나는 것은 〈김복남 살인사건의 전말〉 역시 마찬가지다. 〈추격자〉에서 연쇄살인마에게 무참히 살해당했던 무력한 미진(역시 서영희가 맡았었다)은 이 영화에서 잔인하게 복수하는 복남으로 다시 태어났다. 복남은 그토록 그리워하고 사랑했던 어린 시절의 친구, 혜원(지성원)의 손에, 소중하게 간직해왔던 리코더에 목이 찔려 죽어가면서도, 혜원의 품에 안겨 리코더를 불던 과거를 흉내 낸다. 그 순간, 성폭행, 노동착취, 여성비하와 각종 핍박, 심지어 딸의 죽음까지 견뎌낸 굴종에 가까운 그녀의 삶이 단순한 연민의 대상으로 가볍게 치환된다. 윤리의 방기다. 그때 잔인하기 그지없는 그녀의 연쇄 살인은 어린 시절 잠깐 맛보았던 행복의 기억을 미련하게 놓지 못하는 우둔하고 불쌍한 여인네에게는 어울리지 않는 정신병적 행동으로 비약되고 만다.

이때 영화에는 남은 이야기가 없다. 아이가 죽었다. 이후 인물들에게 남는 것은 동반자살, 분신까지 불사할 의지다. 유토피아적인 미래를 기대하지 않음에서 나오는 폭력, 윤리성도 보상도 바라지 않는 자기 파괴적인, 자폭을 각오한 폭력. 여기서 영화가 노리는 것은 감동도 이해도 설명도 아니다. 이야기는 최소화되고, 말하고자 하는 바는 정지된다. 단지 잔혹 액션의 스펙터클만이 펼쳐진다. 남는 시간을 채우는 것은 폭력 이미지의 변주다. 핏값을 둘러싸고 벌어지는 격렬한 변주와 반복 후에도 세상은 여전히, 흔들림 없이 그 자리에 존재하는데 이들은 왜 이런 잔혹하고 자기 파괴적인 폭력을 저지르는 걸까. 영화는 왜 이들을 자폭으로 이끌고 가는가.

자본주의적 교환은 일 대 일이 아니다. 내 것은 적게 주되 남의 것은 많이 받으려는 게 자본주의의 욕망이며 본능이다. 〈악마를 보았다〉의 결말에서 수현은 악마가 아니고서는 차마 할 수 없을 비인간적인 결정을 내린다. 자신에게 직접적으로 폐를 끼치지 않은 사람을 살인자로 만들어버리는 것이다. 이미 힘겹게 살아가고 있는 노부모의 손으로 장경철의 '목이 잘리도록' 만든다. 목이 잘린 채 나뒹구는 아버지이자 아들인 장경철의 머리, 토막난 시체를 왜 굳이 아들과 노부모의 눈앞으로 들이밀었을까. 수현의 복수심은 장경철을 죽이는 것으로 끝나지 않는다. 죽은 약혼자로 인해 자신이 고통을 당했던 것처럼, 죽은 장경철로 인해 고통 받을 자들까지 만들어야 했던 것이다. 지독한 인과응보의 신념. 이미 악행을 저지른 자를 단죄하는 것만으로는 복수가 충족되지 않는다. 복수의 기준과 범위는 악을 처벌하는 것에서 벗어나, '내가 받은 모든 고통'을 똑같이 세상에 만들어내는 것으로 확대된다. 아니 수현 본인의 말처럼 천만 배 더 고통스럽게 갚아주어야 한다.

대부분의 복수극에서 폭력은 '아이'의 목숨을 담보로 이뤄지는데, 아이가 살아 있어 그의 목숨을 구해야 할 때보다 아이가 이미 죽어 돌이킬 수 없는 상황에 처했을 때 훨씬 강도 높은 폭력이 자행된다. 절박함보다 분노가 더 강하고 주체할 수 없는 감정인 것일까. 익히 유통되는 편견처럼, 아이는 선량한 인물들의 유일한 미래이고 희망이며, 생존의 이유이고 의무이기 때문일까. '내' 아이의 목숨이 다른 사람 몇

명의 죽음 위에 유지된다고 하더라도 그렇게 하고 싶은 부정할 수 없는 처연한 가족 중심적인 부(모)성 때문이라 이해 가능한가. 아니다. 여기에는 오직 내 아이의 피를 다른 사람의 피로 회수하려는 자본주의적 교환 의지만이 남아 악착같이 꿈틀거릴 뿐이다. 복수의 과정에서 발생한 살인–죽음은 피 값의 당연한 지불이행이고, 경제적 순환 과정이며, 대물림될 폭력의 고리 중 하나다.

최근의 한국 복수극에서는 이 고리를 끊을 의지를 가진 인물이 존재하지 않는다. 영웅적 인물의 유무만이 아니라 처음부터 '구조적 모순'에 대한 고민이 사라져 있다. 사적인 복수–살인을 행하는 사람들은 국가가 도와주지 않아, 국가가 보호해주지 않아서라고 정당화한다. 그런데 영화 속 그들은 눈앞에 닥쳐온 위험이나 구조적 모순에 저항하는 대항폭력을 행하는 자들이 아니다. 권력 의지, 권력 싸움, 힘의 투쟁을 하고 있다. 생명을 빼앗을 수 있는 자야말로 신의 권능을 가진 자라는 믿음 아래. 첫 번째 살인자가 있다. 그리고 두 번째 살인자가 되는 피해자였던 이가 있다. 이들은 서로 세속의 신이 되고자 살인행위에 가담한다.

결국 폭력을 만든 것은 국가(공동체)라는 거대한 이데올로기다. 폭력이 시작된 곳도 폭력에 대항하는 영웅을 만들어내는 곳도 국가다. 태식과 수현, 람로완과 만종(복남의 남편)을 만든 것도 국가라는 이데올로기, 국가라는 정의의 폭력이었다. 이들은 '내 편'을 건드린다면 언제든지 돌변할 수 있는 '정의'의 소유자들이다. 공동체의 여성 탄압적인 이데올로기에 반항하는 혁명적인 반기도, 불법적인 범죄조직과 사이코패스를 처단하는 영웅적인 파괴도 마지막에는 국가의 사법 체계 안으로 고스란히 수렴되어 정돈된다. 영화는 그토록 수치스럽게 국가 조직의 무능력을 비웃었지만, 그들이 비신임했던 그 체계야말로 영화 속 폭력이 수렴되고 마무리될 수 있는 유일한 해답이다. 바뀐 것은 아무것도 없다. 처음부터 끝까지 살아 회전하는 것은 국가 이데올로기요, 영화 속 복수는 그저 판타지로 기억된다.

물론 여기에는 혁명 따윈 불가능하다는 시대 인식이 깔려 있다. 이들이 바란 것은 최소한의 정상적인 삶을 유지할 수 있는 시점으로의 회귀, 복귀일 뿐이다. 조르주 소렐은 계급투쟁의 명확한 표현으로서의 폭력을 요청했지만,[9] 이들은 사회질서를 수립하고 싶어 하지도, 파괴하고 싶어 하지도 않는다. 이들은 혁명 투사가 아니다. 이들의 싸움은 계급적 싸움이 아니다. 자신의 행동이 어떤 사회적 파장이나 변화를 가져올지 조금도 염두에 두지 않는, 가장 개인적인 차원에서의 소망이고 대응으로서의 폭력, 그 가치를 전혀 고려하지 않고 그저 가능한 어떤 것으로 선택된 폭력일 뿐이다. 파편화되고 개별화되어 혼자 고통 속에서 울부짖다 사라지는 존재들. 그들은 오직 폭력에 있어서만큼은 받은 대로 돌려줄 수 있는 듯 보인다. 그들이 남길 수 있는 것이 오직 폭력의 흔적뿐이기도 하다.

그들은 폭력이 끝장나는 세계에 대한 희망 따윈 가지고 있지 않다. 그 희망을 실현하려는 의지 또한 당연히 존재하지 않는다. 이런 영화들을 보면서, 폭력에 대한 대응방식으로 폭력을 쓰는 것이 정당한가를 고민하는 것이 누군가에게는 어처구니없고 쓸모없는 일로 여겨질 수도 있겠다. 공포와 폭력이 주는 끔찍함과 통쾌함을 즐기기 위해 이

---

9 "우리는 현재의 폭력이 장래의 사회혁명과 어떤 관계를 맺고 있는가를 묻고자 한다." (조르주 소렐, 이용재 옮김, 『폭력에 대한 성찰』, 나남, 2007, 82쪽)

런 영화들을 보는 것이니 그런 심각한 고민은 이런 영화들의 관람 자세와는 어울리지 않는다고 말하는 이들도 있을 것 같다. 그저, 그런 치고 박고 죽고 죽이는 장면은 액션으로 즐기기 위한 것이라는 태도도 있을 수 있다. 그러나 스티븐 킹의 말처럼 "좋은 공포 이야기는 상징적인 수준에서 작용하면서, 허구의 사건들을 이용해 우리가 마음속 가장 깊은 곳에 도사린 진정한 두려움들을 이해하도록 도와주는 이야기"다.[10]

4. '윤리적 되갚음'을 고민한다

2000년대 이후 한국영화계에 잔혹복수극이 간간히 모습을 나타낸 이후, 2011년까지 왔다. 잔혹복수극은 한국영화 안에서 하나의 장르로 자리 잡은 듯 보인다. 영화가 국가 사회 또는 세계사적 상황과 동시대인의 불안 심리 또는 욕망을 일정부분 반영하거나 암시한다고 할 때, 잔혹복수극이 유독 도드라지게 제작되는 배경이 무엇인지 생각하지 않을 수 없다. 하지만 2010년에는 〈아저씨〉를 제외하고는 흥행 성적이 모두 변변찮았다(마케팅과 개봉 스크린 수의 차이가 큰 편이기는 하지만, 배급 문제는 우선 논외로 치자). 관객들은 기존 사회로 안정적으로 편입되는 이데올로기와 희망적인 결말을 보여주지 않는 우울한 영화들을 외면하고 있다. (개별 영화들의 완결성의 문제도 있겠지만 기본적으로) 관객들은 대부분의 잔혹복수극을 즐기기엔 적당하

---

10 스티븐 킹, 조재형 옮김, 『죽음의 무도』, 황금가지, 2010, 15쪽.

지 않고, 숙고하기엔 너무 장르적이라고 여기는 듯하다. 아직 잔혹복수극이 깔고 있는 시대의 우울한 내면을 직시할 준비가 되어 있지 않은 것인지도 모른다. 혹은 비슷비슷한 잔혹복수극이 충분히 시대의 욕망을 반영하고, 문제에 대한 성찰적 시선을 보여주지 못하고 있기 때문일 수도 있다. 언급한 영화들은 잔혹한 복수의 실현, 화려한 폭력의 스펙터클이란 현란한 겉포장 아래 보수적이고 계몽적이며, 국가 이데올로기를 이용하고, 그에 복무하는 신자유주의적 자본주의 이념에 바탕하고 있었다.

상업영화의 본성에 대한 충실성과 도덕적 낙제점을 보여주는 영화들 사이에서 작가의 자의식과 통찰력을 이미지와 결합하는 방식에 고민이 더 묻어나길 기대하는 것은, 영화에 대한 신뢰를 놓지 않는 것은 어리석은 일일까. 영화는 쾌락을 제공하면서도, 대중의 쾌락의 질을 선도해야 할 의무가 있다.

세상과 폭력과의 관계에 대한 다른 해석들도 나왔다. 이창동은 〈밀양〉(2007)에서 폭력을 당한 자의 삶을, 〈시〉(2010)에서는 폭력을 저지른 자의 고민을 다룬 바 있다. 〈밀양〉에서 폭력은 삶의 아이러니를 받아들이는 과정이다. 성찰이고 낮춤이고 새로운 시작이다. 〈시〉에서 폭력과 죽음은 경제적으로든, 법적 처벌로든, 예술로의 위무든 어떤 식으로든 책임을 야기한다. 책임을 다한다는 것은 폭력의 순환을 막는 하나의 방법이기는 하다. 〈하녀〉에서 은이(전도연)는 태아를 잃게 한 사람들 눈앞에서 분신자살을 감행한다. 자살은 대항폭력으로 행할 수 있는 유일한 것이며 동시에 순환하는 복수의 흔적이고, 실재고, 만연한 태도인 듯하다. 그들을 기억하는 것은 남은 자들의 몫일 게다.

1970년대 미국에서 컬트영화가 꽃필 수 있었던 데에는 중요한 두

가지 이유가 있다. 하나는 본격적으로 컬러 TV를 보고 자란 이들이 기존 영화와는 다른 새롭고 이상한 영화들에서 이질성의 쾌락을 발견했기 때문이고, 다른 하나는 자유와 저항의 기치를 치켜들었던 1960년대 문화가 있었기 때문이다. 보수주의와 관료주의가 지배하는 1970년대를 지나면서 문화적, 정신적 억압과 획일화로 치닫게 된 것에 대한 젊은이들의 반작용이 컬트 현상으로 나타났다. 이는 타락을 통한 구원이었고 디오니소스적 해방이었다.

오늘날 한국영화의 잔혹복수극은 일견 미국의 1970년대 분위기를 떠올리게 한다. 하지만 잔인성의 축제가 지극히 말초적인 신경을 자극하기 위한 도처에 널린 값싼 이미지만을 보여준다. 일탈적 가능성마저 죄책감과 책임감의 이데올로기로 덮어버림으로써 결국 체제 내로 포섭될 개인적인 일탈로만 표현되고 있다. 혁명적 폭력이 수립할 새로운 정의는 늘 미래에, 지금 우리의 삶이 아닌 곳에 있다. 오늘날 '혁명'은 항상 '개인'의 것으로 수렴된다.

원시에는 범죄자-왕의 죽음은 처벌이 아니었다. 반대로 축제고 절정이었다. 하지만 오늘날 진정한 잔인성의 문화는 끝난 듯 보인다.[11] 사법제도 자체도 실은 원시적 보복의 제의다. 이 만행을 정당화하기 위해 만들어낸 논리가 바로 '인간에게는 자유의지가 있다'는 오래된

---

11 "우익이 말하는 죽음을 위한 죽음은, 너는 살인했으니 그 교환 조건으로 죽어야 한다는 것인데, 이것이 계약상의 법이다. 좌익은, 용서할 수 없는 죄인이긴 하지만, 진정으로 그에게만 책임이 있는 것은 아니기 때문에 목숨은 살려줘야 한다고 말한다. 이 경우 역시 동등성의 원칙이 고수되고 있다. 즉, 항목들 중 하나인 책임성이 무를 향해 나아가자, 다른 항목인 상벌도 역시 무를 향하는 것이다. 환경, 어린 시절, 무의식, 사회적 조건이 책임성의 새로운 방정식을 그려내지만, 그것은 언제나 인과성과 계약에 관련된 용어로 이루어지고 있다." (쟝 보드리야르, 정연복 옮김, 『섹스의 황도』, 솔, 1997, 167, 172쪽)

신학적, 철학적 교리인 것이다.[12] 니체는 자기가 살던 당시를 지배하던 '보복론'의 허구를 폭로하기도 했다. 아르토가 연극에서 시도했듯이, 잔혹복수극 또한 "'잠자는 감각'을 뒤흔들며, '억눌려 있던 무의식을 해방'시키고, '잠재적인 반항을 밖으로 표출'시킬 수 있는 움직이는 예술, 살아 있는 매개물을 통해 표현되는 예술"의 면모를 보여주어야 한다.[13]

나는 분개심의 정의를 넘어, 알량한 책임감을 넘어, 만인은 동등하다는 착각을 넘어, 그 너머의 것, 고차원적인 폭력, '다른' 폭력을 고민하는 길을 열어주는 영화적 시선과 태도에 목말라 있다. 영화가 '폭력적 스펙터클'의 전시를 위해 사용될 때의 위험성, 혹은 그 매체를 다루는 비윤리적 태도에 대해 우려하지 않을 수 없다. 무성의한 폭력의 전염성은 너무도 강력해서 어느새 관객에게, 사회에게 전이되고 융합하고, 회전한다. 더 강한, 더 자극적인, 더 수위 높은 표현에야 반응하게 된다. 지금 한국영화에는 강력한 단절의 순간, 혁명의 순간이 필요하다.

---

12 진중권, 『폭력과 상스러움-엑스 리브리스』, 푸른숲, 2002, 145쪽.
13 앙토넹 아르토, 박형섭 옮김, 『잔혹연극론』, 현대미학사, 2004, 248쪽.

김필남

폐쇄된 세계, 역류하는 신체
─ 김기덕론

1. 구역질의 미학

장르영화의 구조는 사회적으로 용인되지 못하는 욕망을 드러내는 척하지만 종국에 이르러 그 욕망의 자리를 봉합해 관객의 불안을 해소하는 방식으로 구축되어왔다. 그런데 김기덕의 영화들은 이 구조를 위반함으로써 관객들에게 '구역질' 을 유발한다. 이 구역질은 토해내고 싶지만 토해낼 수 없는 것으로 나의 몸을 불편하게 만든다. 비약하는 것일 수 있지만 이것이 김기덕의 영화들[1]에 나타나는 일반적인 반

---

1 이 글은 김기덕의 초기작품과 초기작품과는 다른 '변화' 의 지점을 보여주고 있는 작품으로 분류하여 다루고 있다. 여기서 '초기작품' 이라고 함은 봉합의 과정을 거치지 않고 자신 (관객)의 욕망을 그대로 드러내는 작품에 한한다. 초기작품으로 〈악어〉(1996), 〈섬〉(2000), 〈수취인불명〉(2001), 〈나쁜 남자〉(2001) 등을 다룬다. 이후 변화를 보인 작품에서는 엽기성, 잔인성이 누그러져 있는데 이를 환상성의 강화라고 할 수 있다. 작품으로 〈봄여름가을 겨울 그리고 봄〉(2003), 〈빈집〉(2004), 〈활〉(전체적으로 그로테스크하다고 할 수 있지만,

응이다. 그리고 토하고 싶지만 토해내지 못하는 이 구역질로 인해 우리/관객은 비로소 이 사회에서의 윤리(비윤리)적인 것은 무엇인가를 질문할 수 있다.

김기덕의 영화 대부분은 장르영화의 그것과는 달리 봉합의 과정을 거치지 않은 채 노골적으로 봉합의 흔적들을 보여준다. 그로인해 인간의 깊숙한 내면에 숨어 있는 욕망을 끌어내 펼쳐놓고, 관객을 불편하게 만든다. 불편하고 불안한 감정이지만 관객은 영화의 엔딩 크레딧이 올라갈 때까지 스크린에서 시선을 떼지 못한다. 혹은 영화보기를 멈추고 영화관을 박차고 나간다. 이는 관객들이 김기덕 영화에 존재하는 욕망의 씨앗을 마지못해 자기 자신들의 몸에 뿌리고 심는 행위이다. 즉, 나의 욕망은 잘 쓰지 않는 '3-iron'[2]처럼 숨어 있다가 꿈·실수·환상 등의 방식들로 재현됨을 의미한다. 감독은 관객의 환상/욕망 등을 불러내 나에게도 정신으로 환원될 수 있는 몸이 있음을 보여준다. 의식의 통제 바깥에 있는 '구역질'이 바로 그것을 증명한다.

김기덕은 인간의 몸 속 깊숙하게 억압되어 있는 욕망의 실체를 영화를 통해 보여준다. 당연히 그 과정의 경로는 고통스럽고 공포스럽

후반부로 갈수록 환상적이며 몽환적인 느낌이 더해감, 2005), 〈시간〉(2006) 〈비몽〉(2008)을 다룬다. 김기덕은 〈비몽〉 이후 '시나리오' 작업 등 연출 이외에서 많은 활동을 했으나 이 논의는 제외하며, 한국에서 부분적으로 개봉한(〈칸영화제〉 '주목할 만한 시선상', 한국에서는 제5회 〈시네마디지털서울 영화제〉에서 2회 특별상영 등) 영화 〈아리랑〉도 주논의에서 제외한다. 본문에서 언급하는 영화는 모두 김기덕의 작품이며 제작사와 연도 표기는 생략한다.

2 〈빈집〉이 해외에서 개봉되었을 때 영화 제목이 '3-iron'었다. 3-iron은 영화 속에서 여러 의미를 포함하고 있으며, 일반적으로 골프에서 사용되는 용어로 '있지만 거의 쓰지 않는 도구'를 뜻한다.

다. 나의 내부에 잔인한 욕망이 있음을 확인하려는 관객은 극히 드물 것이다. 그래서 그의 영화 대부분이 상업영화에서 실패한 것은 아닐런지. 그럼에도 김기덕은 끈질기게 개인의 억압된 욕망, 폭력성, 잔혹함에 대해 이야기한다. 관객은 사회에서 허락되지 않는 욕망을 거부하는 동시에 영화를 통해 그것에 맞닥뜨려짐으로써 영화가 사회 지배 이데올로기 안에서 작동되는 규범과 다르다는 것을 눈치챈다. 사회구조의 견고함 뒤에 숨어 있는 세계를 본 관객들의 '몸'은 즉각적으로 반응한다. 요컨대 구역질은 몸에서 받아들여질 수 없는 것을 게워내려는 가역반응이며, 김기덕 영화에서 컷이 지나는 순간마다 만날 수 있는 불편하고 기이한 현상이다.

이렇듯 영화는 구역질을 일으키는 어떤 인자를 내포하고 있다. 물론 그것을 감독의 의도라고 단언할 수는 없다. 하지만 그의 의견이건 그렇지 않건 감독은 인간의 내면에 잔인함, 폭력성, 내가 이제껏 숨겨왔던 욕망이 있음을 확인시키고 이를 현실세계로 불러들인다. 그리고 그것이 고통스럽게도 내 속에서 자라고 있음을 말한다. 이때 관객은 정신과 몸의 불일치를 느끼며 구역질을 일으킨다. 자신이 생각하는 사회와 영화 속 모습이 다르다는 것을 인식한 관객은 어떠한 대항과 타협지점도 찾아내지 못한 채 구역질 즉, 거부반응을 보인다. 욕망의 근원을 거부하면서도 그것이 자신의 욕망임을 인정할 때 생기는 현상인 것이다. 이제 관객은 현실의 잔인함에 옴짝달싹 할 수 없는 무력감을 맛본다. 이 무력감은 관객이 영화의 엔딩 크레딧이 올라가는 순간까지도 자리를 박차고 나가지 못하게 한다(혹은 자리를 박차고 나가게 하거나). 이것은 아이러니하게도 상업영화가 가질 수 없는 봉합되지 않는 지점을 보여주는 부분이며 윤리의 문제를 발견할 수 있는 부분이다.

 김기덕의 영화는 인간의 내면에 숨어 있는 잔혹한 면을 통해 일상
과는 먼 낯설기 방식을 구현해왔다. 그런 그가 〈봄여름가을겨울 그리
고 봄〉(이하 봄여름가을겨울)을 기점으로 '구역질'을 배제한 채 대중
과의 타협을 모색하고 있다고 주장할 수 있다. 하지만 〈봄여름가을겨
울〉은 폭력성이 자제되었고 표현 기법이 세련되어졌을 뿐이지 구역
질은 사라지지 않았다. 생각해보면 〈봄여름가을겨울〉의 동자승의 일
생은 그리 순탄하지만은 않다. 봄이 되면 동자승은 절에 버려지고, 부
모를 빼앗기고, 사랑하는 사람을 자신의 손으로 죽이고, '다시' 절로
돌아와 구원받기를 원한다. 그리고 어김없이 봄이 오면 동자승은 또
버려진다. 그리고 이 동자승은 자신을 거둬줬던 노승처럼 살아갈 것
이다. 이것은 자연의 순환이 아니라 빠져나오고 싶은 인생이다. 영화
〈빈집〉 또한 해피엔딩으로 보이는 결말이지만 '태석'이 '선화'와 살
기 위한 방식으로 선화의 남편과 위험천만한 동거를 선택한 것일 뿐
이다. 이 기묘한 동거는 관객들의 정신을 분열시킨다.

 분명 김기덕의 잔혹하고 폭력적인 이야기 방식은 버려졌다. 그도
세련된 방식으로 세상과의 공존을 터득한 것처럼 보인다. 하지만 끊
임없이 반복되어질 동자승(인간)의 잔혹한 인생은, '태석'과 '선화'
와 그녀의 남편이 벌이는 기이한 동거는 잔인하다. 다만 이를 자연과
환상이라는 방법으로 순화시켰을 뿐이다. 분명 구역질이 잦아들기는
하지만 이것은 김기덕이 찾아낸 영화언어인 것이다.

2. 창녀들의 사랑

김기덕의 영화는 국가가 강요/강제하는 도덕과 규범 등의 틀을 거부하고 있다. 개인은 법, 체제, 규율, 질서 속에 살고 있음에 안심하고 있기에 영화가 보여주는 이 뒤틀린 방식이 불편하기 그지없다. 즉 영화 속에서 다루는 성(性) 문제, 여성비하, 죽음을 다룰 때의 엽기적인 장면들은 사회에서 용납될 수 없는 문제이다. 그런데 김기덕의 (특히 초창기) 영화는 이를 당연하게 받아들이고 표현한다. 그래서 그의 영화를 보고 있노라면 불편하다. 물론 영화가 보여주는 방식이 사회질서와 부합하지 않는다고 해서 비판적 잣대를 들이댈 수는 없다. 그것 또한 개인이 삶을 살아가는 방법 중 하나이기 때문이다. 그러나 김기덕의 영화 속 상황들인 (우발적이든 그렇지 않든) 살인, 납치, 윤락행위 등은 우리 사회에서 엄격하게 제지하고 있는 것들이다. 그럼에도 이 문제들이 우리 사회의 단면임을 부정할 수 없다. 감독은 이 부조리한 사회, 불안전한 체제에 대해 말하고자 사회 주변부에서 서성이는 인물들에 카메라를 들이댄 것이다.

먼저 영화에서 사회구성원으로 인정받지 못하는 그들, 비윤리적 존재자라고 불리는 그들은 '여성'이다. 영화 속 여성들의 삶을 보고 있자면 구역질이 유발된다. 이 여성들은 대부분 공허한 눈빛을 띠고, 말을 잃어버린 채 남성의 지배를 받는 불쌍(행)한 여성들로 등장한다. 그래서 많은 연구자들이 이들 여성을 논할 때 '지금 시대에 역행'하는 여성이라고 비판한다. 그런데 김기덕 영화 속 여성들의 모습을 남성성에 포섭된 여성, 침묵하는 여성, 피학적인 여성, 수동적인 여성이라고 쉽게 해석할 수는 없어 보인다.

　김기덕 영화 속 여성들은 비참한 인생을 살아간다. 이때 여성의 모습은 두 가지로 나타나는데, 첫째 성(性, 섹스)을 매개로 하는 여성인 창녀이다. 사창가 깡패 '한기'에게 붙잡혀 창녀가 된 '선화'(《나쁜 남자》), 사창가가 문을 닫고 여인숙으로 자리를 옮겨와 몸을 파는 창녀 '진아', '진아'를 위해 성(性)을 팔게 된 여대생 '혜미'(《파란 대문》), 원조교제를 하는 여고생 '여진'과 '재영', 미군과 관계를 맺고 눈을 고치게 된 '은옥'(《수취인불명》) 등이 그 예이다. 이 여성들의 모습은 성(性)을 사고파는 것을 용납하지 못하는 이 사회[3]에서, 불편한 진실을 확인하게 하는 존재들이다.

　영화 속 창녀들은 누군가의 강요로 인해, 어쩔 수 없는 이유 때문에, 비극적인 사건으로 인해, 혹은 어떤 이유도 찾을 수 없는 섹스를 한다. 이 섹스에는 사랑의 감정이 결여되어 있으며 돈을 위해 혹은 영화 《파란 대문》의 '진아'의 말대로 외로운 사람들을 위해 몸을 섞는 것일지 모른다. 사랑의 감정만이 섹스로 귀결된다는 논리를 펼치는 것이 아니다. 김기덕 영화에서 창녀들

영화 《나쁜 남자》의 무표정한 '선화' 얼굴 장면

3　이때 국가는 성(性)을 사고파는 사창가를 표면적으로는 금지하고 있지만, 은밀한 방식(위생 검사, 사창가 여성들에게 콘돔을 무상으로 나눠주는 방식 등)으로 이를 용인하고 있음을 잊어서는 안 된다.

은 하나같이 낯설고 기이하다. 어쩔 수 없는 상황에서 낯선 남자들과 섹스를 해야 하는 그녀들이지만 그녀들의 얼굴에는 분노도 좌절도 담겨 있지 않다. 나쁜 남자로 인해 창녀가 된 '선화'의 무표정한 얼굴이야말로 누군가에게 분노를 표출하는 것이 아무 의미 없음을 보여주고 있는 것일지 모르지만 말이다.

둘째는 '사랑'에 인생을 거는 여성들이다. 이들은 사랑이라고 믿는 남성 때문에 인생이 기이하게 변한다. 하지만 이것이 사랑인지, 남성에 대한 집착인지에 대해서는 모호하게 처리한다. 영화 〈시간〉의 '세희'는 사랑하는 남자 '지우'에게 이별을 통보받고 전신성형수술을 감행한다. 〈비몽〉은 사랑 때문에 파국으로 치달아가는 이야기이다. 〈섬〉은 사랑하는 여성을 살해한 뒤 섬으로 온 '현식'이 '희진'을 만나고 벌어지는 일들을 다룬다. 현식은 희진과 섹스를 하지만 희진에게 섹스는 사랑이었고, 현식에게 섹스는 현실의 고통과 불안을 잊기 위한 체위 그 이상도 이하도 아니었다. 결국 희진은 질투와 집착을 보이다 죽음을 맞이한다. 〈빈집〉은 수동적 삶을 살던 '선화'가 남편과 애인과 기묘한 동거를 시작할 수밖에 없음을 보여준다. 여성에게 '사랑'은 파멸이거나 생성을 의미한다. 요컨대 '섹스'는 여자를 창녀로 만들고, '사랑'은 여성을 파멸시키거나 소생시킨다. 그로 인해 여성은 정상적인 삶에서 벗어나고 사회에서 인정받지 못하는 비윤리적 존재로 변모한다.

여기서 비윤리적인 여성은 비정상적인 삶을 살고 있는 것이기에 남성의 절대적 권위에 도전할 수 있어 보인다. 〈빈집〉의 남편은 선화를 구타함으로 자신의 남성성(폭력)을 확인받는다. 남성은 여성과 사랑에 빠지거나 섹스를 통해 자신의 남성성이 침범될지 모르며 그것이

겉보기보다 단단하지 않다는 것을 알고 있다. 그래서 아내를 구타하고 이를 사랑이라고 주장하는 방식으로 그녀를 길들이고자 한다. 사실 선화의 남편뿐 아니라 모든 남성들은 알고 있다. 언제든 남성의 권위에 도전할 수 있는 여성들의 실체를 말이다. 그래서 남성중심주의의 사회구조는 여성을 '절름발이' 그러니까 창녀나 사랑에 빠져 모든 것을 내어놓는 희생적인 여성으로 만들고자 한다. 김기덕은 〈악어〉에서부터 강력한 남성상을 투입시켜왔다. 마치 남성사회의 견고한 벽을 여성이 허무는 것을 용서하지 못하는 것처럼 말이다. 이는 관객들(특히 페미니즘 진영)에게 참을 수 없는 구역질을 느끼게 하며, 여성이 절름발이로 살 수밖에 없는 이유가 남성 때문임을 지적한다. 절름발은 운명적이라는 말로 대신할 수 있을 만큼 피할 수 없는 필연적인 굴레이다. 그런데 영화는 절름발이 여성을 등장시킴으로써 그가 주목하는 존재가 남성이 아니라 여성임을 알게 한다. 닳고 닳은 창녀의 사랑이 얼마나 많은 말을 담고 있는지를 말이다.

김기덕 영화는 성을 사고파는 사회체계를 끄집어내기 위해 여성을 절름발이로 만들고 있다. 이는 그녀들의 삶이 사회에서 인정받지 못하는 비정상적이며 비윤리적인 삶을 살아가는 것처럼 보이게 하지만 그녀들은 아무것도(no-thing) 아닌 나약한 존재가 아니다. 〈파란 대문〉에서 대학생 '혜미'는 창녀인 '진아'의 삶을 이해하게 되며, 창녀와 대학생이 용서/화해할 수 있음을 제시한다. 과잉 해석일 수 있겠지만 부정되는 창녀의 삶이 이 사회질서 체제에서 이탈해 있지 않음을 보여주는 것이다. 또한 여성들의 낮은 목소리에 관심을 가져야만 세상의 이분법적인 관념에서 벗어날 수 있다. 그럼에도 영화 속 여성들은 이 시궁창 삶 속에서 벗어날 수 없는 비극적 존재자임은 분명하다.

〈사마리아〉의 주인공 '여진'은 원조교제를 하는 여고생이다. 그런데 이 영화의 마지막 장면은 의미심장하다. 아버지와 여행을 떠났던 여진이 여행에서 돌아오는 길에 자동차가 진흙탕에 빠져 빠져나오지 못하기 때문이다.

영화 〈사마리아〉 중에서 자동차가 진흙탕에 빠진 장면

이 모습은 여진이 이제 부모 없이(여진의 아버지는 여진이 원조교제했던 남자를 살해한다) 홀로 살아가야 함을 암시하며, 또 소녀(곧 여성이 될)가 자신의 운명을 개척해나갈 수 없음을 은유적으로 표현하고 있는 장면이다. 여성은 남성의 억압 혹은 사회의 부조리함을 발견하더라도 그것에서 빠져나올 수 없는 존재라는 것이다. 〈섬〉의 희진의 죽음도 동일한 방식으로 읽어낼 수 있다. 물론 예외적으로 〈빈집〉은 여성의 삶이 변화될 수 있다고 볼 수 있다. 남편에게 구타당하며 살고 있던 선화는 태석이라는 구원자를 스스로 선택하기 때문이다. 다시 말해 선화 자신이 사랑하는 태석을 불러들임으로써 더 이상 비참하게 살지 않기 위한 방법을 찾아낸 것이다. 물론 그것이 기묘한/불완전한 형태의 동거라서 불안을 동반하고 있지만 말이다. 어쨌든 여성은 비극적 존재자로 살 수밖에 없지만 이 비극적 존재가 세상의 이원론적인 모순을 해체시킬 수 있는 원천임은 분명해 보인다.

3. 침묵하는 얼굴

김기덕 영화의 인물들은 사회에서 배제[4]된 삶을 살고 있다. 그것은 그들이 일상적인 언어체계를 가지고 있지 않기 때문으로 보인다. 인간은 사회에서 살아가기 위해서라도 자신만의 언어체계를 가지고 있다. 하지만 영화 속 인물들은 침묵하고 있으며 발생한 사건들에 묵인하고 그저 바라보고 있을 뿐이다. 말을 하지 않기 때문에 관객은 답답하고 불편함을 느낀다. 아프면 아프다고, 슬프면 슬프다고 감정을 표현하지 않기 때문에 영화는 기이해지며 이는 나(관객)와 동일시의 감정을 가지지 못하는 부분이다. 다시 말해 이 불편함의 시작은 언어체계가 사라진 바로 그 순간부터 시작된다.

영화 속 인물들이 침묵할 수밖에 없는 이유는 그들의 고통스런 삶에서 찾을 수 있어 보인다. 이는 '에곤 실레'의 그림으로도 충분히 표현된다. 김기덕은 〈파란 대문〉에 이어 〈나쁜 남자〉에서도 에곤 실레의 그림[5]에 대한 사랑을 숨기지 않는다. 에곤 실레의 '자화상' 속 얼굴들은 일그러져 있거나 무표정한 눈[6]을 한 채 대상을 바라보고 있다.

---

4 김기덕 감독의 영화 속 인물들을 살펴보면 대부분 창녀(여성), 혼혈아, 구타당하는 여성, 노인, 소년과 소녀 등과 다른 한편으로 이와 반대되는 폭력적 성향을 가진 인물(남성)들이 등장하고 있다.
5 영화 〈파란 대문〉과 〈나쁜 남자〉에서는 에곤 실레의 '흑발 소녀의 누드' 그림이 등장한다.

사물을 보는 눈에는 보고 있는 사물-대상이 담겨져 있어야 하나 영화 속 인물들의 눈에는 아무것도 담겨 있지 않아 보는 이의 가슴까지 서늘하게 한다. 김기덕은 에곤 실레의 그림 속 인물들과 영화 속 인물들을 동일한 감정으로 처리하고 있는 것이다. 다르게 말해 고통스러운 여성들의 감정을 분노나 세상에 대한 원망의 감정으로 표현하지 않은 것은 이 사회가 변화하지 않음을 잘 알고 있기 때문이다. 그래서 슬픔과 불행이 뒤섞인 혹은 '뒤틀린 얼굴'로 관객과 마주하도록 한다. 인물이 침묵하는 이유를 들을 수는 없지만 말을 듣는 것보다 '얼굴-이미지'를 본다는 것만으로도 그 고통과 무수한 혼돈의 감정들이 전해져 온다.

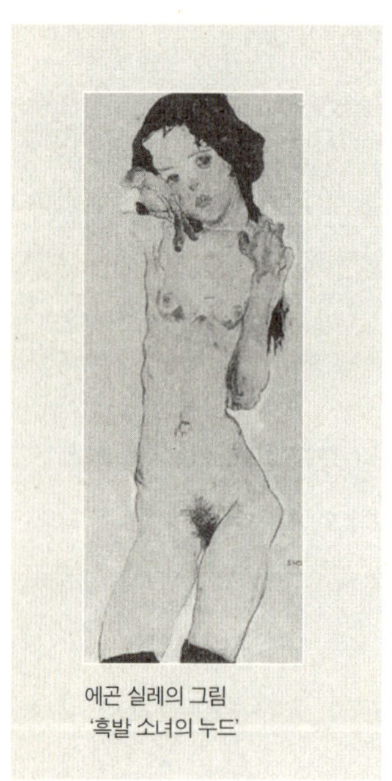

에곤 실레의 그림
'흑발 소녀의 누드'

김기덕은 인물의 언어를 배제하고 그 자리에 그림(이미지)을 남긴다. 이미지는 어느 날 갑자기 찾아오는 사랑처럼 강렬하다. 〈빈집〉에서 태석이 선화의 공허한 눈빛을 본 뒤 사랑에 빠져버리는 것처럼. 〈나쁜 남자〉의 깡패 '한기'가 길에서 우연히 마주친 여대생 '선화'를 선망의 시선으로 뚫어지게 바라보는 장면에서처럼 말이다. 창녀가 된 선화는 매

6　영화 〈비몽〉에서 '란'과 '진'은 서로 잠을 자는 시간을 정해놓고 그 시간 외에는 잠을 자지 않기 위해서 눈에 테이프를 붙이는 등 얼굴이 심하게 일그러짐을 확인할 수 있다. 이는 에곤 실레의 그림 속 인물의 얼굴과 비슷한 모습이다.

일 밤 다른 남자와 섹스를 하고 이 모습을 한기는 지켜본다. 사실 이것이 그들의 사랑인지 사랑이 아닌지 분간할 수 없다. 하지만 분명한 것은 자신을 창녀로 만들고 사창가에 감금한 한기에게 선화는 다시 돌아왔다는 것이다. 그들의 사랑에 대해, 왜 돌아왔는가에 대해 인물들은 그 어떤 말도 하지 않는다. 그들은 침묵한다. 서로 바라본다. 사랑에는 말이 필요 없으며, 설명-해석할 필요가 없음을 김기덕은 주장하고 싶은 것은 아닐까.

영화가 가지는 미덕을 찾는다면 대사로 말하는 것이나, 설명하는 것이 아니라(서사가 아니라), 일순간 이미지로 나타나는 것이다. 사실 감각적으로 전해져오는 이미지는 언제나 결정적인 말을 전달한다. 카메라가 찍는 이미지란 서사의 일방향적 해석과 달리 어떠한 해석도 가능한 열려 있는 것이다. 즉, 어떠한 이야기로도 융화 가능한 이미지는 형식, 체제, 규율에서 벗어날 수 있다. 해석이 다양한 다르게 말해 해석을 내려주지 않는 이미지들의 조합을 본다는 것은 서사에 익숙한 관객에게는 불편하기 짝이 없다. 그러므로 관객들은 침묵하는 이 영화를 부정하고 싶어 한다. 해석하고 답을 내리고 대사를 듣는 것에 익숙한 우리는 이 이미지에서 서사를 찾으려고 애쓴다. 하지만 이미지는 해석의 영역이 아니라 질문을 던진다. 이미지를 통해 질문을 던지는 김기덕 영화는 그래서 환상적이다.

프로이트의 경우 약혼녀에게 자신의 사랑을 언어로 다 말할 수 없음을 괴로워하며, 약혼녀에게 '자신을 괴롭히는 것은 그 사랑을 그녀에게 증명해 보일 수 있는 어떤 기호(언어)가 없다는 사실이라고' 말한다. 프로이트는 언어가 무언가를 증명한다는 것이 불가능하다는 것을 알고 있었다. 그래서 언어를 통해 자신의 사랑을 말할 수 없다는 것에 고통스러워한다. 만약 그 시절 프로이트가 이미지를 사유할 수 있었다면 아마도 사정은 달라졌을지도 모른다. 김기덕은 언어로서 풀어낼 수 없었던 프로이트의 고민을 자신의 영화 속에서 침묵으로 일관하며 이미지들로 보여준다. 비록 그 위대한 발견이 김기덕 영화에서는 공포를 동반한 구역질을 불러일으킨다는 이유로 비판이 되기는 하지만 말이다.

사랑은 말로 표현하거나 기호로 체계화할 수 있는 명징한 어떤 것이 아니다. 언어는 증거나 이유가 될 수 없다. 누구나 거짓된 언어 혹은 모호한 언어를 만들어낼 수 있다. 그리하여 인간들은 역설적으로 언어의 전지전능함 쪽으로 내던져지고 언어를 마치 최후의 보증으로 간주하려 한다. 하지만 언어는 진실한 감정을 끝없이 빼앗는 도구이며 인간에게 쓸데없는 질서를 부여하며 인간의 삶을 기계적으로 만들었다. 질서화된 세계에 정착해 살고 있는 인간은 언어라는 권력에 지배당하고 또 그것은 일시적으로나마 진실(진리)이라고 믿는다. 관객은 언어로만 모든 것을 해결하려 하고 언어만이 모든 것을 전할 수 있다고 착각하기에, 김기덕 영화 속 인물들의 침묵을 거부하고 싶어 한다.

영화 〈빈집〉을 보면 선화와 태석이 진실한 사랑을 표현하기 위해 침묵을 필요로 했던 것은 아니다. 그렇다고 그들이 말이 필요 없는 상황에 처해 있었던 것도 아니다. 남편에게서 벗어날 수 없는 선화와 가진 것 하나 없는 태석은 이 끔찍한 현실을 벗어날 수 없음을 알고 있기 때문에 대화(언어)가 필요 없는 것이다. 그러므로 그들에게 대사란 무거운 갑옷과도 같다. 이 영화에서 침묵으로 일관하는 즉, 이미지의 영역으로 접어드는 부분은 태석이 감옥에 잡혀간 순간, 비참한 현실에서 벗어날 수 없음을 안 순간부터이다. 이때부터 영화 내러티브가 약해지고 ―김기덕은 마치 현실을 이야기할 만큼 한가롭지 않다는 듯― 급작스럽게 환상의 영역으로 진입한다. 감독(혹은 카메라)은 현실세계를 부서버리고 지금 여기야말로 끔찍한 곳이기에 환상적인 영역을 불러들이는 것처럼 보인다. ―태석이 감옥으로 잡혀가기 전까지 그나마 탄탄한 내러티브를 가질 수 있었다는 것에 놀랄 뿐이다.― 이제 태석은 감옥에서 출소하고 영화는 이미지들로만 서사를 구축해나간다.

영화 속 언어(대사)는 인간의 속박과 관념과 이데올로기를 만든다. 요컨대 영화가 가질 수 있는 미덕은 이미지들로써 서사를 만들어낼 수 있다는 점은 아닐까. 그리고 이 언어가 사라지고 이미지로 대체된 자리에는 환상적 세계가 자리한다. 〈빈집〉의 마지막은 선화와 태석이 체중계 위로 올라가는 장면이다. 그런데 그들이 올라간 체중계 위의 무게는 움직이지 않는다. 제로다. 이때 무게 없음이 당연하게 받아들이고 이해되는 것이 바로 김기덕이 보여주고 있는 영화세계, 이미지의 영역이다.

4. 감금된 몸

김기덕의 영화 중 변화의 지점을 엿볼 수 있는 작품은 〈빈집〉과 〈비몽〉이다. 특히 〈빈집〉 이후 개봉된 김기덕의 영화들을 살펴보면 〈섬〉이나 〈악어〉에서 볼 수 있었던 잔혹함과 폭력성이 사라졌다는 것을 쉽게 알 수 있다.[7] 영화 〈빈집〉과 〈비몽〉은 '환상(=꿈)'의 영역으로 진입한다. 그리고 이 환상적인 지점에 기괴한 사랑이 놓여 있다. 그런데 환상과 사랑을 보여준다고 해서 이 영화가 구역질을 유발하지 않는 것은 아니다. 환상적 세계에서의 사랑의 감정으로 인해 이것이 유화된 것처럼 보일 뿐이지 영화의 서사는 최소한의 친절함도 없으며, 카메라에 잡히는 인물들의 얼굴에는 어떠한 감정도 읽어낼 수 없다. 김기덕의 영화는 전혀 변하지 않은 것처럼 보인다. 이를 교묘히 숨길 수 있게 된 것이며 잔인함과 엽기적인 방식에서 다른 소통을 찾아냈을 뿐이다.

먼저 〈빈집〉은 위에서도 여러 번 언급했듯 사랑에 관한 영화다. 남편의 집착과 폭력을 참고 살았던 선화는 태석과 사랑에 빠지고 그와 빈집에서 거주한다. 그런데 빈집에서 묵게 된 그들을 통해 알 수 있는 것은 그들이 원하는 것이 사랑 이전에, 바로 안정적인 삶이라는 점이다. 남편에게 한 번도 안주할 수 없었던 선화, 오랫동안 비어 있는 집에 홀로 살았을 태석이 욕망했던 것은 누군가의 집이 아닌 나의 집에서, 그들과 함께 행복하게 살고 싶은 것이다. 둘은 자신만의 집을 가질 수 없었기에 빈집에 있는 사진 옆에서 그들과 가족인 척 사진을 찍는다. 하지만 그들은 언제나 사진 바깥에 존재하는 외부자/타인이다.

연인들은 자신들의 집을 가질 수 없기에 남의 집에 무단으로 침입한다. 남의 집에 침입했지만 그들은 자신의 집인 것처럼 행동한다. 빨래를 하거나, 밥을 지어 먹거나, 심지어 누군가의 장례도 치러준다. 하

---

7 〈빈집〉 이후 개봉한 영화를 보면 〈활〉, 〈시간〉, 〈숨〉, 〈비몽〉, 〈아리랑〉이다. 이중 김기덕이 쓴 시나리오는 논의에서 제외한다. 여기서 흥미로운 영화는 〈아리랑〉이다. 〈아리랑〉은 기존의 환상성에서 벗어나 환상과 실제가 뒤섞여 무엇이 진실이고 거짓인지 헷갈리는 다큐멘터리의 방식을 차용하고 있다.

영화 〈빈집〉 중 '선화' 의 사진 앞에서 사진을 찍는 '태석' 의 모습

지만 집주인은 언젠가 돌아온다. 인간은 '집' 을 벗어나 살 수 없기 때문이다. 선화와 태석은 자신의 집을 가질 수 없음을 깨닫는 동시에 빈집이야말로 환상적 공간임을 눈치챈다. 그들은 사진 속 행복해 보이는 집주인들의 삶을 동경했지만 그 삶을 살 수 없었다. 잠시나마 가족의 따뜻함에 동화되려 했던 것이다. 그리고 이제 빈집에 들어가 산 대가로 태석은 감옥에 가고 선화는 남편의 집에 다시 감금된다. 감옥에 감금된 태석은 유령으로 살아가는 방법을 터득하고 선화는 태석을 기다린다. 유령이 된 태석은 선화와 선화 남편과 함께 산다. 집을 나가 빈집을 전전하던 그들이 '집' 을 가지게 된 것이다. 물론 그곳도 그들의 집이 아니라 가짜/환상의 집이지만 말이다.

영화 〈비몽〉의 경우 사랑을 잊고자 하는 '란' 과 사랑을 그리워하는 '진' 을 통해 기이한 사랑의 모습을 보여준다. 이때 이들의 사랑에 접근하는 통로는 '꿈' 이라는 환상적 영역이다. 진은 꿈속에서 자동차 사고를 내고 그 사고의 생생함으로 사고현장을 찾는다. 그곳에서 란을 만나고, 진은 란이 자신의 꿈을 행동으로 옮기는 여자임을 알게 된다. 다시 말해 남자(진)는 꿈을 꾸고, 여자(란)는 잠을 자는 동안 남자의 꿈을 행동으로 옮기는 것(몽유병)이다. 진은 경찰에게 자신이 사고를 낸 가해자라고 주장하지만 그의 말을 믿어/들어주지 않는다. 사고를 낸 그 시각 카메라에 찍힌 사람은 진이 아니라 란이기 때문이다. 경찰의 말대로라면 카메라는 거짓말을 하지 않기 때문에 란이 범인이다.

근대적 사회는 눈에 보이는 것만을 믿는다. 근대적 세계는 법, 규칙, 경찰 등이 강요하는 것을 사실이라고 믿어야만 한다. 꿈의 세계는 현실이 될 수 없으며 몽유병 환자에게 그 행위에 대한 대답, '왜'에 대해 질문을 던질 수 없으며 이 모든 것에 답을 내리려 할 때 이는 병(病)의 세계로 치부될 뿐이다. 즉, 해답을 찾을 수 없는 세계가 바로 지금-여기인 것이다. 카메라는 거짓말을 하지 않기 때문에 그것은 진실이 될 수 없으며 꿈속 이야기는 거짓이 될 수밖에 없는 구조다. 물론 꿈을 꾼다는 것은 어떤 의미인지, 어떤 이유 때문인지 알 수 없으므로 꿈에 대해 해석하기란 불가능해 보인다. 그래서 정상적이라고 불리는 사람들에게 꿈의 영역은 현실이 될 수 없는 환상이다. 그러나 꿈은 인간의 무의식적 영역이며 인간 깊숙이 숨어 있는 욕망과 관련된다. 여기서 영화 〈비몽〉은 꿈이라는 깊숙이 숨어 있는 저 너머의 영역을 통해 실제와 꿈의 세계가 다르지 않음을 밝혀내고자 한다. 인간의 내부에 숨어 있는 이 꿈의 세계, 꿈에서 가능한 인간의 욕망들을 끄집어내 내 눈앞에 둔다.

진은 헤어진 여자를 잊지 못해 꿈속에서 그녀를 만나고, 란은 헤어진 남자가 죽도록 싫어 헤어졌지만 진의 꿈으로 인해 옛 애인과 다시 만나 관계를 맺는다. 이들은 눈에 보이지 않는 허구의 세계라고 불리는 꿈속에 '감금' 되어 있다. 진의 꿈은 란에게 사랑하지 않는 남자와 섹스를 하도록 강요하고 진은 애인과 헤어지고 싶지 않기 때문에 꿈 속에서 그녀를 만난다. 그로 인해 둘의 욕망은 현실과 꿈속에서 뒤섞여 무엇이 진실이고 환상인지 알 수 없는 혼란을 겪게 된다. 란의 옛 남자는 란에게 집착을 보여 란을 고통스럽게 만들었다. 이때 란의 옛 남자의 모습은 진이 옛 애인에게 보여줬던 모습과 겹쳐진다. 진의 옛 애인이 이별을 통보한 이유는 진의 질투와 집착에 지쳤기 때문이었다. 진의 옛 애인은 란의 얼굴, 란의 옛 애인은 진의 얼굴과 오버랩 된다. 그리고 진과 란은 끝까지 애인과 이별한 이유를 말하지 않는다. 혹은 그들은 그 이유를 모르고 있을지도 모른다. 우리는 언제나 자신의 입장에서 사실(진실)을 왜곡하고 있기 때문이다.

김기덕은 〈빈집〉에서 사랑을 기묘하게 완성시키는 것처럼 보이게 만드나 이 사랑은 불안하고 불완전한 것이다. 다시 말해 영화에서는 주인공(란과 진)이 서로에게 사랑을 느끼지만 이 사랑은 비극이다. 사랑의 결합은 죽음 이후에나 가능한 것이다. 결국 사랑은 기이한 모습이거나 집착과 증오의 모습으로 나타나 파멸로 치닫는다. 개인에게 사랑은 아름다운 것으로 기억/상상되지만 사랑이란 바로 '공포' 일 수도 있다는 것이 김기덕의 전언이다. 격하게 말하면 김기덕이 말하는 '사랑' 혹은 빈집에 살고 있었던 '가족' 등의 모습이야말로 이 사회가 조장하는 이데올로기이다. 영원히 아름다운 것은 없으며 지속적인 감정도 없다. 지금-여기야말로 폭력과 잔인한 이야기들로 가득 차 있다. 그래서 그의 영화는 아름다운 연인들의 행복한 사랑을 보여주는 것이 아니다. 개인들이 끔직한 사회 속에 존재하고 있으며 이곳에서 벗어나지 못한 채 우리 몸이 감금되어 있음을 자각하게 하는 것이다.

5. 벗어날 수 없는 영화-현실

영화로서 끊임없이 세상과 불화하기를 외쳤던 김기덕은 영화 〈빈 집〉에 와서야 드디어 희망적인 구조를 끌어낸다. 마치 이 영화는 세 상과 타협하려는 듯 보인다. 그러나 세 사람의 기이한 동거, 파국으로 치닫는 사랑으로 인해 사회와 화합할 수 없는 불화의 씨앗은 여전히 남겨놓은 채, 관객의 구역질을 유도한다. 그런 의미에서 김기덕 영화 는 여전히 '보는 것'이 어렵다. 영화기술이 어렵다는 뜻이 아니라 모 든 이야기를 선명하게 드러내고 있기 때문에 보고 있기 곤란하다는 뜻이다.

그의 영화세계는 근본적으로 변화하지 않았다. 다만 비주얼과 내 러티브상의 세련됨이 가세되었고 그 덕분에 서사의 틀이 더욱 견고해 졌을 뿐이다. 삐딱하게 보자면 그것은 대중과의 타협으로 오해될 수 도 있겠다. 그러나 이 정도의 변화는 김기덕의 영화가 현실과의 부단 한 대화를 통해 얻어진 일종의 서사적 탈출구이다. 〈섬〉과 〈나쁜 남 자〉에서 보인 극단화된 비주얼의 구역질이 아니라 보다 전략적인 서 사를 통해 세계를 이야기한다는 뜻이다.

이제 이 구역질은 시각적인 피상성에서 생산되지 않고 더욱 단 단하고 공격적이며, 설득력 있는 구조체 안에서 발산된다. 이 때문 에 〈빈집〉은 김기덕 영화인생에서 변화의 지점에 놓아도 무방한 작품 이다. 김기덕은 〈빈집〉과 유사한 작품으로 읽을 수 있는 〈비몽〉 이후

2년 동안 침묵했다. 물론 영화제작이나 시나리오 작업 등 연출 외 외적인 활동은 활발히 했지만 2008년 이후부터는 폐인설과 왕따설에 시달렸다. 그리고 이제 그는 영화로 돌아왔다. 2011년 영화 〈아리랑〉을 통해 〈칸영화제〉에서 '주목할 만한 시선상'을 수상했다. 이 영화는 아직 한국에서 개봉날짜를 잡지 못한 채 일시적으로 상영[9]했다. 그리고 이 다큐영화는 영화계 안팎에서 논란거리[10]를 제공하고 있다. 〈아리랑〉은 '다큐멘터리' 형식으로 진행되며 자신의 이야기를 전달하고 있다. 감독, 주연배우, 미술, 음향, 카메라 등 모든 영화작업을 홀로 했으며 영화의 주 내용은 〈비몽〉 이후 왜 그가 작품 활동을 중단했으며, 산속에서 오두막을 치고 홀로 생활하고 있는가에 대해 답을 제시하고 있다.

〈아리랑〉은 김기덕에게 중요한 의미를 부여하는 영화다. 구역질을 유발하던 폭력적 이미지와 꿈이라는 환상을 오가던 영화에서 이제 자신만의 답-영화를 만들어야 하는 전환점에 서 있기 때문이다. 물론 '다큐' 형식을 차용하고 있는 〈아리랑〉이 사실인지 환상인지 알 길은 없다. 그러나 분명한 점은 영화가 사실인지 환상(꿈)인지를 분석하는 것이 중요한 것이 아니라는 점이다. 그것은 김기덕이 만든 이야기,

---

9　〈아리랑〉은 2011년 8월 〈신디영화제〉에서 2회 깜짝 상영 후, CGV 무비꼴라쥬에서 '김기덕 특별展-아리랑 프리미어' 기획전이라는 이름으로 하루 1회 상영되었다. 이 상영 또한 정식개봉은 아니었으며 9월 8일부터 9월 21일까지 한시적으로 상영되었다.

10　대부분의 평론가들은 〈아리랑〉에 대한 논(論)을 펼치는 것이 아니라, 왜 김기덕이 영화 만들기(감독)를 그만두었나, 그의 제자 장훈과는 도대체 무슨 일이 있었나, 혹은 평을 하지 않는 것으로 영화 〈아리랑〉을 말하고 있다. 물론 이 영화가 그의 하소연, 푸념, 분노 등의 사사로운 감정을 드러낸 영화로도 읽을 수 있겠지만 그보다 더 근원적으로 살펴보면 여전히 그가 사회 이데올로기의 갑갑함, 여기-현실에서 벗어날 수 없음을 토로하고 있음을 쉽게 알 수 있다. 〈아리랑〉이 김기덕 자신에 대해 말하고 있는 다큐멘터리가 아니라 '영화'라고 주장하는 이유는 이와 같다. 그가 그의 이전 영화들에서 던진 '질문'이 고스란히 담겨져 있기 때문이다.

'영화' 일 뿐이다. 우리는 영화를 보러 영화관으로 간다. 김기덕은 이를 알려주고 있다. 그 속에는 사회의 견고한 틀을 부술 수 있는 이미지들이 있을 수도 있으며 그렇지 않을 수도 있다. 어쨌든 김기덕은 자신이 답습해오던 영화적 방식―구역질의 미학에서 시작해 환상으로 온 그 길―에서 벗어나 새로운 영화적 방법을 찾아가고 있는 것은 분명해 보인다. 분명 〈아리랑〉이 그 방법, 영화언어를 제시하고 있을 것이라 생각한다.

박정민

고통의 심연
— 이창동의 〈밀양〉(2007)과, 〈시〉(2010)를 중심으로

1. 집

이창동의 네 번째 장편영화 〈밀양〉은 신애가 집으로 돌아오면서 끝나고, 다섯 번째 장편영화 〈시〉는 미자가 집을 나가면서 끝난다. 두 영화를 보고 나서, 나는 집을 구심점으로 하는 어떤 순환을 본 듯한 착각에 사로잡혔다. 그런데 영화 속에서 집이 걸리는 장면들은 서로 닮아 있기에, 이를 그저 착각이라 치부하고 넘길 일은 아닌 것 같다. 영화의 시작부분으로 돌아가, 이들이 집에 도착하는 장면을 주목하자. 영화가 시작하면, "좋은 땅 사서 집짓고 살려고" 밀양으로 이주한 신애는 원생모집 전단을 붙이거나 동네 주민들에게 전입인사를 하는 중이고, 미자는 병원에서 검사를 받은 다음 도우미 일을 하고 있다. 새로 이주한 사람이든 터전을 잡고 있는 사람이든, 이들이 일을 마치고 집으로 향할 때, 집은 귀가하는 곳, 다시 말해 일상의 거점으

로 등장한다.[1]

집에서 우리가 반복하는 평범한 활동이 일상을 구성한다는 점을 염두에 둔다면, 이들이 밥투정을 하는 아이에게 밥을 먹이는 장면이 겹쳐지는 것은 자연스럽다. 신애는 준이에게 억지로 밥을 먹이고, 미자가 "종욱이 입에 밥 들어가는 것"을 가장 좋아하는 것을 알기에, 종욱이도 밥을 먹는다. 다만, 이때 미자가 밥을 먹는 종욱이의 뒷통수를 물끄러미 쳐다보고 있다는 점에 주의를 기울일 필요가 있다. 시 수업을 듣고 온 날, 제대로 '보기' 위해서 미자가 부엌 구석구석을 응시하기 시작한 이후, 집은 가족에 대한 애착과 유대에 반하는 어떤 사건의 존재를 미자의 시선으로 가시화하는 장소로 나타나기 때문이다. 신애가 부엌에 서서 밥을 먹다가 화장실로 뛰어드는 아이를 준이로 착각했던 것처럼, 집은 가족에게 생긴 변화를 노출하는 장소에 다름 아닌 것이다.

이창동은 고통을 견디는 인물들의 일상에 초점을 두어 인물을 육박해오는 고통을 무대화하려고 한다.[2] 영화가 죽음과 고통을 소재로 즐겨 다루어왔을 뿐 아니라, 안드레 바쟁을 비롯한 많은 이론가들이 영화와 죽음의 친연성에 대해 논의해왔다는 것은 주지의 사실이다. 그런데 최근 죽음과 고통의 전시를 노골적으로 전면화하는 영화들이

---

1 신애와 미자는 각각 남의 집에서 과외를 하고 도우미 일을 하는데, 이들이 남의 집에 일하러 갈 때, 현관문을 열고 들어가는 장면이 보이지만, 자기 집에 들어갈 때는 이 장면이 생략되어 있다. 두 집은 모두 인물의 일상의 경로 속에 포섭되어 있지만, 본질적으로 다른 공간일 수밖에 없다.

2 이창동은 〈초록물고기〉(1997), 〈박하사탕〉(1999), 〈오아시스〉(2002), 〈밀양〉(2007), 〈시〉(2010)까지 주로 고통을 소재로 다루었는데, "고통을 다루는 것이 즐거움을 다루는 것보다 덜 불편"하다는 것이 그 이유이다.

범람하고 있기에, 이창동이 고통의 외설성으로 치우치지 않고 고통을 다루는 다른 길을 모색한다는 점은 눈길을 끈다.[3] 이창동은 이해를 넘어서는 사태를 이해 가능한 것으로 손쉽게 바꿔치기 하지 않기에, 인물이 사태를 통과하며 고군분투하는 과정은 놀랍게도 관객을 육박해오는 고통으로 화한다. 아이의 유괴 살해, 청소년 집단 성폭력 사건과 자살 등 자극적인 사건을 재현하지 않음으로써, 오히려 죽음이 바깥으로부터 오는 폭력적 사건이고, 죽음 앞에서 우리가 무력할 수밖에 없다는 것이 재현되는 셈이다.

그런데 〈밀양〉과 〈시〉가 각각 인물이 처한 하나의 입장만을 고집스럽게 다루고 있기 때문에, 우리는 종종 두 영화에서 다루는 각기 다른 상황을 하나의 장면으로 수렴시키고 싶은 충동을 느끼게 된다. 서로의 반대 급부로 나뉘어진 채 존재하는 정보들을 합치면, 사태를 총체적으로 파악할 수 있을 것이라는 착각 속에 빠지게 되는 것이다. 시선의 교환이 투명하게 보이는, 속이 다 비치는 유리창으로 된 가게들로 이루어진 거리, 〈밀양〉과 〈시〉의 공간의 인상이 이를 부추긴다. 종찬의 말을 빌리자면 밀양은 "사람 사는 다 똑같은" 곳일 뿐이지만, 두 영화처럼 우리 역시 한때 세간을 떠들썩하게 만들었던 밀양 집단 청소년 성폭력 사건으로부터 자유롭지 못하기 때문이다.[4]

---

3 〈악마를 보았다〉(김지운, 2010), 〈아저씨〉(이정범, 2010), 〈김복남 살인사건의 전말〉(장철수, 2010), 〈황해〉(나홍진, 2010) 등 훼손된 신체와 고통의 전시를 전면화하는 영화들이 유행하고 있다. 영화의 외설성, 고통의 외설적 이미지의 폐해에 대해서는 5장 참고.

4 이창동은 밀양에 덧씌워지는 이런 이미지를 우려해서, 밀양에서 일어난 사건과 〈밀양〉과 〈시〉를 연결하는 것에 대해 조심스러운 입장을 취하면서도, 작품의 기획과정에서 사건이 두 영화에 상호 영향을 미쳤음을 밝히고 있다. (이창동 · 정한석 인터뷰, 《씨네21》 753호)

〈밀양〉에서 신애는 아이를 유괴 살해당하고, 〈시〉에서 미자는 피해자가 자살한 집단 성폭력 사건에 손자가 가담했다는 사실을 통보받는다. 그런데 신애에게 일어난 일과 미자에게 일어난 일을 동시에 서술하는 이 문장은 균형이 맞지 않다. 미자가 직접 한 일이 아니기 때문이 아니라, 한쪽에선 피해자의 고통을, 다른 한쪽에선 가해자의 책임을 다룬다고 간단히 요약할 수 없는 피해자와 가해자 사이의 근본적인 비대칭적 관계가 있기 때문이다. 두 영화를 함께 놓고 보는 것은 하나의 사태를 온전히 복원하려는 것과는 거리가 멀며, 오히려 선명한 차이를 부각시킨다. 이를 염두에 둔 채, 집 안을 응시하던 미자의 시선을 따라, 영화가 반복적인 일상을 구현하기 위해 필연적으로 취하는 반복의 전략을 살펴보자.

2. 타인의 고통

고통은 불가해한 것이다. 우리의 의식 속에 주어지지만 수용될 수 없고, 종합할 수 없는 것이다. 레비나스는 고통 속에서 우리가 주도권을 상실하며, 도피처도 없이 굴복당한다는 점에 주목했다. 고통은 결코 무화될 수 없는 타자와의 거리를 지시하는 것에 다름 아니다. 고통받는 이가 고통의 의미에 쉽게 굴복하는 것은 이 때문이다. 준이 죽고 신애에게 남은 것은 고통뿐만이 아니라, ‘왜?’ 라는 의문이었다. 미자 역시 고통 속에서 ‘시상’ 을 찾아 헤맨다.

그녀들이 타자의 상징화를 위해 매달리는 장치는 종교와 시 쓰기이다.[5] 영화는 기도회나 시 쓰기 강좌 자체를 보여주는 데 많은 장면을 할애하고 있다. 이 장면들은 영화의 다른 장면들과는 조금 다르게 찍혀 있으며, 서사는 지연된다. 〈밀양〉에서 교회에서의 기도회의 경우 대부분 찬송가나 설교가 들리는 가운데, 감화된 얼굴들을 와이드 스크린에 가득 찬 45도 클로즈업으로 보여준다. 〈시〉에서 수강생들은 돌아가며 자신의 기억을 발표하고, 낭송회에서 시를 낭송하는 것은 편집 없이 그대로 보인다.

〈밀양〉에서 신애는 고통받는 사람들의 얼굴 속에서 자기 자리를 찾는다. 기도회가 고조되고, 외화면 밖에서 끼어드는 울음 소리가 점점 커지더니, 숏이 바뀌면 신애가 목놓아 울고 있다. 이 숏은 신애의 고통을 특권화하고 있는데, 마치 신애의 고통에 응답해서 신이 그녀를 보는 것처럼 배열되어 있기 때문이다. 프레임 안에는 종찬이 신애의 자리 뒤에 앉아서 신애를 걱정스럽게 바라보고 있고, 목사의 손이 전경에서 울고 있는 신애의 머리를 토닥이고 있다. 신애는 다독이는 손과 때마침 자기에게 향하는 시선 앞에서 종교에 귀의한다.

이후 신애는 여러 사람과 함께 한 프레임 속에서 등장한다. 간증하거나, 전도하거나, 역사에서 찬송가를 부를 때, 그녀는 항상 사람들과 같은 프레임 속에 있다. 같은 규율을 공유하고, 여러 사람들이 모여 있는 곳에서 고백함으로써 경험을 공유하고 전파하는 기독교-공동체에

---

5 영화는 타자의 죽음과 함께, 이 장치들의 자리를 미리 마련해둔다. 이를테면, 땅을 보고 서울로 올라가는 동생을 배웅하는 밀양역사에서, 신애 취향이 아니라는 '힌트'를 듣는 종찬의 프레임 구석에는 사람들이 찬송가를 부르고 있다. 〈시〉에서 미자가 시강좌를 들을 거라고 딸과 통화하면서 병원을 나설 때, 프레임 안팎을 넘나드는 인물의 동선과 함께, 카메라는 미자를 자살한 딸을 두고 울고 있는 희진 엄마와 한 숏으로 잡는다.

안착한 것이다. 신애는 신앙을 공고히 하기 위해 유괴범의 면회를 자청하지만, 면회를 마치고 나오는 길에 쓰러진다. 그녀는 뒤따르던 종찬과 일행을 지나쳐 홀로 프레임 안에서 쓰러지는데, 이로써 공동체의 프레임 속에서 이탈한다.

신애의 집에서 신애를 위한 기도회가 열린다. 드물게 부감으로 촬영된 이 숏에서 신애가 그들 무리에서 혼자만 떨어져 구석에 앉아 있다. 그녀는 이제 정말 공동체의 프레임을 벗어난 것일까? 다음으로 신애는 성당에 가서 테이블을 치면서 항의한다. 이 장면은 신애가 종교에 입문하게 된 장면과 비슷하게 찍혀 있다. 외화면 밖에서 끼어든 울음 소리가 신을 긍정한다는 것의 증거였다면, 이번에 외화면 밖에서 끼어드는 두드리는 소리는 신을 부정하기 위한 것이다. 부정은 긍정의 이면일 뿐이다. 시디를 훔치고, 야외 부흥회에 가서 음악을 틀고, 약국의 장로를 유혹하고, 결국 자해를 하는 데까지 이르는 신애의 일련의 시도들은 여전히 종교의 틀을 벗어나지 못한다. 그녀에게 부과되고 그녀가 지속시키는 고통은 고통이 의미의 문제에 속하는 것이라는 점을 보여줄 뿐이다.[6] 고통은 이성을 통해 해명하거나 정당화하는 것이 불가능한 의미 없는 것이지만, 의미 없는 것이라는 지점에서 여전히 의미의 문제에 속하는 것이다.

그럼에도 끝장내고 말겠다는 듯 의지했던 의미에 완강히 저항하는 신애의 몸짓은 그것을 지켜보는 관객을 고통스럽게 만든다. 이는 카

---

6 아우슈비츠와 같은 20세기의 사건들로 인해, 악의 존재조차 신의 의지에 포섭된다고 신을 변호하는 이론인 변신론이 끝장난 이후, 인간의 고통에 유용성을 부여하려는 시도는 고통의 본질이 의미 없고 쓸모없는 것이라는 결론에 이른다.(강영안, 『타인의 얼굴: 레비나스의 철학』, 문학과지성사, 2005)

메라의 움직임 때문이기도 한데, 신애의 행위는 보이지 않는다. 시디를 훔치거나, 섹스를 하거나, 자해를 할 때 카메라는 훔치거나 자해하는 손이나, 섹스하는 몸이 아니라 얼굴을 먼저 보여준다. 그 얼굴은 고통이라고 단정할 수 없는 애매한 표정으로 자리를 차지하고 있다. 이창동은 숏이 바뀌거나 카메라가 이동하면 정황이 드러나더라도 그전에 먼저 얼굴을 배치하는 것이 중요하다고 생각한 것 같다. 신의 시선을 상정하는 신애의 내기가 보이지 않는 것에 대한 리액션이라는 것뿐 아니라 행위를 지연시키며 먼저 보이는 모호한 얼굴들로 인해 관객의 불안은 증폭된다.

한편으로 이는 프레임 밖으로 빠져나온 신애가 기독교–공동체의 균열을 일으키려는 것을 지켜보는 우리의 불안에서 기인하는 것이기도 하다. 〈밀양〉에는 신애가 무언가 바라보고 있는 뒷모습이 자주 등장한다. 그녀가 종찬에게 도움을 구하려 할 때, 처음으로 교회에 들어갈 때(바람이 휘몰아치는 횡단보도 앞에서 플래카드를 올려보는 숏), 야외부흥회에 음악을 틀러 들어갈 때, 기도회 중인 건물에 돌을 던지기 전에, 그녀는 멈춰서서 바라본다. 밖에서 안으로 들어가려 하기 직전, 이 장면들은 여지없이 그녀가 무슨 일을 벌일지도 모른다는 불안감을 초래한다. 공동체는 굳건하고 부서지는 것은 신애 자신이라는 점을 생각해보면, 불안은 공동체의 훼손을 바라지 않는 관객의 욕망에서 비롯한다.

3. 얼굴

〈밀양〉에서 신애의 저항이 신애의 의도와 다르게 오히려 종교를 승인하면서 이뤄진 것과 같이, 〈시〉에서 아름다움만을 보려던 미자는 아름답지 못한 것이 아름다운 것이라는 역설을 체험한다. 미자는 시낭송회에서 음담패설이나 하는 경찰관이 못마땅하지만, 시를 모독한다고 여겼던 그가 경찰비리를 고발하다가 좌천된 순수한 사람이라는 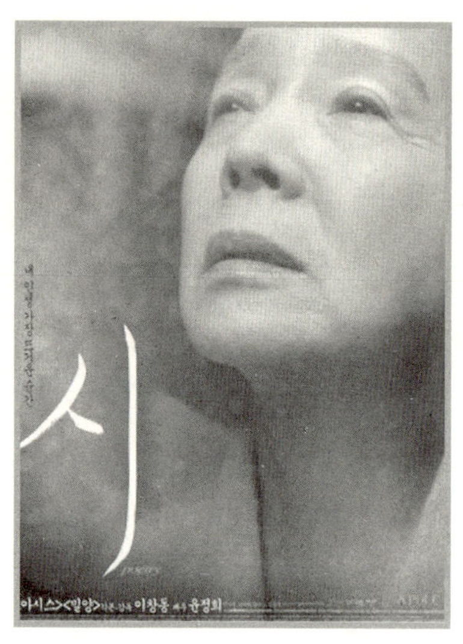

것과, 아름다운 순간에 대한 발표에서 고통 속에서 아름다움이 느껴졌던 것에서, 아름다움은 따로 떨어져 있는 순수한 어떤 것이 아님을 알게 된다.

〈시〉에서 미자는 죄책감이나 돈문제나 초기 치매에 걸렸다는 것에 관한 고민은 아무와도 나누지 않는다. "행동을 절대 통일"해야 하는 시기에 다른 문제들을 모른 체하는 그녀의 태도는 "개념 없"거나 철없게 비치지만, 그녀 역시 세속적인 아버지들을 비난하듯, 아름다움에 속한 시 쓰기에 몰두한다. 미자는 좀처럼 시가 쓰이지 않아 괴로워한다. 시인은 마음속의 느낌을 솔직하게 쓰면 된다는데(이 말은 종교는 느끼는 것이라는 신애의 말을 상기시킨다) 미자는 "느낌은 있는"데 도무지 시를 쓰지 못한다.

미자의 행동은 여러 가지 면에서 신애를 떠올리게 한다. 우선 이들은 주위 사람들에게 이상하거나 유별난 존재로 여겨진다. 또 종교나 시 쓰기에 의지했다가 돌아서는 지점이 비슷하다. 신애가 종교에 취해서 면회를 자청했다가 종교에 등 돌린 것처럼, 미자 역시 희진 엄마를 만나러 갔다가, 자연과 그것이 주는 느낌에 도취해서 정작 희진 엄마를 만나러 간 목적은 잊어버리고 만다. 신애가 준이의 화장터에서 울지도 못하고 쭈그리고 앉아 있을 때 종찬이 살며시 다가와 앉는 장면은, 시낭송회의 뒷풀이를 하던 가게 마당에서 경찰이 쭈그리고 앉아 울고 있는 미자를 위로해주는 장면과 똑같다. 또한 미자는 병원에서 다른 사람에게 걸려온 전화를 자기 전화로 착각하고 민망해하는데, 이는 신애가 강박적으로 매달렸던 유괴범의 전화, 걸려오지 못할 전화를 받고 있던 신애의 모습을 떠올리게 한다. 유괴범에게 아이만 살려준다면 "무엇이든 할게요"라고 말하는 신애의 모습은, 기범이 아버지의 노래방에 가서 돈을 빌려준다면 "무엇이든 할게요"라고 말하는 미자의 모습과 겹쳐진다.[7]

그런데 이러한 반복을 눈여겨보려는 것은 무엇이 똑같이 반복되었는가를 확인하기 위한 것이 아니라, 이미 보인 장면들이 왜 비슷한 모양으로 다시 등장하는지를 생각해봐야 하기 때문이다. 이를 위해 신애가 준이 죽은 곳에 가보는 장면을 살펴보자. 준이의 죽음을 확인하는 것은 단 한 번 있는 일이지만, 그 과정이 타이틀시퀀스와 똑같

---

7 이 장면의 앞 뒤 숏 배치도 유사하다. 〈시〉에서는 미자가 활기찬 모습으로 노래를 부르는 장면 다음에 배치되어 있고, 〈밀양〉에서는 신애가 준이의 웅변발표 뒷풀이를 마치고 노래방에서 신나게 놀다가 귀가해, 도움을 구하러 종찬의 가게에 갔다가 노래를 부르는 종찬을 보고 돌아서는 순으로 연결되어 있다.

이 찍혀서 반복되는 느낌을 준다. 밀양의 첫 장면은 차 유리창 안에서 올려다본 하늘 컷, 차 안에 있는 준이의 옆모습을 찍은 컷, 전화를 마친 신애와 준이의 장난(롱숏)으로 연결되는데, 신애가 준이를 발견하는 장면 역시 봉고차 유리창으로 올려다본 하늘 컷, 차 안에 있는 신애의 옆모습, 저수지 아래로 내려가는 신애(롱숏)로 동일하게 이루어져 있다.

이는 미자가 시상을 찾으러 다리 위에 가는 장면과 비교되는 측면이 있다. 미자는 시상을 찾기 위해 학교에 갔다가 사건이 일어났던 과학실 안을 들여다보았고, 다리 위에서 강물을 내려다보다가 그만 바람에 모자가 떠내려간다. 미자의 가서 보는 일에도 '다시' 가서 봄의 의미가 새겨져 있는데, 이는 신애의 동일하게 반복된 숏과는 다르다. 미자로서는 처음 보는 것이고, 관객 역시 미자와 함께 처음 보는 것이다. 미자가 볼 수 있는 것은 텅 빈 과학실이나 다리 아래 유유히 흐르는 강밖에 없다. 하지만 아무것도 없다는 의미에서 이미 지나가 버린 타자의 흔적이 남아 있고, 이어지는 미자의 행동이 이 숏의 의미를 분명하게 해준다. 미자는 희진의 자취를 상상하는 데 그치지 않고, 그것을 행위로 반복한다. 미자가 치매에 걸렸고, 치매가 망각의 병이라는 점에서 몸으로 반복하는 미자의 행위는 의미심장하다.

하지만 소녀의 자취를 미자가 반복하기 때문이 아니라, 전도된 형태로 반복될 때 드러나는 사태의 비극성 때문에 우리는 비극적 사건을 대면할 수 있다. 소녀의 사후에 사정이 기록된 일기가 발견되었지만 아버지들의 모임은 보상금을 마련해서 그 일을 덮으려 할 뿐이다. 돈이 없어 보상금을 마련하지 못한 미자만이 노인과 일을 치르고 시대신 협박의 말을 적은 노트로 돈을 요구하는 것까지 소녀의 자취를 반복하며, 회피의 제스처에 불과한 것 같았던 시 쓰기는 도리어 책임의 문제를 제기한다.

마지막에 나타나는 희진의 얼굴이 문제다. 처음에 엎드린 시신으로 얼굴을 가리고 떠내려왔던 희진은 미자가 사라진 숏들 위로 아네스의 노래를 낭송할 때, 바톤터치를 하듯 목소리로 먼저 등장했다가, 마지막에 다리 위에서 환하게 웃는 모습으로 뒤돌아본다. 미자의 시 쓰기가 성공하자마자, 영화는 소녀의 얼굴을 불러들인다. 시 쓰기는 하고 싶은 말을 못 하고 죽은 소녀를 기억하고, 다른 사람의 마음을 대신해서 노래하는 것이 된다. 그런데 애도는 타자를 자아의 상징구조 안으로 동일화하는 것으로, 정상적인 애도는 타자성을 제거하는 상징적 폭력을 함축한다. 이런 점에서 정상적인 애도는 실패한 애도, 불충실한 애도이다.

동시에 미자가 사라짐으로써 시 쓰기를 완수했다는 점에 주목해야 한다. 시 쓰기의 성공은 미자의 죽음과 함께 이야기되어야만 하고, 이는 〈밀양〉의 원작 「벌레이야기」에서 인간의 존엄성 상실에 항의하기 위해 죽음을 택한 아내를, 죽는 것보다 정아와 마주치게 하는 것이 더 중요하다고 생각한 이창동의 변화와도 함께 생각해봐야 할 문제이다. 이창동은 〈밀양〉에서 쉽게 우리가 이해한다고 나설 수 없게 만들었던 타인의 고통을, 이해하고 대속하는 일이 가능하다는 쪽으로 마음을 바꾼 것 같다. 더욱이 미자가 부재하는 숏을 지나, 환하게 웃음짓는 소녀의 숏이 관객을 향할 때, 관객의 마음도 얼굴에 감화하리라 믿는 것 같다. 안시환은 아름다운 시의 노력이 시적 기적의 체험을 가능하게 한다고 썼다.[8]

문제는 여전히 남아 있다. 김영진은 그들의 고통에 연루되었을 가능성을 괄호 친 우리가 그 얼굴을 똑바로 볼 수 있느냐고 반문한다. 얼굴은 관객을 시선의 대상으로 격화시키고, 보는 행위에 대한 반성적 거리를 확보한 듯한 착시효과를 불러일으키고 있다. 하지만 희진의 얼굴은 관객에게 명령하는 윤리적인 얼굴인가? 오히려 그것은 기어이 불러낸 얼굴이며, 죽음이 얼굴로 나타나는 순간을 보게 만드는 우리의 욕망의 대상이다. 남다은은 얼굴을 보고 싶다는 마음이 애도했다는 착각을 불러일으키는 것일 뿐이라고 일축한다.[9] 정성일은 역겨운 것을 보는 것은 그것이 매혹적인 것이기 때문이 아니라, 두렵기 때문에 참을 수 있는 것으로 바꾸려는 것이며, 납득할 수 없는 실재의 구멍을 메우려는 노력이라고 썼다.[10] 시선의 윤리는 보지 않는 것에서 비롯한다.

4. 본다는 것

이창동의 영화에는 그간 '문학적'이라는 꼬리표가 붙어 있었다. 김영진은 이를 "플롯의 짜임에는 능하지만 시각적 쾌감이나 충격이 없는 영화, 시각적 충격을 노리지만 문자적 설명으로 대치될 수 있는 수준"이라고 요약했다.[11] 하지만 〈밀양〉에서 〈시〉에 이르러 이창동

---

8 안시환, 「영화의 힘, 기적의 체험」, 《씨네21》 754호.

9 남다은, 「그 죽음에 대한 애도, 가능합니까」, 《씨네21》 756호.

10 정성일, 「영화를 볼 것인가, 말 것인가」, 『언젠가 세상은 영화가 될 것이다』, 바다출판사, 2010.

의 영화는 "문자예술의 영상적 대체물이라는 비판을 불식시킬 만큼 정련된 스타일을 구사"한다는 것이 중론이다.[12] 그럼에도 〈밀양〉이 이청준의 단편소설 「벌레이야기」를 각색했다거나, 〈시〉의 칸영화제 각본상 수상 이후, 다시 불거졌던 영진위 제작지원 문제를 이야기할 때, 여전히 '문학적'이라는 혐의와 알리바이를 거두지 않으려는 관성을 확인하게 된다.

이러한 비판을 의식하여선지, 이창동은 각각의 영화가 매체에 대한 반성의 산물이며, 때로는 영화적인 것의 메타적 탐구만이 그 작업의 전부인 양 말할 정도로 영화적인 것에 대한 의지를 표명했다. 이를테면, 〈밀양〉은 비가시적인 것까지 가시화하는 가시성의 문제를 중요한 테마로 다루고 있는데, 이는 "우리가 지각해야 하는 것은 직접 우리에게 보여지는 것, 연출된 것일 뿐 아니라 보이는 것과 보여주려는 순간 사이의 긴장의 표현"인 영화의 속성을 테마로 삼는다는 말과 다르지 않다.[13]

더구나 이 주제가 고통의 재현에 대한 이창동의 태도를 드러낸다는 점에서 본질적이다. 〈밀양〉은 현실에서 보는 것과 똑같이 보이도록 촬영되었는데, 신애는 현실감을 환기시키는 다른 인물들과 다르게 보인다. 허문영은 신애의 경우, 메쏘드 연기의 주문을 통해 촬영이 진행되었고, 신애라는 캐릭터 자체가 보여주기 위한 행위를 실행하는 일종의 연기자라는 점에서, 촬영과 서사가 이중의 방식으로 신애를 불투명한 인물로 그리는 데 주력하고 있다고 보았다.[14] 신애의

---

11 김영진, 「폼잡지 않는 자기구원 밀양 기쁘게 하는 까닭」, 《필름2.0》 336호.
12 장병원, 「〈밀양〉은 윤리적인 영화인가?」, 《필름2.0》 337호.
13 엠마뉴엘 시에티, 심은진 옮김, 『쇼트』, 이화여자대학출판부, 2006, 40쪽.

불투명성은 스크린 안의 스크린이며, 유괴살해 사건을 육체화하지 않는 데서 그치지 않고 실재감마저 탈색시키려는 안간힘이라는 것이다.

그런데 이러한 이중의 스크린 효과는 소설의 서술자라는 장치를 충실히 번역하려는 노력과도 맞닿아 있는 듯하다. 카메라가 존재와 부재를 노출하는 영화의 특권적인 눈이라면, 소설에서 서술자는 일종의 매개자라는 사실을 은폐하지 않음으로써 대상에 대한 태도를 정직하게 드러내는 장치이다. 〈밀양〉의 원작 「벌레이야기」에서 서술자는 사건의 끔찍함을 묘사하는 데는 관심이 없고, 경과만을 간략하게 서술한다. 대신 사건의 국면이 변화할 때마다, "또 다른 피해자가 된 아내"가 이에 대응해 고통을 견디는 모습을 지켜본다. 아내는 서술자이며 관찰자인 나의 시선에 매개된 채로 보이기 때문에 투명하게 보이지 않는다.

영화에서는 이 매개의 과정이 대비 효과로 나타난다. 소설에서 서술자이며 관찰자인 나에 상응하는 것은 종찬인데, 종찬의 시점 숏은 제한되어 있다. 대신 흔히 자연스러운 밀양의 인격화로 이야기되는 종찬과 신애의 대비 효과가 신애의 불투명성을 강조한다. 같은 재현의 전략을 사용한다 해도 매체의 차이는 확연하게 환기된다. 〈밀양〉이 차용한 주요 모티브로 언급되는 면회장면을 살펴보자. 「벌레이야기」에서 아내는 자신의 '용서'를 확인하기 위해 유괴범의 '얼굴'을 보러 면회를 갔다가 절망 속에서 말을 잃는다. "살인자가 그 아이의 어미 앞에서 그토록 침착하고 평화스런 얼굴"일 수 있냐는 것

---

14 허문영, 「〈밀양〉, 한 고전주의자의 안간힘」, 『세속적 영화, 세속적 비평』, 강, 2010.

이다. 이 장면은 묘사되는 것이 아니라 아내의 말을 빌려 서술되어
있다.

〈밀양〉에서는 이 장면을 직접적으로 보여준다. 인물이 얼굴을 대
면하게 한 다음, 시선의 교환을 반복적으로 보여준다. 유괴범 박도섭
과 신애가 만나는 장면과 유괴범의 아이 정아와 신애가 만나는 장면
이 반복된다. 준이 죽고 나서 신애는 경찰서 복도에서 체포되어 오는
박도섭과 마주치지만 아무 말도 하지 못한 자신을 자책한다.[15] 종교에
귀의한 신애는 박도섭을 용서하기 위해 면회를 가지만 박도섭은 오히
려 신에게 용서를 받았다고 말한다.[16] 정아는 영화에만 등장하는 인물
인데, 준이가 유괴되기 전에 웅변학원 봉고차 안에서 아버지 손에 우
악스럽게 끌려온 정아를 본 이후로, 신애는 차 안에서 창문을 통해 남
자아이들에게 맞고 있는 정아를 지켜본다. 신애가 병원에서 퇴원하는
날, 미용실에서 정아와 마주친다. 거울을 사이에 두고 눈이 마주치자
인사는 하지만, 신애는 머리를 자르다 말고 그냥 나와버린다.

〈시〉에는 이 모티브가 확장되어 있을 뿐 아니라 노골적으로 전면
화되어 있다. 미자는 희진의 위령미사가 있는 성당에서 사진 속에서
웃고 있는 희진을 처음으로 본다. 성당 안에서 희진의 친구가 쳐다보
자 황급히 나온다. 수치는 누구인가 앞에서 느끼는 것이기 때문에, 사

---

15 이 장면은 롱테이크로 촬영되어 박도섭이 경찰의 손에 끌려 들어오며 신애를 쳐다보고, 신
   애는 자기도 모르게 몸을 움츠리고, 종찬은 뭘 쳐다보냐고 달려드는 상황이 모두 한 프레임
   안에서 이루어진다.
16 클로즈업으로 대화씬이 붙는 것은 영화를 통틀어 이 씬뿐인데, 처음에는 두 사람의 어깨를
   걸고 숏이 붙다가, 박도섭이 용서를 받았다고 고백하는 순간부터 얼굴 클로즈업으로 붙는
   다. 와이드 스크린은 화면의 끝을 왜곡시키며 좁은 면회실을 더욱 좁게 여겨지게 하는 효과
   를 낸다.

르트르는 수치가 타자와의 내적관계에 대한 자백이라고 했다.[17] 이는
희진 엄마와의 마주침에서 반복되고 강화된다. 처음에 미자는 종욱이
가 소녀의 죽음에 연루되었다는 사실을 모른 채, 병원 앞에서 자살한
자기 딸을 독한 년이라고 부르며 울고 있는 희진 엄마를 구경한다. 다
음에 미자는 희진의 엄마를 설득하러 갔다가, 주위풍경에 도취되어
자기가 그곳에 간 이유를 잊는다. 떨어진 살구에 대해 떠오른 시상을
한참 늘어놓고 돌아설 때, 그녀가 희진의 엄마라는 사실을 깨달은 미
자의 얼굴은 처음으로 일그러진다. 마지막으로 합의금을 마련하지 못
했다는 이야기를 하러 간 종욱이 친구 아빠의 가게 안에서 희진이 엄
마를 다시 만났을 때, 미자는 아무 말도 못 하고 가게를 빠져나온다.
돈을 마련하지 못했다는 말에 화를 내는 기범이 아빠의 말보다, 유리
창 너머에서 미자를 쳐다보고 있는 희진이 엄마의 얼굴이 미자의 마
지막 결단을 촉구한다.

유리창 너머에서 미자를 향해 틀어 앉아 미자를 쳐다보는 희진 엄
마의 숏은 시상을 찾아 학교까지 갔다가 까치발을 하고 과학실을 넘
겨보는 미자의 클로즈업 숏과 대구를 이룬다. 미자가 보려고 했던 자
리에 희진은 없다. 타자는 절대적으로 지나간 과거이며, 나의 표상 능
력을 넘어서는 자이기 때문이다. 오히려 거기 있는 것은 미자를 무력
화하고 윤리적 행동을 촉구하게 하는 희진 엄마의 얼굴이다. 내가 수
치를 느끼는 동안, 타자는 타자로서 등장하며, 나에게 명령한다. 희진
엄마와 미자는 유리창으로 격리되어 있지만, 그 시선 앞에서 미자는
더 이상 안전하지 않다.

---

17 서동진, 『차이와 타자』, 문학과지성사, 2000, 184쪽.

이는 〈시〉의 오프닝 시퀀스가 끝난 후, 덩그러니 보여지는 TV화면과 대조적이다. TV화면 속에는 아이를 잃고 눈물을 흘리는 팔레스타인 여자가 클로즈업되어 있고, 숏이 바뀌면 병원에서 진료를 기다리는 미자는 심드렁하게 TV를 보고 있다. 이 장면은 수잔 손택이 『타인의 고통』에서 제기한 방관의 문화에 대한 비판을 상기시킨다.[18] 오늘날과 같은 세계적 스펙터클의 사회에서는 세계 곳곳에서 고통받는 이들의 모습을 손쉽게 접할 수 있다. 우리는 안전한 곳에서 그들의 고통을 구경하는데, 이는 그들의 고통과 나의 연루 가능성을 분리하고 있기 때문이다. 손택은 '연민'으로 요약되는 이러한 태도를 비판하며, 타인에게 연민 베풀기를 그만둠으로써 타인의 고통에 개입할 능력을 회복하기를 촉구한다.

5. 영화

다시 〈시〉의 첫 장면을 떠올려보자. 타이틀 시퀀스에서 하늘을 쳐다보던 아이가 고개를 돌리고 컷하면, 강에 시체가 떠내려오고 아이의 시점 숏 같았던 프레임 안으로 바라보고 있는 아이의 뒷모습이 들어온다. 타이틀 시퀀스가 영화의 주제를 압축적으로 보여준다는 점을 염두에 둔다면, '본다'는 행위의 중요성을 설파하면서도 영화 막바지의 비밀과 함께 시점 숏이 제한되고 있음을 알 수 있다. 이러한 숏은 영화에서 여러 번 반복되는데, 미자가 김용탁 시인의 말을 따라 '본

---

18 수잔 손택, 이재원 옮김, 『타인의 고통』, 이후, 2004.

다' 는 것에 문자 그대로 매달릴 때도 그렇다. 시수업이 끝난 다음 숏은 고정된 카메라가 싱크대 위쪽에서 아래로 천천히 틸다운 하다가 옆으로 빠지는데, 이때 '본다' 는 것을 실천하는 미자의 시점 숏처럼 보였던 프레임 안으로, 보고 있는 미자의 옆얼굴이 들어온다.

이렇듯 본다는 행위가 영화의 전반에 걸쳐 강조되어 있지만, 이것이 '보는' 것에 대한 전면적인 지지와 긍정을 말하는 것은 아니다. 미자와 신애는 종종 보는 자에서 보이는 자로 자리를 바꾼다. 더구나 보는 것에 대한 반성은 영화라는 매체에 대한 근본적인 성찰을 요구하는 것이기도 하기에 간단하지 않다. 그런데 〈시〉에서 시는 영화로 대체될 수 있는 것이며, 다만 일상에서 시를 묻는 것이 영화감독을 통한 영화에 대한 질문보다 더 가깝게 여겨졌다는 감독의 말에서 영화적인 것에 대한 의지가 엿보인다. 아름다운 이미지로만 채워진 영상 포엠이라는 형식에 대한 질문을 밀고 나가고 있다는 점도 매체에 대한 반성적 태도를 견지하고 있음을 확인하게 한다.

그런데 안시환은 때로 〈시〉가 대상의 순수한 아름다움에 눈 흘깃거리는 느낌을 주며, 이는 도덕 안에서 시의 역할을 찾으려는 영화적 태도와 충돌한다는 점을 지적한다.[19] 정한석 역시 〈밀양〉이 인물을 수수께끼로 알 수 없게 만드는 서사의 체계였다면, 〈시〉는 피해자와 구분될 수밖에 없는 가해자의 고통을 다루고 있기에 서사가 비교적 단순해지며, 일상을 다룰 수밖에 없는 대신, 이를 보충하기라도 하듯이 사건이 발생할 때 불어오는 바람과 같은 감각의 숏이 나타난다고 보았다.[20]

---

19 안시환, 앞의 글.
20 정한석, 「이창동의 도덕」, 《씨네21》 753호.

이는 얼굴과 그림 속의 얼굴을 구별하는 레비나스의 예술론이 제기하는 문제와도 겹치는 부분이 있다.[21] 레비나스에게 얼굴은 타자의 고통 앞에서 눈감을 수 없게 하고, 나의 자발성을 문제 삼는 윤리적 계기이다. 반면, 예술 작품 속에서 얼굴은 아름다움을 주는 감성계안의 한 외관으로 머물며, 감각적 경험에 그친다. 타자성의 경험을 여는 얼굴과 달리, 예술은 오직 나만의 이기적인 자유를 가능하게 하고, 책임성의 세계 속에서 도피의 영역을 구축한다.

하지만 이 숏들 덕분에 미자가 사라진 부재의 숏들은 그 흔적을 선명히 드러낸다. 이창동은 부재가 새겨진 숏을 사유함으로써 텅 빈 아름다운 이미지가 아니라, 의미의 프레임을 만들려고 한다. 현재화되지 않는 흔적의 숏들을 보여줌으로써 미자를 어느 정도 비밀스럽게 보존하고, 아름다운 이미지 역시 아름답지만은 않는 것으로 변화시킨다.

손택은 『타인의 고통』에서 고통을 다룬 도상을 분석하면서, 고통의 재현물의 한계를 이야기한 바 있다. 고통은 기독교 예술이 지옥을 묘사하는 것처럼, 처음에는 본보기 구실로 재현되었지만, 점점 끔찍함 속의 아름다움이 부각되기도 하면서 결국 음란한 정신 상태의 시각적 등가물만이 남게 되어, 타인의 고통 자체가 소비를 자극하는 주된 요소가 되었다. 고통의 재현물에서 타인의 고통은 단순한 볼거리

---

21 레비나스에게 그림은 대상의 재현이 아니라 대상의 존재 자체의 변질이므로, 이미지는 대상보다 떨어지는 것이 아니다. 예술은 힘들의 비인격적인 장이지만, 비평을 통해 타자와의 관계라는 윤리적 조망을 도입하는 방식으로 비인간적인 작품에 인격성을 부여할 수 있다고 보았다. 이를테면, 그는 프루스트를 분석하면서, 소유욕들로 얼룩진 사랑을 그녀의 죽음을 염려하는 윤리적 사랑으로 해석한다.(서동진, 『차이와 타자』, 문학과지성사, 2000, 389~393쪽)

로 전락한다.

영화는 눈앞의 광경과 분리된 관객의 위치를 보장하며, 고통을 안전한 것으로 길들이고 이용하는 장치이다. 그런데 고통의 재현가치가 외설성에만 머물러 있다면, 변신론의 종말 이후에도 고통의 의미를 탐구하고자 했던 일련의 시도들은 무용지물이 될지도 모른다. 〈시〉의 마지막 수업시간, 미자의 시를 읽기 전에 시인은 시 써온 사람 또 없느냐고 묻는다. 수강생들이 "어려워요"라고 대답하며 멋쩍게 웃을 때, 그 모습은 고통의 재현물 앞에서 가벼운 연민 뒤에 서 있는 우리의 모습과 겹쳐진다. 그럼에도 고통을 단순한 볼거리로 전락시키지 않으려는 이창동의 안간힘 앞에서, 우리는 고통과 함께, 타자의 고통의 심연을 그 윤곽이나마 가늠해볼 수 있다.

2부

실재

오선영

환상은 없다
— 황정은론

1. 되풀이되는 환상

사전적인 정의로 환상(幻想)은 "현실적인 기초나 가능성이 없는 헛된 생각이나 공상"을 뜻한다. '현실적인 기초나 가능성이 없'다는 것, 다시 말해 현실과 동떨어진, 현실 불가능한 일을 가리켜 우리는 '환상'이라 부른다.

그런 의미에서 환상문학은 신과 대화하는 인간이나 악령을 쫓는 퇴마사, 그들이 사용하는 마법의 지팡이나 붉고 푸른 호리병들로 형상화된다. 가깝게는 『반지의 제왕』, 『해리포터』 시리즈부터 멀게는 『그리스·로마 신화』까지 환상이라는 단어를 꼬리표처럼 붙이고 있는 작품들은 지금 이곳과는 동떨어진 시공간을 배경으로 기상천외한 모험담을 펼치고 있다. 혹은 카프카의 『변신』, 이우혁의 『퇴마록』처럼 당대의 독자들이 경험적으로 알고 있는 현실을 배경으로, 현실에

서 일어날 수 없는 일들을 풀어나가기도 한다. 어떠한 형식이든 환상
은 작품 속 사건, 또는 사건이 벌어지고 있는 시공간이 독자들의 경험,
현실과 일치하지 않는 데에서 오는 충격, 충돌을 바탕으로 하고 있다
는 점에서 공통점을 보인다.[1]

2005년 〈경향신문〉 신춘문예에 「마더」가 당선되어 작품 활동을
시작한 황정은의 소설에도 '환상'이라는 단어가 꼬리표처럼 달라붙
는다. 황정은의 첫 단편집인 『일곱시 삼십이분 코끼리열차』에는 모자
로 변한 아버지(「모자」), 오뚝이로 변하는 아내(「오뚝이와 지빠귀」), 등 뒤
에 나 있는 문을 열고 나오는 할머니(「문」) 등이 등장한다. 현실에서 벌
어질 수 없는 이러한 일들을 가리켜 이 책의 해설을 쓴 서영채는 "명
랑한 환상의 비애"라고 명명하였다. 황정은의 환상은 "가볍고 경쾌한
명랑성과 결합되어 있"으면서도 "일상의 비애와 슬픔과 혹은 고통을
수채화풍의 가벼운 터치로 포착"해낸다는 것이다.[2] 김나정은 황정은
의 소설이 "이치를 따지자면 허무맹랑하지만, 정서적으로는 그럴싸

---

1 캐서린 흄은 사건과 사람, 상황, 대상을 묘사하고 싶은 욕망인 '미메시스'와 주어진 것을
바꾸고 현실을 변형시키고 싶은 욕망인 '환상'이 문학의 두 가지 요소라고 하였다. 캐서린
흄이 말하는 환상은 문학의 본질적인 요소 중의 하나이며, 작가가 가지고 있는 욕망 중의
하나라고 말할 수 있다.(서강여성문학연구회, 『한국문학과 환상성』, 예림기획, 2001, 15
쪽) 하지만 이러한 접근은 문학의 방법론, 형식론의 일반으로 다루어지는 환상의 개념을
넘어선 측면이 있다. 캐서린 흄의 이론에 따르면 모든 문학작품은 환상을 기반으로 하였으
며, 환상을 소산으로 한 결과물이기 때문이다. 물론 문학작품이 환상을 바탕으로 하고 있
다는 캐서린 흄의 이론이 옳지 않다는 것은 아니다. 다만 이런 식의 접근은 논의의 범위가
너무 넓어져서 여기에서 다루고자 하는 바를 명확하게 말할 수 없다는 한계를 지닌다. 따
라서 본고에서는 범위를 좁혀 우리가 범박하게 '환상'이라고 하였을 때 말하는 일상적이
지 않은 사건을 서사 속에 구현해내는 것으로 제한하여 보고자 한다. 환상문학, 판타지문
학, 환상과 현실에 대한 구체적인 이론과 갈래는 홍진호, 「환상과 현실-환상문학에 나타나
는 현실과 초자연적 사건의 충돌」, 『카프카 연구』 21집, 한국 카프카 학회, 2009년을 참고
하기 바란다.
2 서영채, 「명랑한 환상의 비애」, 『일곱시 삼십이분 코끼리열차』, 문학동네, 2008, 272쪽.

하다"라며, 이를 "자명한 환상"이라고 말하였다.[3]

첫 단편집을 설명할 때 나온 '환상'이라는 말은 이후 장편소설 『백(百)의 그림자』에도 이어졌다. 소설은 재개발지역의 전자상가를 배경으로 그곳에서 생활하는 사람들의 이야기를 담고 있다. 소설의 무대가 된 재개발지역은 2008년의 '용산'을 떠올리게 하는 부분이 많으며, 작품 속 인물들의 태도와 행위, 공동체를 꾸려나가는 모습은 자본주의 사회에서 뒤로 밀려난, 후퇴된 사람들이라고 인식되어온 이들의 윤리적인 삶을 포착해내어 큰 반향을 일으켰다.

다소 도식적일 수 있지만 시에서 진은영이 '감각적인 것의 분배'를 말하며 이 시대에 시인이 시를 쓴다는 것에 대해 고뇌하고, 학자들이 랑시에르의 치안과 정치를 문학과 연결시켜 말을 할 때, 황정은의 소설은 가진 자가 가지지 못한 자들을 향해 칼날을 겨누는 이 세계에서 소설이 어떠한 모습을 보여주어야 하는가를 말해주는 소설로 평가받았다.[4]

사실 최근 한국문학에서 '환상'을 소재로 한 작품은 그리 어렵지 않게 만날 수 있다. 어머니가 달력 속으로 들어가는 염승숙의 소설이나 PC게임과 현실의 경계가 무너진 윤이형의 글, 좀비들이 출몰하는 심중혁의 소설, 몸에 아가미가 생기는 구병모의 글 등은 모두 '환상'을 바탕으로 하고 있다. 그런 점에서 황정은이 '환상'을 보여준다는

---

3 김나정, 「자명한 환상」, 『문학과사회』, 2008년 겨울호, 479쪽.

4 신형철이 『백의 그림자』 해설에 쓴 「『百의 그림자』에 부치는 다섯 개의 주석」을 대표하여, 권희철의 「당신의얼굴이 되어라」(『창작과비평』, 2010년 여름호), 한기욱의 「문학의 새로움과 소설의 정치성」(『창작과비평』, 2010년 가을호), 고봉준의 「이념주의와 미학주의의 공모를 넘어서」(『오늘의문예비평』, 2011년 봄호)는 『백의 그림자』를 랑시에르의 이론과 결부하여 설명하고 있다.

사실 그 자체는 그다지 새롭고 신선한 일로 다가오지 않는다.

그럼에도 황정은의 소설이 다른 젊은 작가의 소설과 구별되는 점은 무엇일까. 진은영의 고백과 랑시에르의 이론에 견주어 황정은이 거론되는 특별한 이유는 무엇이라고 생각하는가. 아니, 그전에 논자들의 말을 정리하면 『일곱시 삼십이분 코끼리열차』에서 보여준 황정은의 소설이 "명랑한 환상의 비애" 였다면 『백의 그림자』에서는 "정치적인 사랑이야기"로 완전히 변모한 것일까. 『백의 그림자』에 등장하는 환상은 앞선 단편들에서 보여준 환상과는 다른 지평 위에 서 있는 것일까.

여기에서 황정은 소설의 새로움, 이 작가만이 가지고 있는 특별함에 대해 말할 수 있다. 작가에게 중요한 것은 환상의 '사용 유무' 가 아니라, 환상이 어떤 식으로 어떻게 '배치' 되어 있는가, 서사적으로 '맥락화' 되어 있는 가이다. 황정은 소설(단편이든 장편이든) 속 인물들은 자기 자신이나 가족, 주변 사람에게서 벌어지는 기이한 일들을 기이하다고 여기지 않는다. 처음에는 당황해 하던 인물들도 시간이 흐르면 사건을 받아들이고, 그 이후의 생활을 영위해나간다. 환상을 경험한 이를 배척하거나 특이한 존재로 낙인찍지 않는다. 그들을 특별한 존재로 추대하거나, 반대로 공동체 외부로 추방하는 일도 일어나지 않는다. 그런 이유로 그들의 담담한 태도에 놀라는 것은 문학작품을 읽고 있는 독자, '우리들' 이다. 작품 속 현실은 우리의 일상과 동일한데, 작품 속 인물들은 기존의 문법과 달라진 세계에 대해 놀라지도 두려워하지도 않기 때문이다.

이 부분에서 본고의 문제의식은 시작된다. 환상과 현실이 같은 동심원 내에 머물고 있다면, 그 동심원의 세계에서는 어떤 일이 벌어지고 있는가이다. 그 세계에서 벌어지고 있는 일은 '지금-이곳'의 문제이며, 우리가 놓쳐버린 혹은 모르는 척해버리고 싶은 문제일 것으로 추정되기 때문이다.

2. 변하는 사람들의 '민낯'

환상은 현실적인 기초나 가능성이 없는 이야기로서 현실이 가닿을 수 없는 이차적인 공간에 놓여 있다. 그 공간은 현실과 맞닿아 있는 듯하면서 분리되어 있는 '가공된 상상'의 공간이기도 하다.

하지만 황정은 소설에서는 이러한 구분이 불필요하다. 자명하다고 여겼던 현실에 환상이 비집고 들어오고, 환상이라고 여겼던 공간에 현실이 놓여 있다. 환상이 앎의 체계와 욕망의 체계, 법과 질서, 권력이 위장하고 은폐해놓은 것을 건드리고 폭로하는 데에 의의가 있다면,[5] 황정은 소설은 이러한 역할에 충실했다고 할 수 있다. 환상의 정치성은 현실과 분리된 저 너머의 이야기를 하는 것이 아니라, 우리가 알면서도 아는 체하지 않았던 것, 이 세계의 지식과 욕망의 체계에 구멍을 뚫어 그것들을 보여준다는 데에 의미가 있기 때문이다. 환상이라는 이름 이면에 숨겨진, 그 뒤에 가려놓은 진실은 무엇인가. 작가가 말하고자 하는 바는 바로 그것이 아닐까. 이를 위해 그녀의 소설을 구체적으로 살펴보기로 하겠다.

「모자」의 첫 문장은 "세 남매의 아버지는 자주 모자가 되었다"이

---

5 양윤의, 「환상은 정치를 어떻게 사유하는가」, 『실천문학』, 2010년 여름호, 71쪽.

다. 소설 속 아버지는 순간순간 모자로 변한다. 아버지는 자신이 왜 모자로 변하는지 알지 못한다. 확실한 것은 "좋아서 모자가 되는 것은 아니라"는 것뿐이다. 세 남매는 아버지가 모자로 변한 순간들을 기억해낸다. 첫째는 골목에서 마주친 아버지를 자신이 모르는 척하고 걸어갔을 때 아버지가 모자로 변했다고 말했다. 그 당시 아버지는 일자리를 잃은 상태였다. 둘째는 고장 난 라디오카세트를 고쳐주지도 새로 사주지도 못하는 아버지에게 자신이 소리를 지르자 아버지가 변했다고 했다. 셋째는 학부모 참관일에 참석한 아버지가 모자가 되어 사물함 위에 얹혀 있었다고 말했다.

아버지란 어떤 존재인가. 한 가정의 가장이면서, 우두머리인 사람. 가족의 생계와 부양을 책임지면서 그에 따른 권리와 발언권이 있는 사람. 가정의 질서를 잡으면서, 질서를 세우는 사람. 한국문학 속에서 아버지는 가장으로서의 위엄과 권위가 있던 '왕'과 같은 존재였다. 그런 아버지가 가장 하찮고 가벼운 존재, 모자로 변하였다. 물론 종인 아버지(서정주의 「자화상」), 개흘레꾼인 아버지(김소진의 「개흘레꾼」)나 지구 어디선가 달리기를 하고 있는 아버지(김애란의 「달려라 아비」)가 존재하지 않은 것은 아니다. 그러나 이들 아버지가 아버지로서의 모습을 지닌 채 왕에서 왕이 아닌 존재로 신분이 하락하였다면, 황정은의 아버지는 아버지로서의 모습, 더 나아가 사람에서 사람이 아닌 '사물'로 무참히 추락하고 말았다.

아버지는 아버지로서의 역할을 남매에게 해주지 못할 때에 말없이 모자가 되었다. 아버지로서의 역할을 남매에게 해주지 못하는 세계의 완고함에 부딪칠 때마다 모자가 되었다. 모자가 되지 않고서는 자신을 둘러싸고 있는 세계와 상황을 벗어날 수가 없었다. 더욱이 아버지가 아버지로서의 역할을 해주지 못하는 상황이란, 직설적으로 말하여 '돈'이 없는 상황이었다. 자본주의 사회에서 아버지는 '왕' 자리에서 내려와 '돈'을 벌어 자식들을 먹여 살려야 하는 존재가 되었다. 이는 계급사회에서 '종'이었던 아버지나 이데올로기 사회에서 '남로당'이었던 아버지보다 더 비참한 아버지가 지금 이 시대에 새롭게 탄생하였음을 의미하는 것이다. 아버지는 돈이 없을 때에, 혹은 돈을 벌지 못할 시에 '모자'가 되고 말았다. 모자로 변한 아버지의 모습은 무참하고 초라한 남성, 더 나아가 거대한 세계 앞에서, 자본 앞에서 발가벗겨진 한 인간의 모습을 보여준다.

오뚝이였다.

어느 정도냐면, 미묘한 광택을 제외하고 어느 모로나 버젓한 인간의 모습이었지만, 가만히 보고 있으면 점점 저것은 오뚝이가 아닌가, 하고 생각하게 되는 정도였다. 특히 눈썹과 목 부근이 묘해서, 줄곧 바라보고 있다가 바닥을 향해 천천히 기울어지는 장면을 목격하게 되면 틀림없이 오뚝이라고 확신하게 되는 것이었다.[6]

아버지가 모자로 변하는 동안 「오뚝이와 지빠귀」의 기조는 '오뚝

6　황정은, 「오뚝이와 지빠귀」, 『일곱시 삼십이분 코끼리열차』, 문학동네, 2008, 199쪽.

이'가 되었다. 은행원이던 기조는 어느 순간, 자신보다 세계가 커진 것을 발견했다. 기조의 몸은 줄어들었고 "빰이며 배가 볼록해지고 광택이 흐르다가" 오뚝이가 되었다. 지점장은 기조를 찾아와 일의 효율 문제를 논하다가 "공란이 몇 개 남아 있는 사퇴서"를 내밀었다. 기조는 뒤뚱거리는 몸으로 말없이 사퇴서에 도장을 찍었고 지점장은 사퇴서를 받아들고 떠났다.

은행 창구 앞에서 통장을 받고, 도장을 찍고, 펀드 가입을 권유하며, 타 은행 수수료를 녹음된 테이프처럼 말해주는 기조의 모습은 〈모던타임즈〉에서 나사를 조이고 있던 '채플린'처럼 보인다. 기조가 자본주의 꽃이라고 할 수 있는 금융권 직장을 가졌다고 하여, 「모자」의 아버지보다 나은 존재라고 할 수 없는 이유는 바로 이것이다. 기조의 자리는 언제든지 다른 누군가로 대체될 수 있으며, 기조가 꼭 해야만 하는 기조만의 일이란 존재하지 않는다. 사퇴서에 도장을 찍을 수밖에 없던 기조, 오뚝이로 변하는 기조의 모습은 모자로 변하는 아버지와 별반 다르지 않다.

또 이런 일도 있었다. 「문」의 m은 자신의 등 뒤에 나 있는 '문'이 열리고 돌아가신 할머니가 나오는 일을 겪었다. 한동안 문은 열리지 않았지만 m이 지하철역에서 사내가 자살하는 것을 본 날에 문이 열렸다. 문 속에서 사내가 나왔고, 사내는 자신이 자살하기 전까지 있었던 일을 이야기해주고는 점점 희미해지다가 사라졌다.

모자로 변한 아버지, 오뚝이가 된 기조, 등 뒤의 문에서 나온 할머니와 사내에 대해 소설 속 인물들은 그리 놀라지 않는다. 영웅서사에서의 환상은 공포와 두려움을 일으키며 신이한 능력과 이어졌지만, 이 세계에서의 환상은 기존의 사람, 세계, 질서에 어떠한 감흥도 불러일으키지 못한다.

　그렇기 때문에 이는 환상의 문제가 아니라 환상을 일으키는 '사람들'의 문제이다. 아버지와 기조, 할머니와 사내는 환상이 일어나기 전에도 기존의 세계 질서에 어떠한 파문도 불러일으키지 못하는 이들이었다. 이들은 딸을 희롱한 남자를 고발하러 경찰서에 가지만 아무 말도 하지 못했고(「모자」), 직장에서 일을 하다 몸이 굳어버렸으며(「오뚝이와 지빠귀」), 등 뒤에 난 문 안에서 오랫동안 입을 다물고 있어서 제 이름조차 기억하지 못했다.(「문」) 환상이 일어나기 전에도 이 세계에서 어떠한 존재감도 없는, 세계 내에 있지만 세계 내에 있다고 말할 수 없는 '예외적인' 존재들이었다.[7] 이들은 생명과 법, 외부와 내부의 구분이 불가능한 비식별역에 노출되어 있는 '던져진' 존재라고 할 수 있다.

　황정은이 이들의 모습을 환상적으로 그려낸 것은, 어쩌면 환상을 통하지 않고는 이들을 재현해낼 방법이 없었기 때문인 것으로 보인다. 자명한 현실에 존재하면서도 아무런 존재감이 없는 이들을 작가는 환상을 사용하여 호명한다. 자, 여기에 우리가 알면서도 알지 못하는 이들이 존재한다. 그렇기 때문에 이들의 변화에 놀라는 것은 소설을 읽는 '우리들'이다. 소설 속 인물들이 이들의 변화에 놀라지 않는 것은 어쩌면 당연한 것인지도 모른다. 소설 속 인물들에게 그들은 이미 그렇게 존재하였던 사람이며, 그렇게 존재하는 모습으로 이제껏

7　아감벤은 "살해는 가능하되 희생물로 바칠 수는 없는 생명"을 '호모 사케르'라고 명명하였다. 호모 사케르는 예외적인 상태에 놓여 있음으로써 자신들이 존재하였음을 역으로 반증한다.(조르조 아감벤, 박진우 옮김, 『호모 사케르-주권 권력과 벌거벗은 생명』, 새물결, 2008) 그런 의미에서 몸의 변신이나 환상적인 사건을 통해 자신의 존재 여부를 밝힐 수 있는 작품 속 인물들은 또 하나의 호모 사케르라 말할 수 있다.

함께 살아왔던 가족이며 이웃이기 때문이다.

　법과 질서로 구축된 사회는 이들을 유령처럼 대하지만, 이들의 가족 또는 이들처럼 예외적인 상황에 놓인 존재들은 이들을 내치지 않는다.

　　모두가 볼 수 있는 장소에서 모자가 되는 것은 바람직하지 않은 일이라고, 우리 부부는 생각하고 있어요. (중략)
　　아무튼 유감이에요.
　　저녁을 먹으면서 첫째는 낮에 있었던 일을 모두에게 천천히 말해주었다.
　　그렇게 말하는 사람하고는 이웃할 수 없지.
　　셋째가 오이절임을 오독오독 씹고 나서 말했다.
　　그래.
　　둘째가 고개를 끄덕였다. 아버지는 말없이 젓가락 끝으로 콩장을 집어 밥 위에 얹었다.
　　여름이 오기 전에 그들은 다시 이사를 했다.[8]

　세 남매는 모자가 되어버린 아버지를 업신여기거나 우습게 보지 않는다. 아버지가 모자로 변했든, 변하지 않았든 아버지는 아버지이다. 세 남매는 아버지를 바람직하지 않다고 여기는 옆집 부부를 피해서 '다시' 이사를 간다. 이사 간 집은 이 전의 집에 비해 모든 면에서 부족하지만 세 남매는 아버지를 탓하지 않는다. 모자가 된 아버지가

8　황정은, 「모자」, 앞의 책, 42쪽.

벽에 걸리지 않게 집 안의 못을 뽑았다가, 냉장고 옆으로 떨어지는 아버지를 위해 다시 못을 박을 뿐이다.

「문」의 m은 사내의 이름을 불러주고, 할머니를 기다린다. 「오뚝이와 지빠귀」의 나 역시 오뚝이로 변한 아내와 함께 계속해서 살아간다. 예외적인 존재들을 껴안는 이들은 이들과 같이 예외적인 존재로 살아가는 사람들이다. 공동체의 윤리는 여기서 출발한다. 낯설고 기이한 존재로만 여겼던 이들이 낯설고 기이한 존재들만이 아니라는 것은, 낯설고 기이한 존재인 이 '예외적인 집단'의 윤리와 사랑에서 시작되기 때문이다.

아쉬운 점은 환상을 전유하여 우리 앞에 나타난 인물들이 자신의 존재를 밝히고 다시 일상으로 돌아간다는 점이다. 현실의 틈을 비집고 '지금―이곳'에 자신의 모습을 드러내었다면, 조금 더 큰 목소리로, 더 큰 몸짓으로 존재를 증명할 수도 있기 때문이다. 그렇기에 이들의 태도는 소극적이고 무력하게 느껴지기도 한다.[9] 환상은 이들을 은폐하고 있던 현실을 찢고 나와 이들을 우리 곁에 데려와 주었지만, 그 이상의 것은 하지 못했다. 그들이 그 이상의 것을 해주길 바라는 것은, 어쩌면 그들에게 너무 많은 것을 요구하는 일일까. 지금―이곳에 모습을 드러낸 이들을 우리가 보았다면, 그들을 다시 불러내는 일은 이제 우리들의 몫으로 남은 것인지도 모른다.

---

9 김필남, 「환멸의 서사로서의 환상과 파국의 수사학」, 『오늘의문예비평』, 2011년 여름호, 137쪽.

3. 함몰되어가는 도시의 비밀

예외적인 존재들을 호명하던 작가의 시선은 이후 하나의 사건과 만나면서 좀 더 명료해진다. 소설의 배경으로 사용되던 도시적 공간에 사회적, 시대적인 의미가 투영되며, 작가의 주제의식 또한 전보다 넓어진다. 그렇다고 해서 황정은 작가의 소설이 극단적인 리얼리즘이나 실험적인 형식으로 바뀐 것은 아니다. 황정은은 여전히 환상을 사용하여 '지금-이곳'의 이야기를 전해준다.

그렇다면 과연 이 작가에게 무슨 일이 벌어진 것일까. 어떤 일이 일어났기에 이와 같은 일이 가능해진 것일까.

여러 가지 입장이 있을 수 있다.

여러 가지 처지가 있을 수 있다.

한 가지만 생각해보자. 광장에 모인 오십만, 칠십만의 촛불을 향해 "촛불을 들지 않은 나머지 사천 몇 백만의 손이 있다"라고 말하는 이들의 시절에, 당신의 침묵과 부재는 어떤 역할을 하고 있는가.

용산역에서, 사유지란 이름으로 폐쇄 되어버린 광장에서, 거리에서, 버스정류장에서, 피켓 한 장을 들고 부끄러울 만큼 무력했으니, 시간이 지날수록 나의 부끄러움이 마땅하다는 것을 알았다. 나는 진작부터 나의 침묵으로써 일조했던 것은 아닌가.

여름 내내 두려움에 땀을 흘렸다. 남일당을 향해 맥락도 없이 욕을 하거나 눈을 흘기며 지나가는 사람들은 전혀 무섭지 않았다. 진정 무서운 것은 그것이 거기 없는 듯 돌아보지 않는 사람들이며,

이곳에 나타나지 않는 사람들이었다.[10]

2009년, 용산 재개발 과정에서 일어난 공권력의 부당한 태도와 폭력은 정당한 보상과 생존권을 요구하던 사람들의 목숨을 앗아갔다. 정부는 끝내 자신들의 잘못을 인정하지 않았고, 기본적인 생존권을 요구하면서 싸우다 숨진 이들에게 혐의를 씌웠다.

작가는 용산에서 사건이 일어난 후에 그곳을 찾았고, 이후 작가선언을 통해서 다시 용산에 가게 되었다고 한다. 그 뒤로도 다른 작가들의 일인 시위를 돕기 위해 용산을 오가는 도중에 계간지 『세계의문학』에 『백의 그림자』를 발표하였으며, 『문학동네』 2009년 겨울호에 르포 「입을 먹는 입」을 기고한다.[11] 황정은의 르포는 용산참사가 일어난 이유와 그 이후 재판과정에서의 공권력의 부당한 태도와 폭력에 대해 서술하고 있다.

그러나 작가는 르포에서 부당한 국가 권력에 대한 폭로, 고발과 함께 "진정 무서운 것은 그것이 거기 없는 듯 돌아보지 않는 사람들"이라며 사람들의 '무관심'을 꼬집어 말하기도 한다. 이러한 생각은 작가가 웹진문지와의 인터뷰에서 용산과 관련된 일이 생기는 이유가 "무관심", "기만", "은폐"라고 말한 점으로도 이어진다.[12] 국가 권력과 폭력에 대한 저항과 고발 이전에, 그것을 고발하는 우리들의 태도는 어떠했는가, 우리는 어떤 자세로 용산을, 용산과 관련된 일을 보고

---

10 황정은, 「입을 먹는 입」, 『문학동네』, 2009년 겨울호, 47쪽.

11 황정은·김필남, 「E-mail 대담-'부끄러움'을 느끼다」, 『오늘의문예비평』, 2011년 봄호, 184쪽.

12 웹진문지 이달의소설(2010년 9월) 황정은 작가 인터뷰. http://webzine.moonji.com/?p=2910

있는가를 되묻게 하는 것이다.

「모자」로 대표되는 단편집에서 작가는 이 사회에 존재하면서도 존재하지 않는 사람들의 모습을 환상을 통해 드러내었다. 그들이 환상을 통해서만 '민낯'을 보여줄 수 있는 존재라는 사실을 우리에게 알려주었다면, 르포 이후의 소설에서는 이들의 사회상에 주목하고 있다고 할 수 있다. 르포 이후에 발표된 장편소설 『백의 그림자』[13]와 단편소설 「옹기전(甕器傳)」(『현대문학』, 2010년 6월호), 「디디의 우산」(『한국문학』, 2010년 여름호), 「猫氏生-걱정하는 고양이」(『문예중앙』, 2010년 가을호)가 이에 해당한다.

『백의 그림자』는 재개발지역의 전자상가를 배경으로 그곳에서 삶의 대부분을 보낸 사람들에 대한 이야기이다. 소설의 주인공은 은교와 무재이며, 이들의 사랑이 주된 서사를 이루지만 이 소설을 단순히 연애소설이라 칭할 수는 없다. 연애소설이라 하기에는 이 소설에서 보여주고 있는 환경과 상황이 녹록치 않으며, 소설 속 인물들의 삶 또한 평범하지 않기 때문이다.

차라리 그냥 가난하다면 모를까, 슬럼이라고 부르는 것이 마땅치 않은 듯해서 생각을 하다 보니 이런 생각이 들었어요.
라고 무재 씨는 말했다.

---

13 발표 순서는 「입을 먹는 입」이 『백의 그림자』보다 먼저지만, 작가는 『백의 그림자』를 집필하는 도중에 「입을 먹는 입」 청탁을 받았다고 한다. 발표 순서와 작가가 작품을 쓴 순서가 동일하지는 않지만, 용산과 관련된 일에 관심을 가지고 있었다는 점에서는 두 작품은 밀접하게 연결되어 있다. 작가 역시 "두 개의 텍스트(「입을 먹는 입」과 『백의 그림자』-인용자 주)는 나란히 간 텍스트이고 서로 등을 맞대고 있다고 생각"한다고 하였다.(황정은·김필남, 「E-mail 대담-'부끄러움'을 느끼다」, 『오늘의문예비평』, 2011년 봄호, 185쪽)

언제고 밀어 버려야 할 구역인데, 누군가의 생계나 생활계, 라고 말하면 생각할 것이 너무 많아지니까, 슬럼, 이라고 간단하게 정리해 버리는 것이 아닐까.

그런 걸까요.

슬럼, 하고.

슬럼.

슬럼.

슬럼.

이상하죠.

이상하기도 하고.

조금 무섭기도 하고, 라고 말해두고서 한동안 말하지 않았다.[14]

은교와 무재의 삶의 터전인 전자상가는 현재 철거 중이며, 앞으로도 계속해서 철거될 예정이다. 두 사람은 전자상가를 바라보며 인용문과 같은 대화를 나눈다.

'슬럼(slum)'은 "빈민이 많은 지구나 주택환경이 나쁜 지구"를 뜻한다. 그러나 이러한 사전적 정의보다는 경제력이 떨어지는 곳, 교육환경이 안 좋은 곳, 질이 나쁘고 험한 곳 등 부정적 이미지, 뉘앙스로 더 많이 사용되는 게 현실이다. 이런 슬럼 지역은 오래되고 낙후되어 언제든지 '재개발'이 이루어져야 할 곳으로 인식되어 있기도 하다. 사람들이 이주를 하고, 건물을 부수고, 그 위에 다시 아파트와 초고층 건물을 짓고. 자본주의 사회에서의 개발 원리는 그저 오래된 건물을

---

14 황정은, 『백(百)의 그림자』, 민음사, 2010, 114~115쪽.

부수고, 그 위에 다시 콘크리트 건물을 세우는 것으로 나타난다. 이러한 슬럼 지역의 재개발 문제는 이미 1970년대에 조세희의 『난장이가 쏘아 올린 작은 공』으로 소설화되기도 했다.

　은교와 무재가 살고 있는 곳도 이렇게 '슬럼'이라는 단어로 명명되는 곳이다. 그곳에는 누군가의 삶, 생계, 생활이 들어 있지만, 개발을 시행하는 이들 앞에서는 그저 '슬럼'화된 구역일 뿐이다. 이는 '슬럼'이라는 말로 그 안의 사람들, 단독적이고 개별적인 삶을 살아가는 이들을 하나의 범주로 포섭하여 획일화시키는 현대 자본의 폭력적인 논리가 내재되어 있다.

　한편, 『백의 그림자』 속 인물들은 '그림자'가 일어나는 환상을 경험하게 된다. 그림자는 시간과 장소를 가리지 않고 일어나며, 이를 따라간 인물은 정신이 이상해지거나, 목숨을 잃게 된다. 현실에서 일반적인 사람이 그림자를 따라간다는 것은 불가능한 일이다. 그림자는 햇볕을 등지고 섰을 때, 자신의 등 뒤로 생기는 나의 실루엣이다. 나와 같은 형상을 하고 있지만, 나의 등 뒤에서만 존재하는 나의 다른 모습이다. 소설 속 인물이 어떠한 상실감이나 무력감, 원통함, 비애감을 느낄 때 그림자는 일어난다. 황정은은 작품 속 인물이 겪게 되는 삶의 비애를 그림자가 일어나는 환상을 통해서 표현한다.

　그게 무서운 거지, 그림자가 당기는 대로 맥없이 따라가다 보면

왠지 홀가분하고, 맹하니 좋거든, 좋아서 자꾸 따라가다가 당하는 거야, 사람이 자꾸 맥을 놓고 있다 보면 맹추가 되니까, 가장 맹추일 때를 노려 덮치는 거야, 라고 말해 두고 그때까지 쥐고 있던 오실로스코프 바늘을 가만히 작업대 위에 내려놓았다.[15]

'은교' 역시 그림자가 일어나는 경험을 하였다. 그림자는 무재와 헤어져서 돌아오는 길에, 오무사 아저씨가 쓰러졌을 때 불쑥불쑥 일어났다. 은교는 아무런 말없이 그림자를 따라가고 싶었다. 하지만 그때마다 은교를 잡는 것은 '무재'였다. 무재는 "그림자 같은 건 따라가지 마세요"라고 은교에게 직접적으로 말을 한다. 정전이 되었을 때 은교에게 전화해 어둠을 함께 보내주고, 캄캄한 산속을 걷게 되었을 때는 노래를 불러준다. 잠을 못 자는 은교를 위해 밤 아홉 시에 달려가 배드민턴을 치자고 하기도 한다. 은교를 잡아주는 무재의 사랑 덕분에 은교는 그림자를 따라가지 않을 수 있었다.

사랑이 있는 그대로의 타자와 존재하기 위해 타자를 만나러 가는 것이라면,[16] 은교와 무재의 사랑은 서로를 있는 그대로 존중하면서 받아들이는 사랑이라고 할 수 있다. 이러한 사랑은 은교와 무재라는 두 연인에서 출발했지만, 두 사람이 세 사람이 되고, 다섯, 열, 백 명이 될 수 있는 가능성을 담고 있다. 이는 같은 이데올로기 아래에서 같은 것을 지향하는 획일적인 집단이 아니라, 서로에게 모자란 것을 있는 그대로 인정해주고 지켜봐주는 새로운 집단, 공동체로서의 모색이다.

---

15 위의 책, 31~32쪽.
16 알랭 바디우, 조재룡 옮김, 『사랑 예찬』, 길, 2010.

또한 '슬럼' 이라는 말로 나와 다른 상대를 외면해버리는 현대 자본주의에 균열을 낼 수 있는 힘을 내장하고 있기도 하다. 앞선 단편소설에서 예외적인 존재들을 감싸주는 것이 그들과 같은 예외적인 존재들이었듯이, 은교를 잡아주는 사람 또한 은교와 같은 처지의 무재라는 점에서 공동체의 윤리는 다시 한 번 나타나게 된다.

『백의 그림자』 이후 도시 재개발 문제에 대한 작가의 시선은 「옹기전」으로 이어진다. '나' 는 공터에서 부모님 몰래 항아리를 주워온다. 방 안에 숨겨둔 항아리는 "서쪽에 다섯 개가 있어"라는 말을 하면서 사람의 얼굴로 변해간다. 나는 사람의 얼굴로 변하는 항아리가 무서우면서도, 항아리가 말하는 '서쪽' 에 무엇이 있는지 궁금해져서 '서쪽' 으로 가보기로 한다.

그는 구덩이 가장자리까지 자루를 질질 끌고 가서 자루 주둥이를 벌려 안에 든 것을 쏟아냈다. 내 머리에 얹은 것보다 크거나 작은 항아리들이 우르르 구덩이 속으로 떨어졌다. 나머지 인부들이 그 위에 흙을 붓고 삽으로 다졌다. 그런 방법으로 한 겹이 완성된 뒤엔 같은 작업이 반복되었다. (중략)

뭘보냐 꼬마.

서둘러 그 자리를 뜨려는데 잠깐, 하며 그가 삽을 끌고 다가왔다.

너 옹기를 가지고 있구나. 이리 내라.

내 건데요.

어디 보자.[17]

‘나’가 처음 항아리를 주워온 곳은 재개발 때문에 건물이 철거된 공터이다. 나는 항아리를 들고 서쪽으로 가던 중에 ‘항아리들’을 만나게 된다. 사람의 얼굴을 한 항아리들은 재개발로 인해 건물이 철거되고 있는 지역에 모여 있었다. 인부들은 항아리를 자루에 담아 땅속에 파묻는다. 그리고 내가 가지고 있는 항아리 역시 달라고 말한다.

재개발 구역에서 만난 사람의 얼굴을 한 항아리는 다름 아닌, 그곳에서 살고 있는, 살고 있던, ‘사람들’이었다. 항아리를 주웠다는 ‘나’의 말에 어머니는 “재수 없다”고 했고, 아버지는 “어느 집에서 어떤 것을 봉해 묻어두었을 줄 알고 가져왔느냐며 당장 갖다 버리라”고 꾸중을 했다. 항아리에는 항아리를 사용한 사람의 생활 습관, 가치관, 삶의 양식이 들어 있었다. 그리고 그것은 그 사람이었다. 인부가 묻는 항아리는 개발이라는 이름 아래 무너지고 깨질 수밖에 없던 사람들을 형상화한다. ‘나’가 자루에서 쏟아지는 항아리를 보고 두려움을 느끼는 것은, 이 사회의 무참한 폭력과 폭력 아래 희생당하는 이들을 목도했기 때문이다.

그럼 이런 질문을 던져보기로 하자. 우리는, 항아리의 얼굴을 한 사람들을 보았을 때 어떠한 감정을 느끼는가. 우리는 그들이 사라져가는 모습을 보면서 두려움조차 느끼지 못하는가. 두려움은 항아리의 얼굴을 알기 위해 서쪽으로 간 사람만이 느낄 수 있는 것이다. 「모자」로 변한 아버지를 통해 예외적인 존재를 현실로 끄집어낸 작가는 이제 우리에게 아버지를 모자로 만든 현실에 대해 두려움을 느끼라고 말하고 있다. 그리고 그러한 두려움은 아버지와 모자를 정면으로 바

---

17 황정은, 「옹기전」, 『현대문학』, 2010년 6월호, 89쪽.

라보고 있는 자들만이 알 수 있는 것이라고 말이다.

4. '지금-이곳'을 넘어서는 행위

환상은 현실과는 무관하게 가공된 이차 세계가 아니라 눈에 보이는 현실의 틈새로 비어져 나온, 감추어진 또 다른 현실의 재현으로 해석될 가능성이 높다. 이는 친숙함과 안락함, 친밀함을 낯섦과 불안, 기괴함으로 대체하는 것이며, 인간적이고 현실적인 것에 대한 한정된 틀에서 벗어나는 '전복성'을 가지고 있다.[18]

황정은의 소설에서 환상은 시공간을 초월한 '환상'이 아니라 '현실의 틈새'를 비집고 나온, '또 다른 현실'을 보여주는 도구로 작용한다. 그렇기 때문에 황정은 소설의 환상은 현실의 일면을 적나라하게 보여주는 렌즈로 작동한다. 중요한 것은 환상이 아니라 환상 이면에 가려진 현실이며, 그러한 현실을 바라보는 작가의 태도, 세계관이다.

「모자」, 「오뚝이와 지빠귀」, 「문」 등의 단편을 통해 작가는 자신의 몸을 탈피해야만 모습을 드러낼 수 있는 이들에 대해 말을 했다. '모자'로 변한 아버지나 '오뚝이'로 변한 기조는 우리 주위에서 흔하게 만날 수 있는 사람들이다. 그들은 흔하게 만날 수 있는 존재이기 때문에 우리가 인식할 수 없는 이들이기도 하다. 바람과 공기, 햇볕이 손가락 끝으로 만질 수 없어도 존재하듯이 이들은 옆에 있으면서도 있지 않은 존재였다. 황정은의 소설은 이러한 사람들을 환상을 통해 현실

---

18 로즈메리 잭슨, 서강여성문학연구회 옮김, 『환상성-전복의 문학』, 문학동네, 2001.

로 불러들였다. 앞선 소설들이 인물에 주목하였다면, 『백의 그림자』
이후의 소설에서는 인물과 함께 이들이 존재하는 현실에 집중한다.
도시 재건축이라는 이름 아래에서 자행되는 국가의 폭력과 권위에 대
한 고발과 함께 그 속에서 살아가고 있는 이들의 운명과 삶에 대해 말
한다. 공권력의 폭력, 편견과 다르게 소설 속 인물의 삶은 아름답고 숭
고하기까지 하다. 이들은 서로에게 있는 그대로 다가가며, 다름을 인
정하고, 사랑한다. 은교와 무재가 보여주는 사랑, 오무사 아저씨의 전
구 한 개 더 넣어주기와 같은 행위는 자본과 폭력으로 얼룩진 사회에
서 우리가 어떻게 살아가야 하는가를 보여준다.

    옹기란 무겁잖아. 반년쯤 지나면 이전에 묻은 옹이가 가라앉아
자리가 난다. 덕분에 우린 계속 묻는다. 어제도 묻고 오늘도 묻고
내일도 묻고. 그렇게 묻어서 뭐 난리 난 적있냐. 이렇게 묻고도 세
상은 멀쩡하다. 당장 어떻게 되는 일 없다. 어떠냐, 하며 그가 뒤쪽
에서 내 어깨를 잡았다.
    이제 그거 묻을까.
    나는 달아났다.
    그로부터 한참 멀어졌어도 달렸다. 잘각잘각 항아리가 울리고
주머니에 든 동전이 울리고 나침반이 울렸다. 항아리란 어디에나
있다. 내가 주운 것이 최초는 아니고 최후도 아니다. 그런 것들로
이루어진 거대한 공동이 이 땅 밑에 있다.[19]

---

19 황정은, 「옹기전」, 『현대문학』, 2010년 6월호, 90쪽.

　「옹기전」의 '나'는 인부를 피해 옹기를 들고 "달아났다." '나'가 하나의 옹기, 한 명의 목숨을 구한다고 해서 사회가 달라지지는 않을 것이다. 하지만 앞선 르포에서 작가가 말한 것처럼 우리의 무관심과 외면이 이 세계의 폭력의 시작이라면, 하나의 옹기를 들고 도망간 나의 행동은 세계를 구현할 가장 작은 행위이면서 가장 큰 행동이라고 할 수 있을 것이다. 우리가 속해 있는 현실의 모순으로부터 벗어나는 일은 그러한 사실을 알고 있다는 '앎'의 문제가 아니라 앎을 행하는 '행위'의 문제이기 때문이다.[20] 가장 작은 행위일지라도 그것을 시작하느냐 아니면 알고 있는 것으로 그치냐는 '지금–이곳'을 넘어서느냐 주저앉느냐라는 문제와도 연결된다고 할 수 있다. 작가는 이제 '민낯'을 보는 것을 넘어서서 함께 가보자고 한다. 그것이 작가가 말하는 윤리의 시작이며, 우리가 만들 수 있는 공동체의 시작일 것이다. 거기서 '지금–이곳'은 다시 출발할 수 있다.

---

20 토니 마이어스, 박정수 옮김, 『누가 슬라보예 지젝을 미워하는가』, 앨피, 2005, 132쪽.

노동하는 사람들

— 박현덕 시조(時調)를 읽는 한 방식[1]

"노동이 너희를 자유롭게 하리라"

ARBEIT MACHT FREI

—나치

1. 모던 타임즈(*Modern Times*), 이후

흑백화면 속 찰리 채플린은 컨베이어 벨트 공장에서 나사못을 조이고 있다. 조이고, 다시 조이고, 또 조이는, 무수한 반복 속에서 인간은 기계 부품으로 전락하고 만다. 때문에 지하철에서 쏟아져 나오는 노동자들을 로봇으로, 혹은 다른 쇳덩어리로 병치해도 무관하다. 영화 〈모던 타임즈〉(1936)가 제시하는 근대적 공간은 거대한 공장과 다르지 않고, 그 안에서 살아가는 근대적 주체는 인간이기보다는 노동

---

1 박현덕은 1987년 등단하여 지금까지 4권의 시조집을 엮었다. 본 논의는 『겨울삽화』(시간과 공간사, 1994), 『밤길』(태학사, 2001), 『주암댐, 수몰지구를 지나며』(고요아침, 2006, 이하 『주암댐』), 그리고 『스쿠터 언니』(문학들, 2010)에 수록된 작품을 대상 텍스트로 한다.

을 수행하는 기계에 불과하다. 흡사 인간은 노동을 위해 존재하는 것처럼 보인다. 그런 탓에 여가, 휴식 따위 역시 노동을 위한 준비 혹은 충전 단계에 지나지 않고, 인간은 노동을 수행함으로써 비로소, 존재를 허가―사회로부터―받은 듯 보인다. 그러니 이때의 노동은 실존적 존재로서의 인간을 해체하기에 충분하다.

모던 타임즈 이후의 시대인 오늘날은 세계화 혹은 신자유주의라는 명목으로 재현되고 있는 신계급주의―카스트제도를 방불케 하는 폭력성을 내재하고 있다―의 장(場)이다. 이때 모던 타임즈 '이후'라 함은 산업혁명의 논리로 재무장한 현대 사회를 의미한다. 이는 산업화의 눈부신 성장에 숨겨진 각양각색의 문제들이 노출되는 시기이기도 하다. 그렇기에 '이후'에 대한 전제는 다층적―post가 함의하고 있는 다양한 해석 층위처럼―일 수밖에 없다.

현대 사회의 계급 간의 이질화 혹은 '모른 척하기'는 새로운 형태의 권력 구조를 야기하고, 말하지 못하는 혹은 침묵을 강요당하는 존재를 양산한다. 고도화된 산업화 속에서 폭력은 전연 새로운 방식으로, 은밀하게 행사되기에 폭력 상황에 대한 위험 인식은 둔화될 수밖에 없다. 폭력은 보다 다양한 권력 층위에서 행사되며 권력 주체와 대상은 전복을 거듭한다. 때문에 누구나 폭력을 행사하게 되고 역설적이게도 피해자만 존재하고 가해자는 어디에도 그 형체를 드러내지 않는 상황이 연출된다. 슬라보예 지젝이 지적한 것처럼 폭력이란 표면적으로 드러나는 주관적 폭력뿐만 아니라 드러나지 않는 체제적 상징적 폭력인 객관적 폭력까지 의미한다. 이때 객관적 폭력은 주관적 폭력을 분별하는 판단기준이 된다는 점에서 그 은폐 혹은 엄폐 양상이 더 극단적이다.[2] 이러한 폭력 상황이 야기하는 윤리의 전복은 이미 위

험 수위를 넘어섰다. 인간에 대한 관계 형성의 토대는 더 이상 휴머니
즘 곧 그 존엄적 가치에 있지 않으며, 권력이나 부 따위의 복합적인 잣
대로 서열화되기에 이른다. 도덕적 판단을 통해 성립 및 통용되던 윤
리적 가치는 자본의 논리 아래 재편된다.

노동(勞動)은 육체적이거나 정신적인 노력을 들여 생활을 유지하
는 행위를 뜻하는데, 산업혁명이 낳은 대량생산 체제 이후 철저히 소
외된 형태로 구조화된다. 이제는 수공업 단계에서 누렸던 놀이적 생
산 방식을 통한 생계유지가 아닌, 전혀 새로운 형태의 지배/피지배―
자본가 대 노동자의 대립―구도가 양산된다. 공장의 조립 라인에 서
있는 기계화된 인간의 탄생은 실존적 존재에 부여된 인권의 경계 외
부에 인간을 존재하게 한다. 그렇기에 자본주의 논리 아래 진행된 산
업화는 노동력에 대한 폭력 행사에 정당성―무언의 합의 혹은 불가피
함이라는 공모―을 부여하기에 이른다. 이러한 양상은 현대에 이르러
더 심화되었다. 가령 폭력 상황을 감내하는 혹은 감내할 수밖에 없는
일방향적 상명하달의 노동 구조 등 폭력을 내면화한 노동자의 양산이
그러하다. "폭력이란 물리적 또는 사회적 강압을 통하여 타인을 제압,
자신의 의지를 그에게 관철시키는 행위를 의미한다"[3]고 했을 때, 현대
사회에서의 노동이야말로 이 시대의 폭력 상황을 적나라하게 보여준
다고 할 수 있다.

문학은 인간존재를 파악하는 한 방식을 제공해주는 것이어야 한다
고 했을 때, 박현덕은 이에 충실한 작가군에 속한다. 박현덕의 시조는

---

2 슬라보예 지젝, 이현우 · 김희진 · 정일권 옮김, 『폭력이란 무엇인가』, 난장이, 2011 참조.
3 김선욱, 촌평 「폭력과 권력」, 『당대비평』 통권 10호, 생각의나무(당대), 2003. 3, 495쪽. 김
   선욱의 이 글은 한나 아렌트의 『폭력의 세기』(김정한 옮김, 이후, 1999)에 대한 서평이다.

노동 문제에 집요하게 천착한다. 아니 그것 자체로 이미 노동, 혹은 노동자이다. 박현덕의 인물들은 노동의 주체이자 노동으로부터 소외된 주체이다. 노동구조의 폭력성뿐만 아니라 노동에의 포함이나 배제의 방식 역시 다분히 폭력적이라는 것을 그의 작품을 통해 목도할 수 있다. 노동 쟁취조차 힘든 이 시대에,[4] 노동 상태를 유지하기 위해서는 부단한 인내가 요구된다. 존재하지만 존재하지 않는, 혹은 존재한다고 명명될 수 없는 삶을 영위하면서 그들은 스스로 혹은 타자에 의해 '쓰레기'—바우만이 말한 '쓰레기'(잉여인간)란 아감벤의 호모 사케르에 대한 다른 명명이다. '배제의 형태(예외)로 포함된 추방된 자'라는 모순어법으로밖에 설명할 길이 없는 존재[5]—로 전락하게 된다. 호모 사케르가 외부자를 통칭하는 표현이라 했을 때, 박현덕에 와서는 산업노동자나 그들의 노동이 처해 있는 상황 등이 이러한 논리로 재현된다고 하겠다. 배제와 포섭은 이미 낡은 논리이지만 박현덕의 인물들은 철저히 사회로부터 배제의 논리를 체현한 존재들이다.

박현덕의 시조는 연민과 애도를 통해 이 시대 노동자들이(혹은 비정규직 노동자로조차 포섭되지 못한 비노동자들이) 처한 현실을 포착한다. 이 지점에서 박현덕이 만들어내는 인물들과 찰리 채플린의 얼굴이 '오버-랩' 된다. 생계 문제가 야기하는 수많은 비극을 응시하는 작가의 시선과 그 삶이 야기하는 고통을 웃음으로 치유하려는 찰리

---

4 2011년 8월 9일 발생한 영국 폭동사태 등으로 청년 실업이 야기하는 문제의 심각성을 실감할 수 있다. 한국 내 청년실업률(전체 실업률 역시 마찬가지다) 역시 여러 해 전부터 우려할 수준이다. 궁극적으로 이에 대한 해결책이 제시되지 않는 한 실업 상태로 인해 파생될 수 있는 사회문제는 급증할 것이다.
5 지그문트 바우만, 정일준 옮김, 『쓰레기가 되는 삶들』, 새물결, 2008; 조르조 아감벤, 박진우 옮김, 『호모사케르』, 새물결, 2008 참조.

채플린의 시선은 많은 측면에서 닮았다. 예컨대 이들의 시선은 정당한 노동 상황의 부재에 대한 진단을 통해서 형성되는 것이기에 궁극적으로 이들이 표상하고자 하는 형상·현상은 동질적이라 할 수 있다. 부당한 처지의 억울함을 생경하게 표면화하지 않고 시적인 장치를 통해 발화함으로써 목소리들의 다른 존재방식을 모색한 박현덕의 작업이나, 무성영화 속 찰리 채플린의 몸짓, 혹은 그 눈물 섞인 웃음은 언어를 뛰어넘는 공감을 이끌어낸다. 이들은 다른 장르적 발화를 통해 모던 타임즈와 그 이후, 호모 사케르가 된 노동계층을 발견한다. 결국 '시조는 노동이다' 혹은 노동이어야 한다는 박현덕의 선언은 이 시대의 윤리를 말하는 일방식이기도 하다.

찰리 채플린의 웃음 혹은 울음, 웃고 있는 울음이거나 울고 있는 웃음은 시조의 장르적 현실과 닮았다. 예컨대 '장르의 호모 사케르적 상황'[6]이라는 표현으로 서정적 자유시에 비해 변방에 위치한 시조의 상황을 역설한다고 했을 때, 시조를 창작한다는 것 자체가 이 사회의

6　(현대)시조문학은 오랜 동안 현대문학의 변방에 위치해왔다. 과거와의 연속성은 과거에 대한 지나친 귀속감에 집착하게 함으로써 '어제를 통한 오늘'의 마련이 아니라 '어제에 갇힌 오늘'을 재생산하는 데 그친다. 때문에 현대시조 장르는 여타의 문학 장르와의 변별성만을 강조함으로써 현대에 존재하는 장르이면서 동시에 존재하지 않아도 되는 잉여의 양식으로 존재하게 되는 것이다. 즉 현대시조가 여전히 기득권을 획득한 장르적 층위에 위치에 있다는 향유자들의 오만은, 대중으로 하여금 시조 장르의 호모 사케르적 상황을 강화할 뿐이라는 것이다. 현대문학 장르로 굳이 시조 양식이 필요한가, 라는 물음에 긍정적인 답변을 도출하기 위해서는 오늘의 시조문학 향유자들이 시조를 전유하는 태도에 변화가 모색되어야 한다. 시조 장르의 과거 귀속성(형식적 측면이 아닌, 내용적 층위에서)이 아닌, 현대라는 조건의 구현을 통해서 시조의 위치가 새롭게 정립되어야 한다. 이러한 근본적인 문제에 대한 성찰이 이루어지지 않는 한, 시조는 현대문학 장르에 있어서 그 예외상태를 쉽게 탈피할 수 없을 것이다. 문학사가 기록하는 시조는 시대적 흐름에 따라 그 내용적 층위를 유연하게 변형해 왔다. (사설시조나 개화기시조 등) 현대적 삶의 층위를 발화함으로써 다양한 내용을 주제화하고자 하는 모색이 더 본격화되어야 할 것이다.

소외된 영역에서 노동을 수행하는 일일 수밖에 없다. 시조의 대중성은 시조의 현 위치를 점검하고 인정하는 일에서 시작되어야 한다. 그것은 '시조를 짓는 일'이라는 문학적 순수성에 그치지 않고, 장르 유지 및 존속을 희망하는 정치성을 내포한다. 시조를 이해하기 위해서는 이러한 다층적 상황을 인지할 필요가 있다. 박현덕의 작업을 통해서 이 시대 노동 현실 나아가 시조의 장르적 층위까지 진단코자 한다.

2. '소멸'을 외면하는 시대

1980년대 박노해는 생경한 언어를 통해 노동 현실에 대한 일단의 고발을 감행한다. 본명(박기평)을 박노해(노동 해방 혹은 노동자 해방)로 개명할 정도로 그의 투쟁과 시작(詩作)은 실천적인 면모를 띤다. 2010년에 이르기까지 박현덕이 수행한 작업들은 일정 부분 이와 닮아 있다. 그러나 이를 단순히 70~80년대 시의 에피고넨으로 치부하기에는 그 서정적 전위성이 크다. 전술했듯이 박현덕의 작업은 이 시대 시조의 책무를 보여주는 것이라 할 수 있다. 이를 단순히 시대착오적이라고 치부할 수 없는 까닭은 1980년대적 노동 현실이 현재까지도 자행되고 있거니와 무엇보다 더 많은 형태의 소외된 계층이 그 존재적 감각을 상실한 채 양산되고 있기 때문이다. 자본을 토대로 건설된 도시는 그 경계를 분명히 구획하면서 유지된다. 뿐만 아니라 일상화된 폭력의 양상이 거의 모든 관계 형성을 지배하게 된다. 박현덕은 시조문학을 통해 노동현실을 발화함으로써 문학 장르 차용의 적절성을 보여준다. 시조문단에서 소위 '박현덕류' 의 작품들을 선호하는 편은 아니다.[7] 그 까닭은 시조문단이 시조의 상고주의 혹은 풍류적 일상성의 포착 등 그 주제적 측면에서 여전히 과거적 문맥을 고수하고 있기 때문이다. 아이러니한 것은 역사적으로 시조는 늘 시절가로서의 면모를 보여주었는데, 오늘에 와서 (내용적 층위에서) 복고적이고 퇴행적인 경향을 보인다는 것이다.

박현덕 시조의 지향점, 즉 시조라는 장르를 통한 글쓰기는 노동을 발화하는 것에 집중되어 있다. 그렇기에 소멸을 응시하는 그의 시선은 이 시대의 노동 현실을 바라보는 것이라 하겠다. 소멸은 달리 표현하면 은폐나 쫓겨남이다. 자본주의 잣대 아래 재단되는 가치 있는 것과 불필요한 것의 구획 짓기(편 가르기)로 인해 폭력적 소멸 현상이 야기된다. 때문에 소멸은 이 사회로부터 삭제된 존재에 대한 명명이며, 특히 노동 현장에서 자본가에 의해 일방적으로 착취당하는 존재를 표현한다. 물론 노동에서 완전히 배제된 존재까지를 포함하는 명명이다. 그렇기에 소멸의 본질은 폭력에 있다. 이러한 표현이 가능하다면 이 시대는 '외면의 감각' 이 작동하는 시대이다. 외면은 속죄의 필요성 자체를 제기하지 않는다는 점에서, 자본주의 사회에서 소멸이 갖는 정치성은 자본의 구조에 내재되어 있는 폭력의 일양상이라 할 수 있다.

여름 한 낮 발길 멈춘다 갓길 차를 세우고 주암댐이 훤히 뵈는

---

7 박현덕이 지향하는 시조의 정치학은 일정 부분 혁명적이다. 어떤 측면에서 시조문단은 정형의 시조 형식보다 더 경직되어 있다.

하늘 밑 정자에 앉아 저 깊은 우물의 뚜껑을 열어 내부를 몰래 본
다//햇살떼 날을 세워 몸을 찌르고 달아난다 물풀에 가리워진 마
을들이 소곤소곤 옛길로 자전거 몰며 푸성귀 냄새 맡는다//페달
힘껏 밟을수록 더욱 더 선명해진 언덕빼기 학교도 정미소도 사당
도 더러는 강바닥에 누워 두 눈을 부릅뜬다//때늦은 장대비가 사
정없이 퍼붓는다 물 속에서 걸어 나온 수의 걸친 사람들 고향의 흔
적을 찾아 백비白碑처럼 서 있다
—「주암댐, 수몰지구를 지나며·1」(『주암댐』) 전문

산비탈/계단논/경운기로 갈고 가는//반동 아재/구부러진/허리
위로/햇살 굴러가고//맨발로/바삐 달려오는/봄빛에/술 마신다
—「세청리 삽화·3」(『주암댐』) 전문

오늘날 우리는 소멸하/되는 것들을 외면하는 시대에 살고 있다. 소멸에 대한 무감각에 함몰된 인간은, 상처의 통증을 느끼지 못하는 질병을 앓고 있는 것처럼 실존에 있어서 절망적이다. 사라지는 것들의 유령, 산업화와 고도성장을 거치면서 삶의 터전은 (가족, 지역 단위의) 생활 영위라는 그 우선적 지위를 상실하고 만다. 사람이 살아가는 공간의 중요성은 가치 격하되고 대신 도시를 지탱하는 기계적·자본적 원리가 지배하게 된다. 우리의 거처인 집마저

교환가치에 집착하면서 삶은 더욱 위태로워졌다. '소멸감각'은 일상이 사회적 조직의 대상으로 객체화되어가는 과정에서 발생한다.

박현덕의 서정은 '부재의 복원'에 집중한다. 현실의 모순을 타개하기 위해 "페달 힘껏 밟"고 "흔적을" 복원하는 것이다. 일련의 『주암댐』 연작시조는 서정성을 통한 장소의 복원에 집중함으로써 향수를 통한 장소 재현을 갈구한다. 궁극적으로 장소의 복원이야말로 소멸의 중지, 곧 폭력상황의 종료—영구적인 의미의 종결이 아니라 소멸상황, 즉 폭력상황에 대한 각인 및 성찰이 이루어질 수 있는 계기가 된다는 차원에서—를 의미한다.

그는 자본이 잠식한 수몰지구를 통해 삶의 편린들을 복구함으로써 한때의 삶을 재구성하고 미래적 삶의 방식을 제시한다. 그리고 그것만으로도 수몰지구를 충분히 유의미한 공간으로 격상시킨다. 복구의 수사는 소멸에의 외면에 저항하는 한 방식을 제공한다. 수몰지구에 대한 성찰은 「세청리 삽화」 연작으로 이어져 소박한 삶의 의미를 도출하기에 이른다. 그곳에는 사람이 있고, 삶이 있다. 예컨대 "경운기로" "산비탈 계단논"을 경작하는 "반동 아재" 등으로 형상화되는 살이가 그것이다.

삽화를 연상케 하는 시조 구성 방식은, 장소의 유의미를 이끌어내는 묘사적 방편으로 차용된다. 소멸은 일상의 의미를 깨닫는 계기를 제공하며 덕분에 평범한 인물들의 소소한 일상에서 현재진행형의 서정을 발견한다. 이때 노동은 삶의 의미를 구축하는 한 방식으로 작동하고, 박현덕이 재현하는 노동의 양상은 보다 확장되어 사회·문화적 문맥으로 독해될 수 있다. 그의 작품에 유난히 연작이 많은 이유는 일정한 사유 지향, 그 방향성의 추구 때문이다. 소멸은 자본적 권력에 의해 폭력적으로 자행되며, 그의 인물들은 그 바탕에서 다시 삶을 경작함으로써 이에 저항한다. 때문에 소멸을 직시하고 재건에 힘쓰는 것이야말로 폭력에 대한 저항의 한 방식일 수 있다.

이제는 거대한 "우물"이 되어버린 마을은 "강바닥에 누워 두 눈을 부릅뜬" 채로 수장되어 있다. 그곳에는 "수의 걸친 사람들"이 "고향의 흔적을 찾아"와서 "백비(白碑)처럼 서 있다." 고향상실의 감각은 회귀할 집의 상실을 의미하며 이는 동시에 도시를 부유하는 이방인을 형성하게 된다. "'이방인'의 형상은 자주 인간으로 하여금 그러한 타자들을 뛰어넘거나 그에 대항해 스스로의 정체성을 확립할 수 있도록 해주는 극한의 경험으로 작동했다."[8] 이러한 이방인은 이 사회 균열의 증거이다. 앱젝트(abject)를 규정함으로써 비로소 성립하는 질서의 세계는 불가피하게도 다시 이질성을 들여다보게 할 수밖에 없다. 은폐함으로써 노출되는 속성은 사회 질서 외부에 산재해 있다. 공동체를 더 공고하게 할 수 있는 희생양 만들기를 통해서―실상 진정한 의미의 공동체란 불가능하다는 것을 반증한다― 작동하는 사회 질서에 대한 고발을 박현덕의 작품에서 볼 수 있는 것이다.

역설적이게도 유령의 형상으로 떠도는 경계에 선 존재들을 양산하는 까닭에 소멸에 대한 외면은, 항구적인 사라지기를 방해한다. 내가 살던 마을을 "몰래" 훔쳐보아야 하는 전도된 상황이 수몰지구의 현실이다. 그럼에도 시인은 "수장된" 마을에서 "따스한/서정시를 읽"고 "흰 나비들/날아다니는"(「주암댐, 수몰지구를 지나며·2」, 『주암댐』) 숨은 풍경을 본다. 이것을 시인은 희망이라고 말한다. 그의 시집 전체를 "아

---

8 리처드 커니, 이지영 옮김, 『이방인, 신, 괴물』, 개마고원, 2004, 12쪽.

픈 현실에서 길어 올린 눈부신 희망의 시"로 명명할 수 있는 까닭은, 정일근이 지적한 것처럼 "민중과 민초의 삶"[9]을 포착하고 있기 때문이다. 소멸을 외면하지 않는 것, 즉 자본주의 시대의 모순 혹은 그 폭력에 대해 침묵하지 않는 것이 박현덕 시조의 미덕이다. 때문에 그가 말하는 희망이란 이상화된 무엇이 아니라 현실적인 층위에서의 휴머니즘적 가치 복원의 일종이라 하겠다.

박현덕은 노동 현장을 소멸의 수사학으로 형상함으로써 '시조–쓰기의 노동' 혹은 시조는 노동이라는 중의적 맥락을 제언한다. 그가 말하는 희망은 핍진한 현실 말하기로부터 촉발된다. 이러한 측면에서 시조는 노동이어야 한다. 시조는 노래였던 때부터 어떤 의미에서 노동이었다. 장르는 끊임없이 변용·확장되어야 하며 또한 그럴 수밖에 없는데, 시절가로서 다양한 노동—사설시조에서 민중이 읊조렸던 현실적 모순에 대한 폭로나 개화기 시조가 포착하고 있는 당대적 현실 역시 어떤 측면에서는 살아내기 위한, 삶과 분투하는 노동의 모습이다—의 단면을 응시했던 시조는 폭력에 의한 소멸에 대항할 수 있는 방편을 제시한다. 즉 박현덕의 작업은 민중의 입장에서 시절가를 읊조리는 혁명적 성격으로 시조를 변용한다. 그렇기에 박현덕의 시조–쓰기는 소멸에 응전하는 방식의 일환으로 노동을 포착하는 것이다.

밤 무덤을 둘러싼/나무들이 손 비빈다//여직 숨을 죽이고/놓아 둔 술 음복하네//망월동/흰 새떼가 퍼득/늘 아침을 열었다.//무르

9　정일근·신덕룡, 「추천평」, 『스쿠터 언니』, 문학들, 2010.

팍 으깨진 채/어둠 깔린 길 달려가다//대 물린 감옥에서/마음 앓아
몸져 누웠거늘//그렇다/애비는 萬積이었다/가슴밭에/칼을 숨긴.

—「無等을 생각하며 · 6-김남주 詩人이 墓에서」(『겨울삽화』) 전문

오월 광장에/딸랑딸랑/나귀 탄/사람들이 온다//둥글게 모여 앉
아 제 못난 가슴을 어루만지며 아이들에게 불새의 傳說을 들려준
다./이 城에 햇빛 한 줌 없던 그런 시대, 길게 늘어선 나무들도 목
말라 죽던 그런 시대, 지 몸에 기름을 발라 太陽 속으로 뛰어든 불
새 얘기를 日沒로 뿌려 놓다//해 지자 촛불을 들고/크렁크렁/산처
럼 운다.

—「無等을 생각하며 · 8」(『겨울삽화』) 전문

박현덕은 5월을 기억하는 한 방식을 제공한다. '역사의 일상화 혹
은 현재화'를 통해 사건을 재사유하는 까닭은 오늘의 현실적 층위에
서 역사를 새롭게 이해할 수 있기 때문이다. 이때 5월은 자본화된 질
서에서 권력 장악이 남긴 흉측한 범죄현장의 그것이며, 역사의식을
가진 이들이 목숨 걸고 지키고자 했던 자유정신을 표상한다. 이는 단
순히 소비자본에 대한 경종이 아닌, 그 안에 내재되어 있는 부의 불합
리한 분배와 이를 토대로 형성된 거대 권력에의 항거를 의미한다는
점에서 재사유의 유용성을 제공한다. 또한 권력의 무시무시한 폭력
성—폭력 은폐의 정치성—을 여과 없이 노출한 사건이라는 점에서
'5월'이 상징하는 시 · 공간은 잊혀서는 안 된다. 때문에 '80년대 광
주'에 내포된 고통은 그 시대성과 지역성을 뛰어넘어 재전유되어야
한다.

전사가 되어 망월동에 잠든 김남주 시인은 "가슴밭에/칼을 숨"기고 있음을 거침없이 세상에 드러낸 대표적인 인물로, 박현덕은 그의 현실저항 정신을 시적 지향점으로 계승한다. 즉 그의 작업은 권력자로부터 비롯되는 부조리에의 응전이거나 혹독한 현실을 폭로하는 일로 드러난다. "망월동"이 함의하는 상징은 여전히 치유되지 않은 공포, 즉 내부자에 의한 죽음이다. 죽어서도 "숨을 죽"여야 하는, 아직 잠들지 못한 영혼들이 머무는 곳, 그리하여 어제는 여전히 오늘까지 미완인 채로 남아 있음을 각인케 하는 곳이다. 역사는 잊힐 수 있으나 지워질 수는 없기 때문이다. 여전히 "오월 광장"은 "햇빛 한 줌 없던 그런 시대"에 대해서 말한다. 역사는 사라지지 않고 늘 새롭게 해석될 뿐이다. "전설"의 "촛불"도 오늘의 촛불도 모두 오월 광장에 나와 "크렁 크렁/산처럼 운다." "만적이었"던 아비의 역사를, 그 "불새의 전설을" 계승하여 시대에 눈 뜨고 있는 자는 통곡한다. 박현덕의 시조는 이러한 통곡이며, 동시에 "아이들"로 상정되는 미래적 존재에게 과거의 투쟁 정신을 전승하고자 하는 역사적 연속성을 꾀하는 작업이다.

예컨대 '80년대 광주'는 역사적 이행기의 폭력과 상처를 봉합하는 명명으로, 알레고리적 속성 속에서 이해해야 한다. 단일 민족이라는 환상이 빚은 민족주의는 그 민족적 주체가 민중이 되기 위해서 치러야 했던 크나큰 비극의 지평에서, '광주'는 '우리'가 분화되는 양상을 적나라하게 보여준다. 즉 강제적으로 권력을 획득한 집단과 이에 분기한 집단 사이의 폭력 양상이 그것이다. 무참히 학살되는 이도 우리였으며, 학살에 동원된 군인도 우리였고, 나아가 이 모든 상황을 야기한 권력자도 역시 우리였다. 다시 말해 내부를 향한 저항과 억압의 양태는 폭력의 일상화를 불가피하게 만든 요소였던 것이다. 전대에 기록된 민족적 설움이나 폭력의 양상이 외부로부터 내부로 향한 것이었다면, 80년대 광주는 내부를 해체하는 즉 내부의 계층적 차이의 간극을 극명하게 드러낸 사건이라 할 수 있다.

이젠 쓸모 없을 것 같아/그걸로 군불 지핀다//저물녘 마당에 나와/굴뚝을 바라보면//나른한 영혼 이끌고/귀양가는 行列들.
—「바람집 · 2 -족보」(『겨울삽화』) 전문

廢船 몇 척 술취한 사내품에 묶여 있고/어둠 사룬 풀잎 되어 목축인 내 幼年이/천 리 길 바람으로 달려 五尺 몸을 흔든다//태초, 꿈길 따라 맑은 가난 즈려 밟고서/물빛 아린 사랑도 무지개로 실려 오면/모랫벌 선인장보다 뜨거운 情 새롭다//도시의 그늘 아래 거친 땅 삽질하면/고향 그 길목처럼 진달래가 피는데/선술집 진한 獨盃에 작부마냥 쓰러졌다
—「완도 선창가 · 1」(『겨울삽화』) 전문

박현덕의 시조는 형식파괴가 아닌 표현의 감각을 통해서 시조문학의 경직성을 유지하면서 동시에 타파한다. 이러한 장르적 모순을 통해 시조는 그 영역을 확장할 수 있다. 시조형식이 부여하는 시조의 정체성을 최대한 존중하는 대신, 현대적 감각—시대의식 혹은 T.S.엘리엇이 말한 역사의식—을 통해 그 해체를 도모하는 것이다. 가령 서사적 구성을 통해서 서정적 현실감각을 새롭게 구축하는 경우가 그러하다. 서사적 구성의 서정적 언어화, 즉 인물, 사건, 배경이라는 서사의 기본 요소를 충분히 활용함으로써 한 편의 이야기를 만드는 동시에

언어적 함축성을 통해 서정적으로 표현하는 것이 바로 박현덕이 현실을 조명하기 위해 선택한 창작법이라 하겠다.

「바람집」 연작은 「無等을 생각하며」 연작 이후를 말한다. 이 시편의 일단이 보여주는 것이 80년대 광주를 휩쓸고 간 투쟁의 기운, 그리고 그 자리에 정착한 삶의 양상들을 포착하는 시인의 현실감각의 미학적 성취이기 때문이다. 도시적 삶의 공간이 야기하는 고독, 이는 "쓸모 없을 것 같아/그걸로 군불 지"피는 족보와도 같이 시대와의 불화를 드러내는 증좌이다. 그의 시적 발화는 시대를 살아내는 나약한 주체에 집중되어 있다. 때문에 "나른한 영혼 이끌고/귀양가는 행렬들"로 표현되는 뿌리 뽑힘―불태워진 족보, 그리고 그 이력의 삭제와 각 시대를 살았던 족보 속 인물들의 해체―을 목도하게 되는 것이다.

이후 「완도 선창가」 연작은 시대적 고통이 개인에게 미친 영향이나 태생적으로 주어진 가난에 대한 고백적 서정 등 자기서사를 서정화한 작품군이다. "내게는 추운 시절 변두리 사글세방"(「완도 선창가·3」)과 같은 표현을 통해서 알 수 있듯이 그에게 도시는 생의 고통을 통감케 한 공간이다. "폐선"에 묶여 있는 "유년"의 형상화는 "가난"으로부터 달아날 수 없는 핍진한 삶에 대한 구체화이며, "도시의 그늘 아래 거친 땅"은 고향의 그것과 달리 혼자인 고독한 공간을 상징한다. 도시에서의 삶은 사회구성원의 최하위로 밀려난 삶, 곧 배제적 포함의 호모사케르적 존재로의 전락을 의미하기 때문이다. 이미 거대한 덩치로 무장한 자본이라는 토대에서 살아가는 방식을 모색하는 일은, 경제력을 바탕으로 형성된 계급에 따라 판이하게 다른 양상을 보인다. 부르디외가 지적한 것처럼 문화자본의 향유는 철저히 상류층에 집중되어 있다.[10] 그렇기에 도시 변방에서의 삶은 고독과 가난을 향한 투쟁일 수밖에 없다.

　박현덕의 시조는 1980년대 산업화의 현장으로서의 수몰지구에서, 삶의 해체와 역사적 투쟁의 현장인 80년대 광주의 5월로 이어지며, 이러한 범사회적 혼란이 그대로 개인과 하위계층의 가난으로 형상화됨을 시사한다. 80년대 산업화 추진으로 인해 표면화된 도시와 그 외부의 구획 짓기의 현장, 그것의 표상으로서의 수몰지구는 현대 사회를 지배하는 자본의 폭력성을 폭로한다. 또한 광주는 인간의 탐욕이 초래하는 비극의 현장이다. 광주가 갖는 장소성은 전대와는 다른 차원의 내부 분열을 적실히 보여준다. 끝으로 이러한 시대적 맥락에서 농, 어촌을 떠난 주체가 도시를 살아가는 척박한 삶에 대한 보고로서의 서정의 발화이다. 이와 같은 정치적 관여하기를 통해 시인은 윤리가 사라진 자리, 폭력의 형상을 좇는다.

3. 예외상태에서 살아남기

　실존이 아닌 생존―말 그대로 살아남기 위한 분투―과 투쟁하는 사람들, 그들은 키에르케고르가 말한 '실존에의 불안' 보다 '생존에의 불안' 에 시달린다. 이들이 생존하는 법은 다양하다. 이 사회에서 한 존재 또는 집단의 생존 방식은 그 계급을 대변한다. 그렇기에 어느 정도의 극복 불가능성과 한계를 실감한 주체들의 마지막 '전투' 를 박현덕의 시조에서 볼 수 있다. 특히 박현덕이 생존을 형상화하는 방식은

---

10 피에르 부르디외, 최종철 옮김, 『구별짓기』, 새물결, 2005 참조.

주제적으로는 폭력에의 응전을, 형식적으로는 시조의 서정적 전위를 서사적 서정성을 통해 표방하는 것이다.

우선 주제적 측면에서 폭력에 폭력으로 응전하기다. 용산참사가 그러하듯이 폭력에 폭력으로 응전할 경우 그 결말은 참담하다. 그렇다면 혁명이란 불가능한가. 문학은 다양한 수사의 차용을 통해 말할 수 없는 현실을 객관화—주관적 양식을 통한 객관의 확보—할 수 있다. 폭로 불가능성의 '사건'을 팩트의 직설적 발화 이외의 방법적 모색을 통해 낯설게 전복하는 것이다.

다음으로 형식적으로 자신을 철저하게 타자화하는 방식이다. "서정이란 감각적 세계에 속하는 것이면서 동시에 높은 정신적 경지라는 도덕적 가치와도 불가분하게 밀착되어 있다"[11]고 했을 때, 서정의 임무는 주관적 감정의 발화 그 너머의 윤리적 감각을 지향해야 한다. 그것은 통시적 역사성과 공시적 시대감각을 어떻게 서정화할 것인가라는 고민을 통해서 생산될 수 있는 까다로운 형태의 새로운 서정, 혹은 그러한 서정적 전위를 요구한다. 서정의 변주 혹은 그 확장은 장르 구획의 한계를 일정 부분 극복할 수 있도록 조력한다. 이를 통해 우리는 그것을 뛰어넘는 개별 텍스트를 수용할 수 있게 된다.

시조 문학을 통해 서정 자체를 타자화하는 방식은 외부로 밀려난 존재와의 장르적 동일성을 획득하는 일 방식이기도 하다. 또한 시조를 통한 서정적 전위의 구사는 이 시대 시조의 역할을 새롭게 정립하는 책무와도 닿아 있다. 때문에 시조문학은 이 시대 문학적 판단이라는 윤리적 전위를 새롭게 정의하고 재편한다. 특히 박현덕의 시조—쓰

---

11 김현자, 「서정의 본질과 변모 양상」, 『현대시의 서정과 수사』, 민음사, 2009, 204쪽.

기는 '소외의 방식으로 소외를 노래한다'는 측면에서 진정성 있는 목소리를 갖는다. 장르적 변방에 위치한 시조의 상황과 신자유주의에서 호모 사케르에 위치한 하위 주체들의 삶이 보여주는 공통감각은, '배제된 포함'으로서의 시조의 위치—바깥과 안의 경계라는 예외상태, 그것은 "벌거벗은 생명을 법적·정치적 질서로부터 배제하는 동시에 포섭하면서 바로 그것이 분리되어 있는 상태 속에서 정치 체제 전체가 의존하고 있는 숨겨진 토대를 실제적으로 수립했다"[12]—에 공감하게 한다. 오늘의 문학이자 어제의 문학 양식으로서 시조가 갖는 위치가 그러하고, 우리 것(전통 양식)과 남의 것(서구 양식)이라는 이분법이 그러하다. '낀 장르'로서의 시조 위치에 대한 점검, 곧 하위 주체—내부자이면서 내부자로 포섭 불가능한 존재—가 처한 상황에 대한 인식을 통해 이 시대 시조가 설 자리를 만들어갈 수 있다. 프루스트의 로지아적 공간, 혹은 그 예외상태의 감각을 통해 시조가 서야 할 위치를 확정·탈주해야 한다.

예외상태에서 생존하고자 매 순간 전투를 불사하는 외부의 여자들, 불법체류노동자, 일용직 노동자 그리고 공장 노동자들까지 박현덕의 인물들은 쪽방촌에서 삶과 분투하고 있다. 삶과 죽음의 경계에서 아슬아슬한 줄타기를 하고 있는 것이다. 이들이 수행하는 노동 상태 혹은 배제 상태를 통해 노동이 폭력 구조 속에 놓여 있음을 어렵지 않게 포착할 수 있다.

우선 박현덕의 여자들은 기지촌 여성들을 위시해서 대다수가 여성이라는 생물학적 존재에 가해지는 폭력적 고통을 감내하는 직업군에

---

12 조르조 아감벤, 앞의 책, 46~47쪽.

종사한다. 일제강점기 아래 종군 위안부 등 역사적 소용돌이에서 여성이 감내해야 했던 폭력과 억압의 양태들은 그것 자체로 이미 처절한 비극이다.

…… 봄 여름 가을 겨울 대공초소에서 본 용보촌은/세븐 스타 튜울립 술집들이 터를 잡아/밤마다 끈적한 몸짓으로 미군들을 유혹한다//편안하지 못한 생활 대못으로 내리 박혀/희망 같은 불씨 품고 하나둘씩 클럽을 떠나/흉흉한 소문을 남긴 채 미국행 비행기 탄다

—「송정리詩篇 · 4-용보촌 그 거리를 생각함」(『스쿠터 언니』) 부분

…… 바람의 꼬리를 물고 늘어지는 읍엔 빈 소문들이 무성하다//소읍의 삼거리 지나며 또 바람소릴 듣는다//허기진 배 움켜쥐고 얘기 나누고픈 철물점과/간판이 너덜거리는 역전 광장 이발소와/언니는 버스 터미널까지 물음표를 찍고 온다//노란색 스쿠터가 거리를 달릴 때면/끝내는 어지러워, 날갯빛이 노랗다/더듬이 힘들게 세운 노랑나비 우리 언니

—「스쿠터 언니」(『스쿠터 언니』) 부분

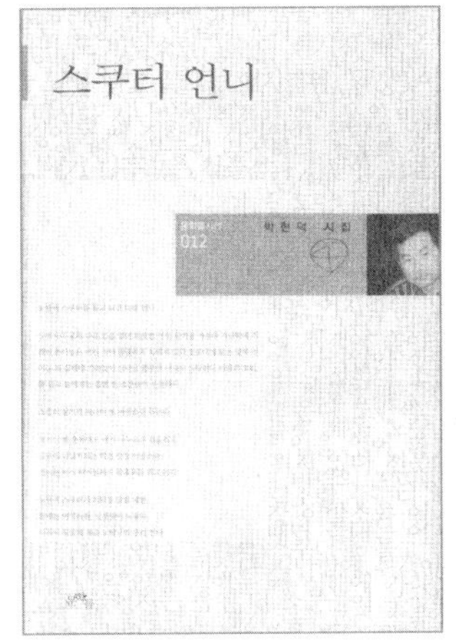

영화 〈수취인 불명〉(김기덕, 2001)이 묘파하는 속칭 '양공주' 나 '튀기' 의 삶, 그 존재만으로도 사회 분열을 조장—한다고 여겨지는—하

고 구성원 간의 이질감을 증폭시키며, 질서를 해체하기에 족하다. 또한 내 나라의 여성을 타자에 빼앗겼다는 자괴감 혹은 모멸감이 되레 이들에 대한 배타성을 강화한다. 이러한 맥락에서 박현덕이 여성 주체에 주목하는 것은 오늘의 시조가 수행해야 할 역할에 대한 발화이기도 하다.

미군이 주둔하면서 광주 송정리에 1964년 공군 제1 전투비행장이 설치되고—현재는 철수함— 용보촌 1003번지에는 윤락가가 형성된다. "송정리역 앞 1003번지/맨몸으로 버티는" "누이"들의 세상살이는 암담하다. "환장"할 "자궁꽃"(「송정리詩篇·1」, 『스쿠터 언니』)으로 상징되는 팔려나가는 여성의 설움은 우리 사회가 안고 있는 모순을 극명하게 보여준다. 겨우 "스물 안팎의 여자애"들의 울음은 개인사적 차원에서만 논의되어서는 안 된다.

굳이 기지촌 직업여성이 아니더라도 여성을 억압하는 사회 구조는 오래되었다. 실제로 시조는 예나 지금이나 여성 주체의 삶에 비교적 방관했던 것이 사실이다. 외부자였던 혹은 남성 중심 사회 내에서 상대적으로 피해자가 될 수밖에 없었던 여성 주체의 문제를 드러내는 일은 결국 남성 혹은 이 사회가 안고 있는 모순을 폭로하는 일과 크게 다르지 않은 탓일 것이다. 그러니 체제 내에서 여성은 늘 모성으로 표상되는 존재일 수밖에 없다.

반면 박현덕의 발화는 봉합 혹은 침묵해야 할 존재들의 삶을 폭로함으로써 실상은 지배이데올로기의 은폐된 허물을 들춘다. 애초 지배자의 논리였던 시조 장르의 새로운 발화는 그것만으로도 전위성을 획득할 수 있다. 박현덕이 주목하는 여성주체는 주로 '팔려나가는' 존재들이다. 여성 인물들은 사회적 약자로서의 여성에게 주어진 이중의 고통을 그대로 체현하는데, 가난이 낳은 계층적 소외나 여성이라는 생물학적 약자에게 가해지는 고통의 양상이 그러하다. 시인은 서정 속에 인물을 내세워 서사성을 구축한다. 서사적 서정성—앞선 시편들에서 보여준 직설적 표현에 대한 문학적 고민의 성과물로 보인다—의 구축은 존속하는 정형의 시조장르를 내용적 층위에서 확장함으로써 텍스트를 통해 주제 전달을 용이하게 한다. 여성 인물의 가난한 배경이나 억울한 사건의 전개까지 모두 서사의 요소이지만, 박현덕의 시조에서는 서정을 발화하는 서사 곧 서사성과 서정성의 경계를 유지하는 데 일조한다.

슬픈 사연을 예감케 하는 박현덕의 인물들은, 저마다 태생적인 고통을 가진 존재들—한 가정의 가난을 책임져야 할 딸이거나 누나이거나 여동생—이다. 이러한 여성주체에 가해지는 폭력의 양상은 남성주체에 행사되는 폭력 보다 공격적이며, 그 억압기제도 복합적이다. 예컨대 이들은 소문의 주체이기도 한데, 소문의 생산자와 소문의 주체는 다른 인물이다. "빈 소문"의 주체인 "스쿠터 언니"는 "바람의 꼬리"(소문)에 쓸려 "더듬이 힘들게 세운" 세상살이를 간신히 지탱한다. "노랑나비 우리 언니"들에게 삶은, 사회는 "물음표"인 채로 방관, 방조로 일관한다. 박현덕은 "세븐스타"나 "튜율립"으로 내몰린 여성주체의 삶을 단순히 소재주의적 차원에서 전유하는 것이 아니다. 그는 비체가 된 여성을 통해 국가의 이중성을 폭로하고, 계급(권력)이 주권보다 우선하는 현실을 고발하려는 것이다.

질척질척 비 내린 날 기숙사 창문 열고/가난에 찌든 네팔 치토운을 생각한다/두고 온 아내와 아이들 사진으로 봅니다//쉿가루가

날리는 동굴 같은 작업장/프레스에 그만 싹둑 잘려진 중지 한 마디
/봉합을 할 수 없어서 비닐봉지에 담았다//취기 오른 구얀씨 모종
삽 들고 화단으로 가/목련나무 밑 눈물과 함께 중지를 묻었다/어
느 봄 멍든 사연 안고 목련은 활짝 필게다//삼년을 저당잡힌 이 땅,
더러 매 맞고 월급 떼이며/사출공장 컵 제조공장 철새처럼 전전하
다/고향에 마련해둔 집 한 채, 찰진 땅이 아른거린다

　　　─「나는 얘기한다. 황혼에 대해서 · 1 -불법체류자 네팔인 구얀씨」

(『밤길』) 전문

　　1964년 한국은 남베트남에 파병을 보내 일석삼조의 효과─"경제
발전, 한미관계 강화, 한국군의 전투력 향상"[13]─를 얻었다. 그렇지만
한국은 자신이 누린 이러한 전쟁특수를 여타의 나라가 한국 내 식민
지와 6 · 25 중에 누렸던 특수와 비교하려 하지 않는다. 자국이 범한
사건의 축소 및 은폐, 동시에 타국이 자국 내에 자행한 사건의 끊임
없는 회자의 방식이 그러하다. 이러한 상반된 욕구의 발산은 피해자
라는 인식을 강화하고 이로 인해 피해의식에 사로잡힌 마이너리티로
서의 역사인식을 강화하게 만든다. 극단적으로 말해 일본이 2차 세
계대전을 히로시마 원자폭탄으로 표상해버리는 것과 동일한 방식─
이러한 수사를 통해 일본은 가해 국가가 아닌 피해 국가로 상정된
다─이다.

　　1970년대 본격화된 노동력의 중동 파견 역시 마찬가지이다. 한국

---

13 1964년에서 1973년까지 한국은 베트남에 총 32만 명을 보냈다. 아사히신문 취재반, 백영
　서 · 김항 옮김, 『동아시아를 만든 열가지 사건』, 창비, 2008, 253쪽.

노동자들이 국외에서 받았을 핍박을 생각하여 현재 동남아 등지에서 국내로 들어온 외국인 노동자(주로 불법체류)들의 대우문제를 심각하게 고민하지 않는다. '우리'가 받았던 모멸감은 말끔히 잊고 무슨 특권인 것처럼 '우리' 역시 같은 폭력을 행사하는 것이다. 역설적이게도 폭력을 정당화하는 잣대를 스스로의 역사적 체험을 통해 제도화하였다고 볼 수 있다. 이 때문에 주관적이든 객관적이든 폭력이 경제나 정치의 내부로 스며드는 것과 동시에 그것의 위험 요소를 진단하기도 어려워진다. 이는 징후로만 남겨질 뿐이다. "시민권을 얻기 위해 투쟁하는 불법체류자나 난민의 관점에서는 국가 없음이 단순한 국적의 누락이 아니라 권력의 장 내부에서 법적인 권리를 박탈당하는 적극적인 방식이 된다."[14]

박현덕은 한때 우리가 외국인 노동자로서 이방인으로 살았던 역사를 모조리 외면한 채 누군가를 철저히 타자로 외부화하고 있는 현실을 고발한다. "구얀씨"의 삶은 이 시대 경제적 약소국에서 국내로 들어온 외국인 노동자의 삶을 반영한다. "법의 언어 앞에서 이방인"[15]은 영원히 환대 불가능할 수밖에 없기에 이들은 늘 추방되어야 할 존재로 각인된다. "추방령은 주권의 표식이자, 공동체로부터의 추방을 동시에 의미"[16]한다. 타자의 상정을 통해 우리의 소속감을 강화하는 방식은 이들 타자를 폭력적으로 형상화하는 것에서 극대화된다. 또한

---

14 조현준, 「버틀러의 『젠더 트러블』 읽기」, 제3회 우리 시대의 고전 읽기 발표문, 부산대 인문학연구소, 2011. 8. 23, 4쪽.

15 자크 데리다, 남수인 옮김, 『환대에 대하여』, 동문선, 2004, 64쪽.

16 조르조 아감벤, 앞의 책, 225쪽. "추방된 자는 자신의 분리된 상태 그 자체로 넘겨지는 동시에, 자신을 내버린 자의 자비에 위탁된다. 즉 배제되는 동시에 포함되며, 해방되는 동시에 포획당하는 것이다." (223쪽)

동질성을 통한 내부의 강화는 내부의 내부를 구성하는 일과도 닿아 있는 탓에 언제든지 해체될 수 있는 내부의 계층화를 가속한다. 봉합 불가능한 노동자의 육체—"프레스에 그만 싹둑 잘려진 중지"—와 그들의 봉합된 말(진실)들—"가난에 찌든 네팔 치토운"은 지구촌이라는 동일성 담론에 내재되어 있는 식민적 욕망, 그 이면을 포착케 한다. 법적 질서 내에서 합법적으로 자행되는 가난한 나라와 부자 나라의 이분법적이고 획일적인 폭력 구조가 인간 존엄성 보다 우선하는 수많은 척도들이 생성될 수 있도록 방조·조력하는 역할을 하고 있음을 시사한다—은 기괴한 긴장으로 "동굴 같은 작업장" 그 열악한 공간을 부유한다. "삼 년을 저당 잡힌" 삶은 수용소의 그것과 별반 다르지 않다.

거리의 깡마른 나무들 저희끼리 몸 비비며/햇빛 아래 웅크리고 앉은 노숙자 빈 그릇/해거름 공복기처럼 동전들이 쌓인다//눈 펑펑 쏟아진 날 주문 잔뜩 밀리고/요란한 징글벨소리 공장을 기웃거린다/무심코 그 풍경 쫓다 잘려나간 엄지 한마디
　　—「가리봉역을 지나며–노숙자가 된 친구를 보았다」(『주암댐』) 부분

…… 질펀한 꿈이 바람에 실려간다//차창 밖은 취기에서 깨어나 눈 비비고 잘근잘근 세상을 씹어먹듯 비 내린다 순식간 도시를 꿀꺽 한다 나는 공복을 느끼고//휴일 아침 공단은 버스들로 붐빈다 온몸을 로봇처럼 움직이며 살아야 할 저 숙명, 컨베이어벨트 위 촉 나간 형광등 같다
　　　　　　—「일요일」(『스쿠터 언니』) 부분

이 시대, 용산참사―인간 존엄성이 자본적 권력 앞에 얼마나 무력한지를 여실히 보여줌으로써, 자본의 논리를 체화한 우리를 작동하는 것은 약자의 삶을 지속시키는 것이 아닌, 사유재산의 고수였다는 불편한 진실을 말해주는 사건이었다―에서 한진중공업 사태에 이르기까지 수많은 '사건' 들이 있었지만 우리의 삶은 태연히 계속된다.

박현덕은 산업 노동자였던 친구가 노숙자가 되었음을 발견했을 때의 울분이나 몸 바쳐 일한 직장에서 해고된 사연 등을 진술한다. '고백 불가능성' 은 사건 자체를 타자화함으로써 역으로 발화하는 방편, 즉 침묵을 고수한다. "하루살이 노동" 의 "호명" 에 대기해야 하는 "중년들"(「인력시장에서」, 『주암댐』)의 삶이나, 공장 안 무심코 날아든 모기에도 "염병할/자본가 같은 놈"(「우린 풀꽃이다 · 3」, 『스쿠터 언니』)이라 치부하고 분노해야 하는 현실 따위를 폭로하는 일 등이 박현덕이 보여주는 현실 응전 방식이다.

'공장' 이야말로 자본주의 경제 논리의 문제나 모순, 그 치부가 적나라하게 드러나 제 권력을 행사하는 상징적 공간이다. 그만큼 공장의 내부와 외부를 작동하는 원리는 수직적 · 계층적이며, 그 우위 여부에 따라 지극히 불평등한 구조로 지탱된다. 결국 노동부재 상태인 "노숙자" 는 이 사회의 잉여 인간으로 전락하게 되고, 노동은 자신을 사회 구성원으로 명명하기 위해 반드시 필요한 조건으로 부상한다. 그렇기에 노동으로부터 배제된 존재에게 삶이란 "안개에 묻힌 길"(「겨울 판화-정리해고된 부평 친구집에서」, 『주암댐』)과 다르지 않다. "공복" 의 "깡마른 나무" 와 같은 노숙자의 형상과 대비되는 "요란한 징글벨소리" 는 이 사회를 구획하는 경계를 선명하게 드러내준다.

전태일의 후손―대다수가 비정규직인 산업 노동자들―은 꿈이나 희망 따위가 사치라는 것을 몸으로 먼저 배운 사람들이다. 남들이 쉬는 일요일마저 노동해야 하는 "숙명"에도 불구하고 그들은 가난으로부터 벗어날 수 없다. 이때 "질펀한 꿈"은 이중적인데, 숙면을 취할 수 없는 삶을 영위하고 있는 시적 주체의 불안한 잠이거나, 이젠 기억에서도 희미한 삶의 지향점으로서의 꿈이기도 하다. 노사 갈등이 사회 문제로 심심찮게 대두하는 것은 현대 사회의 노동 질서에 구조적 모순이 만연한 탓일 것이다. 그럼에도 이에 대한 근원적인 해결책을 모색하는 일은 이루어지지 않고 있는 실정이다. 근대 이후 휴식의 시간으로 재편된 "일요일"이라는 표상 층위에서조차 노동으로부터 자유롭지 못한 사람들에게 "휴일"은 타자의 것으로 치부되는 새로운 구획이 된다.

박현덕의 시조에 등장하는 노동의 층위는 이외에도 다양하다. 가령, 탄광촌 사람들은 제 목숨을 내어놓고 "막장"으로 걸어 들어가는 존재들이다. 매일 "유언장 쓰"(「오후 3시 30분」, 『스쿠터 언니』)는 심정으로 생계를 연명하는 위태로운 존재들 앞에 복지 따위는 되레 배부른 소리일지도 모른다. 탄광촌에 대한 서사는, 가장 어두운 곳에서 세상의 불을 밝히기 위해 노동하는 사람들의 이야기이다. 즉 자신의 오늘과 타인의 내일을 맞교환해야 하는 사람들의 노동이다. 다수의 삶의 편리를 위해 기꺼이―살이, 살아내기 위해 강제된― 희생되어야 하는 삶이란 얼마나 폭력적인가. 이러한 전복적 현실 앞에 표면적으로는 여전히 인간 존엄성을 최상의 가치로 두는 오늘의 윤리, 그 허상에 의문을 제기한다. 박현덕이 말하는 삶의 양상들은 스포트라이트의 이면, 그 숨겨진/은폐된 진실을 폭로하는 것에서 표출된다. 그러니 그가 삶을 보여주는 한 방식은 폭로/고발일 수밖에 없다. 그렇기에 그가 노

동을 키워드로 삼은 것은 현실의 핍진성과 사회구조의 모순을 혁명코
자 하는 문학적 시도라 하겠다.

시인이 "빌딩으로 둘러싸인 자본의 외진 섬에"(「철새는 어디로 가야
할까」, 『스쿠터 언니』)서 살아가거나 죽어가는 사람들의 실상을 고발하거
나, 은폐된 이면을 들추는 까닭은 삶의 인식적 변혁을 추구하는 탓이
다. 이념적 혁명이 아니라 존재방식 혹은 가치의 사유하기―지배적인
윤리의 회복이거나 전복―의 변혁을 모색하기 때문이다. 비틀어진 현
실을 바로 세워, 세상을 살아가는 모든 주체가 그리고 그들의 다양한
삶의 방식이 표면에 드러나기를 원하는 것도 이러한 문맥에서 이해되
어야 한다. 드러냄을 통해 개선이 가능하리라는 일말의 희망의 징후
들을 기대하는 것이다. 작품 속 인물들의 삶의 방식은 선택적 유목이
아닌 배제적 상황에서 불가피하게 '야기된 유목'―뿌리내릴 곳 없어
"잠시 동안 살다갈 집"(「매화가 흐드러지다―영등포 쪽방촌 18」, 『스쿠터 언
니』)은 집의 형상이기보다는 천막이라는 개념에 더 부합한다―이라
볼 수 있다.

이처럼 자본의 변경지대를 살아가는, 아니 살아내야 하는 존재들
의 삶의 방식 혹은 그 삶의 현실을 포착하는 일이 시인 박현덕의 임
무인 듯 보인다. 박현덕에게 문학이란, 특히 시조란 불가능성에 대한
항거와 크게 다르지 않다. 이는 기존의 시조문학이 보여주는 주제적
입장에서 그러하고, 나아가 장르를 떠나 시대적 응전 방식이 그렇다.
박현덕이 극복해야 할 것이 있다면 이 시대 경계의 장르로 존재하는
시조 문학 자체가 놓여 있는 지형, 곧 문학적 예외상태 그 자체일 것
이다.

4. 우리들의 아우슈비츠

채플린이 말한 것처럼 '인생은 멀리서 보면 희극이고 가까이서 보면 비극'이다. 확장하면, 타인의 것일 때의 무관심 혹은 안도감과 달리 자신의 것이 되었을 때의 고통을 잘 드러낸 표현이라 하겠다. "왜 인류는 진정한 인간적 상태에 들어서는 대신에 새로운 종류의 야만 상태에 빠졌는가?"[17] 죽음을 관념이 아닌 실재로, 매 순간 자각해야 하는 사람들이 있다. 아우슈비츠의 유대인들과 현대를 살아가는 소외 노동계층의 차이점은 인종을 통한 승인인가, 자본을 통한 승인인가뿐이다.

노동 현실이 촉발한 고통의 윤리학이란 무엇인가. 바디우의 말을 빌려 윤리라는 것을 "'벌어지고 있는 것'에 관계하는 원리, 즉 역사적 상황들(인권의 윤리), 기술–과학적 상황들(생명체의 윤리, 생명 윤리), '사회적' 상황들(함께 모여 있음의 윤리), 매체적 상황들(의사소통의 윤리) 등에 관계하는 우리의 논평들에 대한 어렴풋한 조절"[18]이라고 했을 때, 윤리는 다양한 상황들과 관계 맺고 있는 개인적이거나 집단적인 발화라고 할 수 있다. 이는 기본적으로 더 나은 선(善)을 추구하는 것을 궁극적인 목표로 삼는다는 점에서 공리를 전제로 한다고 볼 수 있다. 그러니 윤리야말로 구체적인 삶의 층위에서 논의되어야 한다. 인간 존엄성이라는 최고의 윤리를 간과한 노동현실(노동 부재의 현실까지)이 하위 계층에 미치는 폭력상황이야말로 현대의 야만성

---

17 아도르노·호르크하이머, 노명우 옮김, 『계몽의 변증법』, 살림, 2005, 106쪽.
18 알랭 바디우 지음, 이종영 옮김, 『윤리학』, 동문선, 2001, 8쪽.

을 적나라하게 보여주는 것이다.

아우슈비츠의 수용소에는 '노동이 너희를 자유롭게 하리라'는 현판이 쓰여 있었다. 노동의 억압구조를 잘 보여주는 대목이다. 이러한 모순적 수사야말로 나치의 통치 방식, 혹은 그 헤게모니 획득 방식의 불협화음을 시사한다고 하겠다. 극단적으로 말해 유사 수용소의 형태는 현대 사회 곳곳에 포진해 있다. 예외상태가 규칙이 되기 시작할 때 열리는 공간이 수용소라 했을 때, 이는 노동의 폭력적 속성이 극단적인 방식으로 표출되는 곳이다. 곧 힘의 논리가 모든 윤리에 우선되는 법칙임을 여실히 보여주는 공간이라 할 수 있다.

박현덕은 "자본주의의 외부자인 동시에 그것에 도취되어 있는 군중이기도 한 산책자"의 시선으로 "끊임없이 자본주의가 낳은 산물들에 '균열-내기'를 시도한다."[19] 즉 박현덕의 작업은 21세기 한국 노동 현실의 리얼리즘적 층위에서 시조의 정치학을 확립한다. 시조의 오늘은, 감성적 층위(서정)에서 뿐 아니라 시절가로서의 다양한 면모를 갖춰야 한다. 시조의 원형이랄 수 있는 소위 사대부 시조는 시대의 변이에 따라 변혁해온 시조 모습의 하나이지 본류 혹은 정석이라고 할 수 없다. 그렇기에 무엇보다 필요한 것은 '시조의 오늘'을 생성하는 일이다. 가령 자신들의 삶터에서 밀려나 쪽방촌에까지 당도한 사람들, 즉 폐지 줍는 노인이나 홀로 죽어가는 노파, 산업 재해를 입은 노동자, 직업여성에서 외국인 노동자에 이르기까지 오늘을 살아내는/가는 사람들의 이야기를 하는 것이다. 이처럼 오늘의 시조는 오늘의 사람들

---

19 졸고, 「시조時調, 전위를 선언하다」, 『일곱 개의 단어로 만든 비평』(〈해석과판단〉 비평공동체), 산지니, 2010, 266쪽.

에 대해서 말해야 하고, 오늘의 삶을 재구성해야 한다는 것이 박현덕의 시조론이라 할 수 있다.

시조문학은 원래 경직된 정형률을 가진 장르가 아니었다. 흔히 자수율과 음보율의 측면에서 규정되는 시조의 정형성을 고수하고 있는 고시조 작품은 미미할 정도이다. 그럼에도 시조문학의 가능성을 타진하기 위해서는 그 형식적 정형성을 조금 더 견고하게 할 필요가 있다. 일차적으로는 자수율로 볼 것인가 아니면 음보율로 볼 것인가에 대한 문제이다. 이는 한글 언어적 특성을 미루어 그 언어적 감각이 갖고 있는 장점을 최대화할 수 있도록 음보율로 삼는 것으로 일단락되었다.

그러나 이 음보의 단위를 어떻게 볼 것인가의 문제는 아직도 남아 있다. 띄어쓰기의 단위인가 아니면 낭송의 미학을 살린 정도를 기준으로 삼을 것인가는 여전히 논란거리이다. 특히 종장의 첫 구인 3·5는 반드시 지켜야 할 정형의 요소라고 한다면,—다른 구나 장에서는 음보율을 규칙으로 삼으면서 종장의 첫 구, 특히 3자에 있어서 음수율을 고수하는 것에 대한 해명이 있어야 하며, 그 해명을 통해서 이것을 시조의 기본 정형성으로 삼아야 할 것이다— 5자에서 문제가 발생한다. 이는 대표적인 과음보로 5자 이상만을 허용하는데, 이때 태연히 2음보가 되는 단어와 단어의 결합도 통용되는 까닭이다. 수식어와 피수식어, 관형사와 명사의 결합, 부사와 부사, 명사와 명사 등 5자의 구성성분에 대한 형식적 해명과 그 규범이 마련되어야 할 것이다. 시조가 오늘의 문학 양식으로 살아남기 위해서는 가장 우선적으로 그 형식미학을 견고하게 하는 것에서 출발해야 한다. 이는 평시조뿐만 아니라 사설시조에도 해당되는 것으로, 정형성이 유지되지 않는다면 시조문학의 존립 자체 역시 회의적이게 된다.

끝으로 시조의 현장비평이 더 활발하게 진행되어야 한다. 시조의 형식미학이 체계를 갖춘다면 그 논의는 더 확장될 수 있을 것이다. 시조문학 역시 여타의 장르가 생산하는 다양한 담론의 층위에서 '다른' 목소리를 냄으로써 현재를 넘어 미래와 소통하는 문학적 양식이 될 수 있다. 즉 시조를 연구함에 있어서 형식은 당연한 것이 되어야 한다. (극단적으로 말해) 정형성을 지키지 않는 시조는 시조가 아니다. 박현덕 등 시조 문인들의 작업에 대한 꾸준한 개별 비평이 턱없이 부족한 실정이다. 이는 시조평이 주로 시조집에 실리는 해설의 형식이나 서평에 그쳐 확장된 사유를 담을 수 있는 지면의 확보가 어려운 저간의 사정도 한몫한다. 특히 시조계간지 등은 평론—주로 한두 작품에 그치며, 이 역시 특정 시인 특집 형식으로 진행되는 탓에 객관성보다는 주례사 비평에서 만족해야 하는 경우가 태반이다—보다는 신작 발표에 집중하는 경향이 높다. 때문에 발표되는 수많은 시조 작품이 제대로 된 평가—비평은 작가와 독자를 잇는 하나의 도화선이라 봤을 때, 시조의 대중성 문제와도 연계된다—를 받지 못하고 사장되는 경우가 허다하다.

이처럼 형식적 완결을 기저에 두고, 다양한 내용적 생산성, 담론의 생성을 말해야 한다. 이에 대한 타파는 시조계의 냉철한 성찰로 비롯되어야 하며, 박현덕의 작업은 감히 그 마중물이라 하겠다.

손남훈

르포르타주와 글쓰기의 윤리
— 김곰치의 르포 · 산문론

1. 르포르타주 글쓰기의 회귀

르포르타주는 흔히 가치 있는 사건 · 상황을 사실적이고 객관적으로 기록, 보고하는 일련의 글쓰기 활동으로 이해된다.[1] 일찍이 김오성은 「보고 통신문학의 제문제」에서, "문학이 가지는 숙명으로서의 허구성을 최소한으로 제약할 수 있는, 그리하여 진실성을 가장 생명으로 하는 문학이 보고문학 통신문학"[2]이라 하여 르포르타주가 지녀야 할 객관성과 기록성의 가치를 환기했다. "르포나 수기는 사실을 바탕

---

1 이를테면 박정선은 "르포르타주는 작자가 자기 시대의 사회적, 역사적 사건이나 현상을 사실적으로 보고하기 위해 작성한 언어구성물"로 정의한다. '사실', '객관', '보고'는 르포르타주를 정의하는 흔한 키워드이다.

2 김오성, 「보고 통신문학의 제문제」, 『문학비평』, 1947. 6.(여기서는 송기한 · 김외곤 편, 『해방공간의 비평문학 III』, 태학사, 1991, 30쪽에서 재인용)

으로 현장성을 갖고 있다는 특징으로 독자들과의 공감대를 어렵지 않게 획득한다"[3]는 언급 또한 같은 맥락이다. 르포르타주에 흔히 글과 함께 현장의 사진들이 삽입되고, 저널리스트들이 르포르타주의 글쓰기와 깊은 친연성을 지니는 것도 르포르타주의 이와 같은 특성을 잘 설명해준다.

하지만 르포르타주는 매우 애매한 장르적 명칭임에 틀림없다. 글쓰기의 독특한 형식적 특질에서 소설과는 다른 장르적 성격을 규명해내기도 어렵고, 사실성이라는 미적 준거만으로 르포르타주만의 미학을 온당히 말하기도 곤란하기 때문이다. 글감을 모으기 위해 현장을 찾아 인터뷰를 하고, 자료를 뒤적여 객관화하는 과정을 르포르타주 작가라면 반드시 거쳐야 하겠지만, 소설가나 시인 또한 작품을 창작하기 위해 현지답사, 인터뷰, 사진 및 동영상 촬영 등 르포르타주 작가들과 다를 바 없이 자료를 수집하고 이를 정리, 주해한다. 즉 사태에 대한 객관적 접근 태도는 르포르타주 작가만의 특권은 아니다. 문학이든 비문학이든 사태의 실재성이 담보되지 않고서는 글쓰기가 진행될 수 없다. 그런 점에서 르포르타주적 감수성과 문학의 감각은 이분화된 관계로 일목요연하게 정리되지 않는다. '현실 부조리에 대한 보고 및 고발'이라는 르포르타주 글쓰기의 목적 또한 치열한 자료조사와 체험을 거쳐 생산한 리얼리즘 소설들과 별다른 변별자질을 갖지 못하게 한다.

다만 우리는 다분히 주관적으로 르포르타주를 소설과 같은 다른 문학 장르들과 구분할 수밖에 없다. 작가의 대상을 향한 태도, 다시 말

---

3 김도연, 「쟝르 확산을 위하여」, 『민중문학론』(성민엽 편), 문학과지성사, 1984, 124쪽.

해 완결된 미적 구조로서의 글쓰기를 위해 대상을 파악하려는 것인지 아니면 미적 구조의 완결성보다는 대상의 현실태를 보다 정밀하게 나타내려는 의도로 대상에 접근하고 있는지 정도로만 르포르타주라는 장르의 특질을 판가름할 수 있을 따름이다.

비록 애매모호하기는 하지만, 이와 같은 희미한 구분법이 의미가 없는 것은 아니다. 르포르타주와 문학은 각기 장르를 대하는 작가의 글쓰기 태도뿐 아니라 작품을 대하는 독자에게까지 실감의 차원에서 서로 다른 효과를 창출하기 때문이다. 있는 그대로의 사실이라 할지라도 미적 가치로 재구성해낸 소설은 독자에게 허구적 장치라는 심리적 저지선을 넘지 않도록 한다. 현실의 허구화를 통해 현실적 문제가 작품 세계의 미적 구조로 치환되어 버리는 것이다. 물론 그 과정을 통해 다시금 현실의 부조리가 환기되며, 사회적 의제로까지 확산될 가능성도 존재하지만, 한 편의 작품과 현실의 완강한 이분법적 논리가 전제되는 한, 작품은 그 미적 완결구조 안에서 자족할 따름이다.

이에 비해 르포르타주는 현실의 직접적 고발이라는 성격이 강조될수록, 그리하여 현실의 부조리가 현실태로 나타나고 있음이 확인될수록, 실감의 차원에서 글 바깥의 형식=행동들과 조우할 가능성이 커진다. 르포르타주 글쓰기가 겨냥하는 것은 언제나 이와 같은 행동에의 조우이며, 그를 통한 현실의 가치 바꿈이다.

그렇기 때문에 르포르타주의 대두는 역설적으로 언론이 당대의 사회적 의제를 끌어내고 합의시킬만한 능력이 부재하다는 것, 그러니까 "우리 사회의 이모저모를 알고 싶어하는 국민들의 한결같은 요망에도 아랑곳하지 않고 〈침묵의 행진〉만을 일삼거나 〈획일적인 목소리〉를 쏟아 놓고 있"는 것에 대한 불만에서 비롯되는 경향이 크다고 생각될 수 있다. 왜냐하면 르포르타주는 "왜곡된 사실, 숨겨진 진실을 곧고 바르게 펴주는 일련의 작업에 속한다고 볼수 있"으며, "감춰진 현장(現場)을 쫓아 생동하는 사건의 내막을 알려줌으로써 이 땅이 마지막 갈구하는 진정(眞正)한 새시대의 구현을 최종목표로 삼고 있"[4]기 때문이다. 해방 직후의 혼란스러운 역사적 상황에서 제출된 김오성의 '루보르타-슈' 문학론이나 70~80년대 엄혹한 시대를 기록한 일군의 '르뽀' 문학들의 대두는 그만큼 현실의 모순과 부조리를 작가들이 강렬하게 인식했음을 증명한다.

그렇다면 최근 르포르타주 글쓰기가 다시금 부상하고 있는 저변에는 작가들이 작금의 현실 부조리를 점차 더 강하게 인식하고 있음을 시사한다. 이를테면, 2009년 말 창간된 반년간지 『리얼리스트』는 기존의 '합의된' 문학적 글쓰기인 시·소설을, 비-허구 문학이라 지칭되기도 하는 '르포'와 같은 층위로 올려놓고 있다(홈페이지 '리얼리스트100'에서도 마찬가지이다). 르포를 독립적인 글쓰기의 영역으로 인정할 뿐 아니라 시·소설과 동격으로 둠으로써 '리얼'을 고민하는 잡지의 의도에 충실히 부응하려는 노력을 보여주고 있다. 이보다 앞서 2009년 계간 『내일을여는작가』에서 비허구 문학에 대한 고민을 특집으로 다루면서,[5] 오도엽 시인이 르포르타주 글쓰기의 행동주의적인 가능성을 살핀 것이나 문화웹진 '나비'(http://nabeeya.yes24.com)에서 이문재, 장정일이 논픽션 기획연재를 하면서 "논픽션이 시민사회의 정치와 윤리, 미학을 지켜내는 보루라고 믿"는다고 언급하는 것도 같은

---

4 오효진 외, 「어둠을 저갈 한 마리의 속죄양」, 『르뽀시대』 제1권, 실천문학사, 1983, 9쪽.

5 『내일을여는작가』 2009년 봄호는 '비허구 문학을 어떻게 볼 것인가?'를 특집으로 다루면서, 이명원, 김원, 김종길, 송경동, 오도엽의 글을 실었다.

맥락에서 이해될 수 있다.

훼손당한 언어를 복원하고 그렇게 되살려낸 언어를 뭇 생명의 품으로 돌려보내는 일, 그것이 오늘날 작가들에게 주어진 막중한 소명이다. (중략) 순도 높은 언어를 길어 올리는 문학적 실천과 약자를 향해 연대의 손길을 내미는 사회적 실천을 동시에 이루며 가야 한다. (중략) 지금 이 순간에도 법정에서 흘러나오는 말들, 권력자의 입에서 튀어나오는 말들, 자본가의 입에서 뱉어지는 말들은 하나같이 제대로 된 언어가 아니다. 거짓의 언어이자 죽음의 언어이며, 상생보다는 각자도생의 비굴함을 강제하는 폭력의 언어이다. 나날이 훼손당하고 능멸당하는 언어들을 접하는 참담함이 펜을 든 작가들의 손을 떨게 만든다. (중략) 치장된 수식을 버리고, 단단히 곧추 세운 직립의 뼈가 전해주는 단순함의 진실을 직시해야 한다. 얼음장처럼 차고 시린 언어로 투명한 진실을 노래해야 한다.[6]

이처럼 르포르타주 글쓰기의 부흥이라는 당위가 현실 부조리에 대한 인식과 맞닿아 있다면, 『리얼리스트』 창간사에서 확인할 수 있는 작가들의 현실 인식은 르포르타주가 다시 언급되어야 할 당위를 명백하게 제시한다고 말할 수 있다. 『리얼리스트』 편집위원회는 "법정에서 흘러나오는 말들, 권력자의 입에서 튀어나오는 말들, 자본가의 입에서 뱉어지는 말들은 하나같이 제대로 된 언어가 아니"라며 그들은

---

6 『리얼리스트』 편집위원회, 「흙바닥에 입 맞추며 가는 길」, 『리얼리스트』 창간호, 2009.

"거짓"과 "죽음", "폭력의 언어"라 일갈한다. 87년 이후, 점진적으로 쌓아올린 민주적 절차의 제도화 과정을 한순간에 허물어버리고 있는 이명박 정권의 반민주적 행태는 작가들이 현실의 모순을 다시금 환기하는 계기를 마련했다는 것이다. 르포르타주 글쓰기의 당위는 현시대 모순의 양상들을 징후적으로 살피고 점검한다는 차원에서 실제적 가치를 지니고 있는 것이다.

2. SNS와 르포르타주

그러나 현시대 르포르타주 글쓰기가 해방공간에서 제출되었던 문화운동의 일환으로서의 글쓰기나 70~80년대 계급적 현실 인식에 기반을 둔 글쓰기와 같은 방식으로 재현될 수는 없다. 진실과 거짓, 객관과 주관의 이분법적 대립 구도 속에서 전자를 구원하기 위한 글쓰기는 거의 불가능하게 되었기 때문이다. 현실에서뿐만 아니라 가상세계 속에서 떠돌아다니는 수많은 정보와 소문들은 검증된 소스들이 아니고, 똑같은 사안을 두고 벌어지는 서로 다른 해석들은 객관적인 진실을 담지하는 언어로 승격되지 못하고 있다. 서로 엇갈리는 주장과 그 주장에 따르는 미약한 추측성 근거들만이 난무하고 있는 것이다. 정치적인 상황에 대한 글쓰기는 특정한 입장을 드러내는 주장으로 수용될 뿐, 메타적 입장으로 치환 가능한 객관적인 '팩트'로 인식되지 못하게 된 것이다. 이전의 르포르타주 글쓰기가 언로가 막힌 현실에 대한 대항 언론적인 성격을 가지는 데서 출발했다면,[7] 작금의 르포르타주 글쓰기는 너무 많은 입들에 의해 시뮬라크르화되어버린 사태를 올

곧게 규명하기 위한 방법론까지 고민해야 한다는 점에서 차이가 있다.[8] 이는 르포르타주 작가가 사태를 단순히 이분법 대립에서의 특정 편들기로 예각화해서는 이전과 같이 사태에 대한 메타언어적 권위를 거머쥘 수 없음을 시사한다.

한편, 작금의 르포르타주의 부각에 걸림돌이 되는 더 큰 문제는 한국 사회에서 너무나 많은 정치적 의제가 발생하고 있음에도 불구하고 르포르타주 작품들이 그 수요를 따라가지 못하고 있다는 데 있다.

예를 들자. 지금은 금기가 되어버린 비비케이(BBK)사건, 또는 작년에 벌어진 부산실내사격장 화재 사건의 경우, 제대로 된 사회에서라면 거의 반년 안에 스무 권이 넘는 논픽션이 쏟아져 나온다. 그 가운데 어느 한 종이 수십 만 부 이상 팔리고, 그 책이 시중의 화제가 되고, 기사와 칼럼에 오르내리는 사회가, 고작 시집이나 소설

---

7 조정환, 「문학가의 전선이탈과 창작의 침체를 돌파하는 노동자계급의 문예운동전술」, 『노동해방문학의 논리』, 노동문학사, 1990, 287~288쪽.

8 이를테면, 소셜네트워크서비스(Social Network Service) 글쓰기가 가져온 현실과 가상의 혼합 상황은 르포르타주가 지향하는 행동으로서의 글쓰기를 정확히 겨냥하게 되는 측면이 있다. 전세계로 타진된 아랍 혁명의 상황, 크레인에 올라간 김진숙과 그를 지지하는 희망버스의 연대는 사이버공간에서의 네트워킹을 바탕으로 한다.(진중권, 「혼합현실에 살다」, 《씨네 21》, http://www.cine21.com/do/article/article/typeDispatcher?mag_id=66797&page=1&menu=&keyword=&sdate=&edate=&reporter=) 가상 공간에 의한 현실의 현장적·실재적 네트워킹이 기존의 르포르타주 글쓰기가 지향하던 역할을 대신하게 된 것이다. 그렇다면 르포르타주의 네트워킹(작가-작품-독자)은 소셜네트워킹과 어떠한 방식으로 차이를 두면서 현실에 대한 효과적 개입을 이룰 수 있을 것인가에 대한 나름의 답변과 태도를 가지지 않는 이상, 르포르타주는 SNS의 짧은 글쓰기보다도 효과적인 의의를 발산하지 못하게 된다. 그런데 르포르타주와 SNS의 서로 다른 네트워킹 방식은 그 두 글쓰기의 양식적 차이에서 비롯되는 것이다. 말하자면, 르포르타주와 SNS 글쓰기에서의 서로 다른 양식적 차이를 명확히 하고, 그로부터 현실적 효과를 가지는 글쓰기의 의의를 파악해야 한다는 것이다. 이에 대해서는 후술하도록 하겠다.

몇 권을 읽는 것으로 평생 교양인 행세가 가능한 나라보다 훨씬 건
강하고 바람직하다.

—「지금, 왜 논픽션인가」 중에서[9]

르포르타주의 효과는 무엇보다 특정한 사회의 징후를 드러내는 사
건들을 전면화하고 그 본질을 파헤치고 널리 알림으로써, 이를 사회
적 의제로 승격시켜 일련의 문제들을 교정하는 데 있다. 하지만 르포
르타주 글쓰기가 제대로 이루어지지 못하고 그와 같은 글쓰기를 행한
다 하더라도 널리 읽힐 수 없을 뿐 아니라, 글쓴이에게 내외부적 압력
이 가해지는 사회라 한다면, 이는 "건강하고 바람직"한 사회라 할 수
없다. 비록 르포르타주가 객관적이고 보편화된 메타적 입장이 되지
못하고 특정 입장의 주장만으로 그친다 하더라도, 한국 사회에서 비
일비재하게 이루어지는 사건의 은폐, 축소, 법정 공방, 행정 조치, 언
론의 외면과 침묵으로부터 사회의 '증상'들을 효과적으로 들추어내
는 의의조차 사라지는 것은 아니다. 문제는 그와 같은 증상으로서의
사건들을 드러내기에는 한국 사회의 상상적 동일시가 너무나 강력하
여, 사건 전면화 이후에 글쓴이나 폭로자 단독으로서 감당해야 할 고
통의 역치를 넘어선다는 데 있다.[10] 문제의 본질을 들추어내기 위해서
발화자 스스로 사회적 죽음까지도 감안해야 하는 비정상적인 사회 구
조와 의식, 여기에 르포르타주 글쓰기가 온전히 뿌리내리지 못하는

---

9 「이문재 · 장정일의 '논픽션은 살아있다'」, 문화웹진 '나비', http://www.nabeeya.net
/Online/detail_view.aspx?CD_MENU=8&SUB_CD_MENU=61&ID_CONTENT=2712&TYPE
=0&NAVIACHIVE=.

10 이를테면, 김용철은 『삼성을 생각한다』의 저자 서문과 1부에서 삼성 내부의 비리를 폭로한
이후에 자신이 떠안아야 할 고통과 두려움을 지속적으로 표현하고 있다.

손남훈　147

가장 큰 이유가 있다. 진실을 이야기하는 데 왜 용기가 필요해야만 하는가? 윗글에서 이문재와 장정일이 놓치고 있는 문제의식은 여기에 있다.

그런데 SNS(Social Network Service)의 대두는 이와 같은 글쓰기의 부담을 상당히 경감시킨다.[11] SNS 글쓰기는 출처를 알 수 없거나, 출처가 있다 하더라도 사회적 의제의 한 순간만을 전면화하고, 거의 무한히 확산(트윗, 리트윗)될 수 있다. 거기에 기존 자료를 새롭게 편집, 가공할 수도 있고 기존 자료는 따라오는 자료들에 의해 사라지기 때문에 원전이라 부를 수 있는 텍스트를 확정하기가 어렵다. 따라서 SNS 글쓰기에 대한 검열은 매우 어려우며, 한 번 퍼뜨려진 텍스트를 원천적으로 차단하는 것 역시 불가능하다.[12]

한국 사회에서 SNS의 본격적인 유입과 확산은 미니홈피 열풍 이후의 새로운 글쓰기와 자기표현이라는 의미를 1차적으로 가지고 있다. 그러나 동시에 기존의 인터넷 글쓰기가 가져왔던 자기 완결성으로서의 글쓰기, 과거형으로서의 글쓰기로부터 미결정적이고 현재진행형

---

11 여기서 다루는 SNS 글쓰기는 신변잡기나 친교적 목적을 위한 것이 아니라 정치적 · 사회적 문제 의식을 담아 사회적 의제 형성을 지향하는 일련의 글쓰기에 한정한 것이다.

12 물론 가상통신기술의 발달은 동시에 그와 관련한 통제 · 검열 기술의 발전까지도 아우르기에, 반드시 출처 확인이나 검열이 불가능한 것만은 아니다. 되레 검열의 형식은 법적 토대의 확립과 이를 수행하는 기관의 출현으로 더욱 견고한 방향으로 진행되며, '소문'의 형식으로 유포되는 텍스트들은 특정한 의도와 목적으로 조작될 수도 있다. 하지만 그와 같은 조작 가능성은 되레 특정한 진실(이를테면 출처자를 특정하는 것)이 진실이 아닐 수도 있다는 음모를 지속적으로 제기하게 한다. 이를테면, 인터넷상에서 리먼 브라더스의 파산을 경고해서 화제가 됐던 ID '미네르바'가 '박대성'이 아니라는 주장은 SNS를 포함한 인터넷 소통 양식이 특정한 의지에 의해 조작 가능하다는 전제에서 출발한다. 검열의 형식은 인터넷 글쓰기에서도 여전히 존재하지만 검열의 특정한 대상을 확정하기는 점점 어려워지고 있다.

의 글쓰기로의 이행을 완벽하게 사건화한다는 데서 더 큰 의미를 획득하고 있기도 하다.

즉 SNS 글쓰기에 대한 권력의 감시와 사건 은폐의 기도는 점점 불가능하게 되었다. 조정환의 "트위터나 페이스북과 같은 SNS를 통해, 유튜브를 통해, 그리고 인터넷의 각종 블로그와 웹사이트를 통해 해외의 혁명을 실시간으로 체험"[13]하고 있다는 진술은, 권력에 의한 검열의 울타리를 넘어선 SNS 글쓰기의 전방위적 확산을 확인하는 선언이다. 혁명의 전개에 대해, 그 속살에 대해 권력이 제한할 수 있는 범주를 인터넷 글쓰기는 이미 넘어섰다. SNS의 실시간성은 과거형의 진술이 가져다주지 않은 혁명의 실재, 사태의 실재, 현재의 실재를 거의 그대로 드러나게 해준다.

그런데 이는 르포르타주 글쓰기가 지향하는 바가 아닌가? 실상을 그대로 폭로함으로써 사건을 전면화하고 확산시키기. 촛불봉기가 그랬고 희망버스가 실현될 수 있었던 것은 르포르타주가 아닌 SNS의 공로다. 이제 권력은 SNS를 비롯한 인터넷 글쓰기의 눈치를 보기 시작했고, 거기서 형성되는 사회적 의제에 민감해졌다. 르포르타주가 감당해야 할 몫을 SNS의 글쓰기가, 인터넷 글쓰기가 담당하게 된 것이다. SNS의 즉흥성과 부담 없는 글쓰기가 가져 온 자기 의식의 표현이 인터넷 글쓰기가 궁극적으로 지향하는 다양한 목소리의 가감 없는 분출로 나타난 것이다. 만인에 의한, 만인에 대한 글쓰기.

그러나 SNS 글쓰기가 행할 수 있는 것과 르포르타주 글쓰기가 행

---

13 조정환, 「아랍혁명, 존엄의 카라반, 그리고 다중의 전지구적 대장정」, 『오늘의문예비평』, 2011년 여름호, 151쪽.

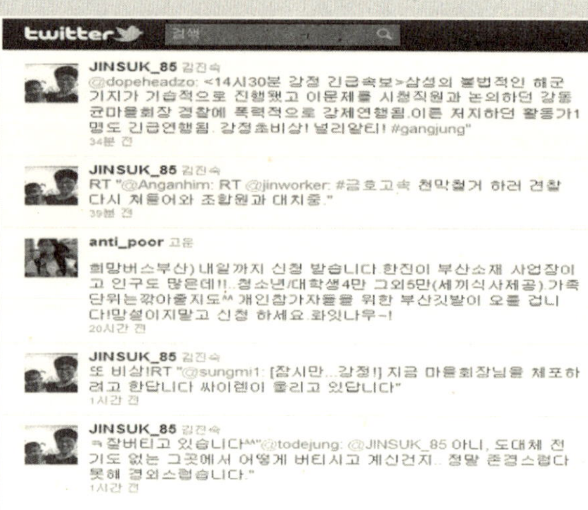

김진숙의 2011년 8월 24일 트위터 중 일부. 제주 강정마을 회장의 연행 사실을 리트윗하여, 거의 실시간으로 알리고 있다. 이와 같은 글쓰기는 김진숙이 한진중공업 파업에 중심적 역할을 담당하고 있다는 사실, 그가 정치권력에 맞서는 민주노총 지도위원이라는 상징성을 획득하고 있다는 사실, 제주 강정마을이 해군기지 건설과 관련하여 경찰과 대치상황에 있다는 사실 등과 같은 제반의 컨텍스트를 두루 아우를 때에야 비로소 맥락화된다. 그와 같은 컨텍스트 속에서 하나의 결절점으로 튀어나오는 사건들(위 그림에서는 강정마을 회장의 연행)이 중력을 가할 때, 기존 맥락을 잇는 또 다른 글쓰기('트윗')는 이어진다. 이는 SNS 글쓰기가 시간에 대한 강박을 전적으로 드러내는 양식적 특질을 지니고 있음을 알려준다.

할 수 있는 범주는 분명 다르다. 똑같은 사회적 의제를 다룬다 하더라도, 당대에 실시간으로 표면화되는 SNS 글쓰기의 양상과, 그 의제에 대해 인과 관계를 따지고 서사적 진술의 일관성을 가지는 완결형의 글쓰기는 다른 양식적 특질을 가진다. SNS 글쓰기는 특정한 컨텍스트 하에서만 사건에 대한 독특한 결절점을 가지며, 그 결절점에 대한 컨텍스트적 바탕이 전제될 때에야 비로소 글쓰기로서의 의미와 효과를 가진다. 가령 한진 크레인에 올랐던 김진숙의 트위터에서 확인할 수 있는 짧은 글들은 특정 사건에 대한 맥락이 특정 결절 위에서 발생하고 있음을 잘 보여준다. 그것은 '실시간성'이라는 특질이, 그 특질에서 발생하는 발화가 SNS 글쓰기의 양식을 결정한다는 사실을 알려준다.[14]

이에 비해 서사적 완결성을 가지는 르포르타주는 본질적으로 과거 시제로 진술될 수밖에 없다. 물론 르포르타주의 문제의식이 현재적 의의를 획득하고 있다고 하더라도, 그것은 과거의 특정한 현실의 시점이 전면화됨으로써 나타나는 것이다. 마치, 소설이 과거형으로 진술되는 양식이듯이, 르포르타주 역시 과거형으로 진술되는 것을 본질로 한다. 소설과 르포르타주가 갖는 동일한 과거형 진술은 얼핏 그 둘의 양식적 특질을 구분하지 못하게 하는 것처럼 보이기도 한다. 그러나 소설이 소설 속 세계의 서사를 구축하기 위한 '사유-이미지'로서 과거를 호출한다면, 르포르타주는 현실 세계의 '지금-여기'를 재구성하기 위한 '사유-이미지'로서 과거를 호출한다는 데서 차이가 있다.

여기에서 르포르타주 글쓰기가 갖는 의의가 획득될 수 있다. 비록 사회의 문제시 될 수 있는 사건을 전면화하는 데 있어서 실시간적 파급효과는 SNS 글쓰기에 뒤지지만, 르포르타주 글쓰기는 그 사건을 진중하게, 하나의 맥락 안에서 일목요연한 완결성을 가질 수 있다. SNS의 짧은 글쓰기가 곧잘 또 다른 사회적 의제 안에서 기존 의제를 묻어

---

14 '시' 역시 현재형의 발화라는 점에서 유사한 면이 있다. 그러나 시의 양식적 특질로서의 현재형은 과거·현재·미래를 동화시킴으로써 시간관념을 의식하지 않는 데 비해(김준오, 『시론』, 삼지원, 2004, 127쪽), SNS 글쓰기의 현재형은 글쓰기 내용의 실재성을 담보하기 위해 시간관념이 전면화된다는 점에서 차이가 있다.

버리는 한계를 노정할 수밖에 없다면, 르포르타주는 과거로 남았지만 여전히 현재적 의의를 획득할 수 있는 문제들을 완결된 글쓰기의 형태로 우리 사회에 던질 수 있다.

결과를 떠나, 그 과정의 어느 순간을 다룬 르포 그 자체로 어떤 완결성이 있어야 한다고 믿는다. 결과를 떠나서 그때 그 순간을 향하여 달려들었던 내 르포의 가치, 일독의 가치가 독자적으로 있어야 한다고 생각했다. 난 있다고 생각했다. 르포를 통한 나만의 주제의식, 그게 하나의 독자적인 가치이기도 하다. 그 믿음이, 그래야 한다는 나의 결심이, 덧붙이는 꼭지의 보강 설명이 구차스럽게 보였다. 그건 독자 당신들이 인연이 되면 스스로 한번 알아봐라. 소수나마 그런 독자가 있을 것이다. 한양주택이 결국 어떻게 되었지? 5분이면 그 결과를 알 수 있다. 검색하면 다 나오잖는가. 깨끗이 이 지상에서 사라져버린 것을 알게 될 것이다. 이상한 슬픔이 올 것이라고 생각한다. 왜냐하면 방금까지 내 르포 속에서는 살아 있었기 때문이다! 한양주택 마을의 운명을 알리는 가장 극적인 방법이라고 생각했다.[15]

SNS 글쓰기는 새롭게 나타나는 결절점들 위에서 기존의 글쓰기가 묻히는 것을 본질로 하기에, 특정 글쓰기(트윗) 자체가 지니는 독자성을 가지기 어렵다고 한다면, 르포르타주 글쓰기는 "독자적인 가치"를

---

15 김곰치, 「다시 오래도록-서평전문지 '비읍'과의 인터뷰」 부분.(김곰치 블로그 http://blog.naver.com/gomchilight에서 발췌)

가진 글쓰기가 된다는 것이 김곰치의 르포르타주론이다. 비록 과거의 특정 시점에서 쓰인 글쓰기라 하더라도 거기서부터 비롯된 현재적 의의가 여전히 "이상한 슬픔"과 같은 형태들로 획득될 때, 르포르타주는 SNS와는 다른 지형을 가진 글쓰기로서의 효과를 가지게 될 수 있다. 르포르타주나 SNS는 사회적 의제에 대한 상호보충 가능한 글쓰기의 서로 다른 두 양식이 아니라 서로 다른 방향으로 나아가는 대리 불가능한 글쓰기의 과정인 것이다. 르포르타주가 가진 여전한 현재형의 의미는 여기에 있다.

그렇다면 우리는 김곰치의 르포르타주를 대하는 태도에서 글쓰기의 현재성과 독자적 가치, 나아가 글쓰기와 행동의 조우 가능성을 발견할 수 있지 않을까?

3. '직각'의 르포르타주

김곰치의 르포르타주는 기존의 르포르타주가 전제하는 언어의 순수한 상태, 언어가 사태를 직접적으로 지시할 수 있다고 생각하지 않는다. 되레 그의 글쓰기가 보여준 긴장감은 언어가 사태를 객관적으로 지시할 수 없음을 본능적으로 인식하는 데서 출발하고 있다.

사실의 누락과 오해도 꽤 있고, 무엇보다 공학적이고 실용적인 지식에 나는 배타적일 때가 많았다. 글을 쓰면서 누군가의 편을 들 수밖에 없었다. 나는 그 사실을 잘 의식하고 있었다.[16]

김곰치의 르포르타주 역시 사실을 전달해야 한다는 강박에서 자유롭지 못하다. 물론 그것이 그의 글쓰기가 보여주는 한계는 아니다. 중요한 것은 김곰치가 자신의 글쓰기에 대해 객관적이라거나 사실적이라고 강변하지 않고 있다는 점이다. 되레 그는 자신의 글쓰기가 "누군가의 편을 들 수밖에 없었"음을 인정해버린다. 그것은 르포르타주 글쓰기의 덕목인 객관성과 사실 전달성을 스스로 깎아내리는 언사처럼 보이는 듯하다. 그러나 김곰치의 이와 같은 고백은 르포르타주 글쓰기가 객관성과 사실성이 아니라 주관적 합목적성에 의해 기술된다는 점을 가감 없이 알려준다. 김곰치는 사실성과 객관성이 보장되어야 한다는 르포르타주의 당위를 의식하면서도, 그것만이 르포르타주 글쓰기의 최종심급은 아니라는 사실을 간파하고 있는 것이다.

르포르타주 글쓰기가 사실성과 객관성을 보장하는 기술 방식이 아니라는 김곰치의 언술은 르포르타주 작가의 입장이 사태의 진실에 다가서는 유일한 진술은 아니라는 사실을 시사한다. 더 이상 르포르타주는 기존의 방식처럼 "왜곡된 사실, 숨겨진 진실을 곧고 바르게 펴주는 일련의 작업"[17]이라는 순진한 모범답안을 제시하지는 못함을 그는 알고 있다. 그럼에도 불구하고 그가 르포르타주를 쓸 수 있고, 써온 이유는 무엇인가?

글에 담은 나의 울음 섞인 노래만은 이 세상의 아픈 누군가에게
연대와 격려가 되리라고 믿고 싶다. 그리고 앞으로도 나는 나 자신

---

16 김곰치, 『발바닥, 내 발바닥』, 녹색평론사, 2005, 4~5쪽.
17 오효진 외, 앞의 글, 9쪽.

의 진실부터 다시 한번 무조건 믿고 싶다. 보다 완전한 몰입으로 취재하고 계속 오직 나만의 글을 쓰고 싶다. 그것이 내게 붙은 내 발바닥의 복된 쓰임새일 것이다.[18]

그는 사태의 "진실"을 파헤치기 위해 글을 쓰는 것이 아니라 "나 자신의 진실부터 다시 한번 무조건 믿고 싶"어 글을 쓴다고 한다. 그에게 글쓰기란 자신의 진실, "나만의 글"을 찾아가는 과정이라는 것이다. 존재의 바깥에서 진실을 구가하지 않고, 존재의 바깥을 바라보는 내면의 프리즘에서 진실을 찾는 것, 내면의 철저한 반성을 이끌어내는 '주관적 효과'야말로 르포르타주 글쓰기임을 그는 시사해주고 있다. 대상의 호도되고 은폐된 진실의 실상을 궁구하는 것이 아니라 진실을 향해 가는 글쓴이의 의지를 발견하고 이를 통해 진실에 대한 믿음을 배워가는 것이 그의 르포르타주 글쓰기가 확인해주는 효과라는 것이다. 그러므로 르포르타주 글쓰기의 사명은 단순히 진실의 발견과 폭로가 아니라 대면한 사태에 대한 글쓴이의 주관적 태도가 중요한 문제가 된다. 짐짓 객관적인 척하는 르포르타주는 그렇게 사태에 대한 최종심급의 위치를 자처하지만, 그것 역시 사태를 바라보는 하나의 견해에 불과함을 그의 글은 시사하고 있다. 수를 헤아리기 힘든 신문·잡지들이 '잠입르포', '현장', '밀착취재'와 같은 머릿글로 르포르타주를 표방하지만 그와 같은 글들이 말초적인 일회성 기사에 그치는 이유는 그 글들에는 글쓴이의 아무런 자기 반성도 묻어나 있지 않기 때문이다.

---

18 김곰치, 앞의 책, 5~6쪽.

부산의 어느 길거리, 그들이 왜 한낮에 부산역까지 가는 초행의 길에 있게 되었는지를 나는 알지 못한다. 그러나 막내야, 니가 물어봐라, 했던 듯이 셋을 '대표하여' 가장 젊은 축의 사내가 나선 것이고, 길을 묻는 일에 '대표'가 필요했구나, 하고 <u>나는 직각(直覺)했다.</u>[19](밑줄은 인용자)

김곰치의 르포르타주는 '직각'의 르포르타주다. 르포르타주가 형식적 특질이 아니라 내용적 특질에서 그 장르적 특성을 찾을 수 있고, 그 내용적 특질이 궁극적으로 글쓴이의 대상에 대한 태도의 문제에서 비롯하는 것이라 한다면, 김곰치에게서 대상에 대한 태도는 '직각'임을 확인할 수 있다. 인용문의 밑줄 그은 '나는 직각했다'라는 표현은 흔히 '나는 추측했다'라는 문장이 들어가는 자리이다. 그의 문장이 '추측'이 아닌 '직각'을 말하고 있다는 사실은 그의 대상에 대한 태도가 추측이 전제하는 맞고 틀림의 이분화된 인식에서 벗어나 있음을 뜻한다. 대상과 그 정황에서 논리적 근거를 찾고, 그에 따라 하나의 결론에 도달하는 과정으로서의 추측 대신 그는 대상에 의한 '깨달음'의 차원을 환기하고 있다.

그것은 대상에 대한 글쓴이의 인식의 방식이 외부적이라기보다는 내재적인 것임을 뜻한다. 그는 외부의 대상을 통해 사태를 객관화하기 위한 논리적 추론(추측)을 감행하기보다는 내적 감응이나 심적 작용의 일환(직각)으로 대상을 인식한다. 이는 그의 르포르타주를 이해

---

19 김곰치, 「한 사람」, 『지하철을 탄 개미』, 산지니, 2011, 13쪽.

하는 데 있어 매우 중요한 함의를 가진다.

그리고 또 있어요. 내가 믿는 거 하나. 사건은, 현장은 하나지만, 하필 그날 내가 갔기 때문에 들을 수 있는 말이 있거든요. 하필 그날 갔기 때문에 보는 장면들이 있어요. 내가 아무리 준비를 해서, 자료를 많이 읽고 줄넘기 막 뛰고 컨디션 끌어올려서 가더라도, 말하시는 분이 어떤 이유로 몸이 안 좋고 그러면 말하기도 귀찮고 그렇거든요. 하필 그날 서로 간에 컨디션이 맞아서 한 마디 할 거 열 마디 하시고 그러면 또 다른 이야기가 나오거든요. (르포로 다룬) '사건이 끝났다' 가 아니라, 그날 그 순간 그 장면 그 현장의 오직 유일한 고유성, 시간의 고유성이 있기 때문에 르포가 가지는, 하필 그날 취재했기 때문에 가지는 유일무이함이 있는 거예요. 이게 사실은 르포의 문학성, 오래가는 르포를 가능케 하는, 가장 근본적인 가능성의 이유 같아요, 내 생각에.[20]

그의 르포르타주는 논리적 근거를 찾아 자료들을 많이 읽고 준비해가는 데서 시작하지 않는다. 되레 현장의 생생한 사태들과 맞부딪칠 때 생겨나는 "고유성"과 "유일무이함"을 그는 신뢰한다. 많은 자료를 통해 사태에 대한 선입견을 가지고 접근하기보다는 되레 사태에 대한 괄호치기에 의해, 사태를 직접적으로 대면하는 것에서 그의 르포르타주는 시작되는 것이다. 그의 르포르타주에 흔히 부여되는 '문학적 르포르타주' 라는 이름은 이처럼 작가 스스로를 사태의 외부자

---

20 김곰치, 「백년어서원에서」 부분.(김곰치 블로그에서 발췌)

적이고 객관화된 시선으로 끝없이 미끌리도록 두지 않고 그 사태 안으로 침투함으로써, 그 사태에 의해 작가 자신의 내면의 변화, 즉 '깨달음' 의 양상과 과정들을 서술하는 데 주목하기 때문에 붙여지고 있는 것이다. 이와 같은 주관적 사태 인식이 그의 르포르타주의 독특한 특질이며, 그와 같은 글쓰기를 마주하는 독자의 심적 상태를 끊임없이 자극함으로써, 그의 르포르타주는 단순한 보고적 목적 이상의 효과를 창출할 수 있는 것이다.

르포르타주 글쓰기는 객관성과 보편성을 정초함으로써 고유한 특질을 갖는다. 그러나 객관성과 보편성은 글쓴이가 사물 · 사건 · 사태에 거리를 두고, 이를 구조화하며, 고유명을 삭제함으로써 나타나는 것이 아니다. 되레 현시되는 사태를 온몸으로 육박하는 존재론적이고 동시적인 현재형으로 감각할 때, 르포르타주는 읽는 이에게 어떤 요청이 가능해지는 지점을 확보할 수 있다. 김곰치의 르포르타주의 르포르타주는 이와 같은 역설을 내포하고 있다.

4. 의심을 믿는 글쓰기

본인 스스로 르포를 하러 가기는 정말 어려운 일이다. 막상 현장에 가서는 몰입하여 힘든 줄 모르지만, 가만히 방 안에 있다가 르포를 하러 방을 나서야 할 때는… 정말 마음이 힘들다. 아픈 이야기 속으로 간다는 게 보통 일이 아니다. 거의 뭐 존재 이전에 육박한다. 피할 수 있다면 무조건 피하고 싶어진다. 솔직한 심정이다. 하여 미우나 고우나 청탁이라는 것이 없었더라면, 이만큼도 르포를 못 썼다. 도살장 가는 기분으로 현장에 간다. 그런데 신기하다. 가기만 하면, 거의 5분 만에 감정이입이 시작되고 같이 열 받고 안타까워하고 막 몰입하게 된다. 취재를 마칠 때쯤에는 '아아 내가 너무 잘 왔다!' 하게 된다. 그렇지만, 르포 글쓰기가 10년이 되어가도 아직도 처음 현장에 갈 때는… 너무 가기 싫다.[21]

르포르타주 작가가 현장에 "너무 가기 싫다"고 고백하는 것은 매우 아이러니한 느낌을 준다. 어쩌면 그것은 르포르타주 작가가 가져야 할 "현장" 중심적인 태도를 근본적으로 부정하는 것처럼 보이기 때문이다. 그러나 이와 같은 진술은 르포르타주 작가로서의 김곰치를 부당하게 폄하하는 근거가 될 수 없다. 되레 이 진술은 김곰치라는 르포르타주 작가를 이해하는 중요한 실마리를 제공한다. 또한 그와 같은 태도가 지닌 글쓰기의 윤리적인 한 지점을 목도하게 한다.

김곰치에게 있어 특정한 "현장"에서 사태를 대면해야 하는 상황은 먼저 고통스러운 일로 감각된다. 보고 싶지 않은 진실, "아픈 이야기 속으로" 가는 과정은 작가가 가지는 기존의 질서와 세계를 "존재 이전에 육박"할 정도로 뒤흔들어놓기 때문일 것이다. 사실의 보고와 고발, 폭로 이전에 '직각'("감정이입")의 차원으로 작가에게 다가서는 사태들은 '어떻게 보고할 것인가' 라는 글쓰기에 대한 질문 이전에, '사태를 어떻게 감각하고 받아들일 것인가' 라는 실감적 차원에서의 문제와 마주하게 한다. 즉 글쓰기가 아닌 사태에 대한 작가적 결단, 행동과 실천의 문제가 거기서 제기된다. 르포르타주 글쓰기를 통한 행

---

21 김곰치, 「다시, 오래도록-서평전문지 '비읍' 과의 인터뷰」 부분.(김곰치 블로그에서 발췌)

동과 실천이 아닌, 사태와의 맞닥뜨림을 통해 그 사태를 어떻게 감각할 것인가를 스스로에게 질문하는 것, 그로부터 비롯하는 행동과 실천이 동시적으로 나타난다. 그의 글쓰기가 어떤 당위적 실천 양식에서부터 비롯하지 않고, 그리하여 어떤 결론을 전제한 채 글쓰기를 전개하지 않고, 윤리적 정합성에 이르는 과정을 자세히 기록하는 그 자체의 과정을 자주 보여주고 있는 것은 이와 상관된다.

몸을 일으켜 그 한 마리를 찾아내 손 안에 담아 땅 위로 보내주고 싶었다. 그러나 실제로 그렇게 행할 만큼 순정한 마음이 내게 없었다. 다른 이들의 이목이 두렵지 않은 순수한 행동을 행할 용기가 없었다. 이럴 때는 개미를 느끼는 것이 교활한 알리바이 같다. '느낌'을 스스로 합리화하는 데만 사용되고 마는 것 같다.[22]

윗글에서 작가는 자신의 내면에서 꿈틀거리는 욕망의 결들을 매우 리얼하고 섬세하게 포착해낸다. "몸을 일으켜" 개미를 "땅 위로 보내주고 싶"은 욕망과 "다른 이들의 이목이 두렵지 않은 순수한 행동을 행할 용기가 없"어 그 욕망을 철회하고자 하는 욕망, 더 나아가 그 두 욕망의 상충에서 발생하는 어떤 "합리화"를 위한, "알리바이"를 위한, 그리하여 죄의식과 "순수성"에의 불안을 떨치고자 하는 욕망이 그것이다.

우리는 이 글에서, '지하철을 탄 개미'로부터 눈을 떼지 못하는 작가를 향해 "순수한 행동을 행할 용기가 없"었던 것에 대해 부당히 비

---

22 김곰치, 「지하철을 탄 개미」, 『지하철을 탄 개미』, 24쪽.

난해서는 안 된다. 그와 같은 "순수한 행동"의 과정이 언어로 표현되고, '산문'에 실리는 순간, 우리는 더욱 부당하게 작가의 도덕적 우위만을 확인하게 될 뿐일 것이기 때문이다.

우리가 이 글에서 목도해야 할 사실은 작가가 자기 내면의 리얼리티를 제시하는 것에서 진실에 다가가고자 하는 윤리적인 태도를 발견할 가능성이 있다는 점에 있다. 개미를 위한 "순수한 행동" 여부가 중요한 것이 아니라 그의 갈등이, 갈등의 알리바이들이, 개미로부터 촉발된 감응들이, 순수하게 편집되지 않은 언어로 진술되고 있다는 점이 그의 글쓰기가 갖는 가치를 빛나게 한다. 그의 글쓰기가 지닌 가치는 우리로 하여금 글쓰기=행동이라는 매우 단순하면서도 깊은 심연을 가진 명제를 대면하게 하기 때문이다. "순수한 행동"을 행함으로써 이 글이 쓰이지 않고, 되레 "순수한 행동"에 대한 갈등이 이 글을 쓰게 했다는 것, 글쓰기=행동은 행동하는 자의 당위가 결론으로 주어질 때가 아니라 되레 행동/비행동의 경계에서 끝없이 주저하고 망설이며 의심이 일어날 때, 그 의심이 스스로 육화될 때 비로소 주어질 수 있다는 점을 그의 글은 보여준다.

그렇다면 그 의심은 어떻게 육화될 수 있는가? 김곰치는 그 의심조차 의심하고 있다는 사실로 받아들일 때 의심은 행동이 될 수 있다고 말한다.

자기 단계에서 기운차게 확신하고

다른 이들에게도 그 확신이 성공적으로 확인될 때도 적잖다. 하지만 그것을 몇 번 경험하고 자기 단계의 확신을 쉽게 허락하기 시작하면, 결국에는 교만한 글쟁이가 되어버린다.

끝까지 아슬아슬한 상태의 자기의심을 잃지 않는 것이
좋은 글을 써내는 최소한의 그리고 최대한의 글쟁이의 자세.

아직은 내게 그 자세가 살아 있다. 살아 있다고 믿는다. 확신한
다. 이 확신도
지금 이 순간 의심의 일말을 잃지 않는
지금 나의 단계에서 최소한 최대한의 확신이다.
아, 나는 살아 있는 것이다.[23]

행동을 위한 어떤 내적인 결단이, 결론이 작가로 하여금 글을 쓰게
하지 않는다. "자기의심을 잃지 않는 것", "아직은 내게 그 자세가 살
아 있"음을 믿고, 이를 끝까지 고수하는 것에서 글쓰기=행동은 시작
된다. 진실을 볼 수 있는 눈은 거기서 태어난다. 결국 김곰치에게 있어
진실은 믿음이다. 때문에 그는 다음과 같은 진술을 할 수 있었다.

사북을 생각한다. 80년 그 아픈 사북을. 근대화와 발전주의가
낳고 기른 자본과 노동이란 혈맹의 시스템, 그 폭력적 삶의 양식을
일체의 몸짓으로 거부한, 나흘이나마 깨끗이 노동자이기를 포기
한, 그래서 무시무시한 생명의 에너지가 흘렀던, 그 집단적 생명의
절규. 너무 절망적인 몸짓이었기에 지금에도 사북사태는 기괴한
감동을 준다.[24]

---

23 김곰치, 「글쓰기에 대하여」 부분.(김곰치 블로그에서 발췌)

르포르타주 작가는 사태의 진실을 현장에서 듣고, 보고, 체험함으로써 이를 구성한다. 하지만 우리는 매우 쉽게, 자본 대 노동이라는 이분법적 대결 구도 안에서 누군가의 다행스런 성공과 윤리적이지만 부당한 패배로 나뉜 서사적 틀거리를 목격한다. 김곰치 스스로도 고백한 적 있는 바, "글을 쓰면서 누군가의 편을 들 수밖에 없"[25]는 상황은 분명히 르포르타주 작가로 하여금 그렇게 글을 쓰도록 유혹한다.

하지만 사북사태를 대하는 이 글에서 작가의 '믿음'은 자본 대 노동이라는 이분법적 대결을 전제하는 데 있지 않다. 그와 같은 믿음이 전제라면, 작가는 자본의 욕망과 노동투쟁의 욕망이 공히 "근대화와 발전주의가 낳고 기른" "혈맹의 시스템"이라며, 이를 "폭력적 삶의 양식"이라고 일갈함으로써 깨버린다. 자본은 노동의 대립이 아니라 쌍생아라는 진술은 거기서 나온다. 그렇다면 작가가 마주하고자 하는 진실은 특정 입장에 대한 재확인에서 발견되는 것이 아니라 그 모든 "폭력적 삶의 양식을 일체의 몸짓으로 거부"하는 믿음에서 찾을 수 있는 것이 되겠다. 투쟁의 성공과 실패가 아닌, 생명력을 억압하고 분출하는 과정으로서의 사북 읽기. 작가가 대하고자 하는 진실은 이처럼 자본과 노동의 관계를 의심하고 있다는 사실을 믿음으로써, 그리하여 진실을 발견하고자 함으로써 행동과 글쓰기의 간격을 좁힌다. 때문에 그의 글쓰기가 보여주는 명징하고도 두려움 없는 태도는 언어와 행동의 일치에서 온다고 말할 수 있다. 그것은 그의 언어가 사태에 대한 일말도 의심하지 않는 언어가 아니라 의심을 잃지 않는 언어로 기술됨으로써 획득되고 있다.

---

24 김곰치, 「기억을 향한 투쟁」, 『발바닥 내 발바닥』, 40쪽.
25 김곰치, 「발바닥으로 글쓰기」, 위의 책, 4~5쪽.

언어와 행동의 일치를 가장 강렬하게 제시한 김수영은 반성하는 자신까지도 반성하는 극단적인 반성의 언어를 보여준 바 있다. 그것은 온몸으로 밀고나가는 글쓰기를 이루었기 때문이 아니라 이루고 싶었기 때문에 나타난 언어였을 것이다. 온몸의 시학은 되레 온몸으로 밀고가기가 가능하지 않은 자의 욕망을 외화한 것이다. 그렇다면 김곰치의 르포르타주는 온몸이 가능하다고 믿으면서도 일말의 의심을 저버리지 않는 태도를 외화하는 것, 그 저버리지 않은 의심을 현재형으로 믿는 것에서 언어와 행동의 접점을 찾으려는 시도가 된다.

이런 충만한 죄의식, 죄감성으로는 단 하루도 살 수 없지요. 극단적인 죄의식에 빠져 스스로를 괴롭히면, 몸에 병부터 나고 말아요. 이딴 식으로 죄를 전면화시켜버리면 일이 되지를 않아요. 생생한 분별지의 세계로 돌아와야 해요. 큰 죄, 작은 죄, 나눠야 합니다. 그리고 웬만한 죄는 인간 사회에서 적절하게 용인되어야 합니다.
아니 우리는 죄하고도 좀 친하게 지내야 하는지 몰라요.[26]

김곰치 장편소설 『빛』은 신학적 믿음과 종교제도의 오염을 전면적으로 지적하는 "종교에 대한 소설"[27]이다. 이 소설에서 화자는 "죄를 전면화시" 키는 반성의 언어로부터 한 발짝 물러서기, 아니, 반성이 불가능하도록 언어와 행동을 일치("우리는 죄하고도 좀 친하게 지내야 하는지 몰라요")시키기를 제안하고 있다. 그것은 비록 소설이라는 허구적 화자에 의해 쓰여지고 있지만, 김곰치라는 작가의 글쓰기의 태

---

26 김곰치, 『빛』, 산지니, 2008, 216쪽.
27 이경, 「남자와 여자, 그리고 예수」, 『빛』, 376쪽.

도와 세계관을 단적으로 드러낸다. 왜냐하면 그의 르포르타주에서 우리는 언어와 행동 사이의 불일치가 조금 더 간격을 좁히고 있다는 것, 언어와 행동 사이의 불일치가 야기하는 부끄러움과 죄의식으로부터 글쓰기를 구원해내는 희미한 빛을 만날 수 있는 한 양상을 목격할 수 있었기 때문이다.

하지만 믿음이라는 신학적 사태를 구현하는 그의 글쓰기가 죄의식의 소거를 위해 희생양을 제출하는 순간, 그 믿음의 고귀함은 자기 기만의 나르시시즘으로 돌변할 수도 있다. '순교의 서사'[28]로 환원시키지 않는 글쓰기. 의심과 믿음 사이에서 길항하는 글쓰기의 긴장감을 유지할 때 그의 글은 우리의 '나타와 안정'을 부수는 새로운 느낌표로 제출될 수 있을 것이다.

---

28 이경, 위의 글, 376쪽.

3부

공동체

장수희

죄의식의 정치, 윤리의 기술(Art)

1. 죄의식을 지배하다

기독교 성화에서 예수의 얼굴을 찾는 것은 아주 쉬운 일이다. 평범한 얼굴에 평범한 표정을 하고 있는 예수가 '거룩한 자'로 거듭나는 것은 단 하나, 그의 얼굴 뒤에 있는 후광 때문이다. 이 후광이 예수와 다른 사람들을 구분하게 만든다. 그러나 실제 사람의 뒤쪽에서 빛이 비추어질 때, 정면에서 그 사람의 얼굴을 볼 수 있을까? 얼굴은 아마도 암흑으로 된 실루엣만 남아서 형체를 분간할 수 없을 것이다. 그렇다면 분명히 암흑으로 남아 있어야 할 예수의 '거룩한 얼굴은 어떻게 그려진 것인가?

인류를 위해 대속한 사람이 바로 저 예수라는 것은 자세히 설명하지 않아도 알 터. 예수가 대속이라는 행위로 '위했던' 인류에게 예수는 죄의식을 갖게 만드는 존재이다. 사실은 이런 죄의식이 아니었을까. 암흑으로 남아 있어야 할 예수의 얼굴을 세상에서 가장 온유한 얼굴로 그리게 한 것은. 죄의식이 크면 클수록 후광은 더욱 환하게 빛나고 예수의 얼굴은 더욱 또렷하게 그려진다. 그리고 '볼 수 없는' 그의 얼굴이 또렷이 그려진 수많은 성화(聖畵)들이 대작의 반열에 오르게 된다.

이와 같은 대속한 예수에 대한 죄의식, 그것은 수천 년 세계를 지배해온 기독교의 시작이자, 기독교 예술의 시작이었다. 예수의 죽음 없이 그 대작들을 과연 꿈이라도 꿀 수 있었을까. 예수의 죽음, 그 가장 가까이에 예술이 있다. 바꿔 말하면 예술은 예수의 죽음을 필요로 한다. 예술의 위대함, 고결함은 그의 죽음을 바탕으로 하며, 기독교 공동체의 역사와 국가 역시 이 죽음을 발판으로 그 기반을 마련해왔다.

이 지점에서 근대 문학의 종언을 고함으로서 근대 문학의 죽음을 떠올리게 한 고진과 한국 문학을 다시 생각해볼 필요가 있다. 고진의 『근대 문학의 종언』 이후, 한국의 문학가들은 근대 문학의 종언에 대해 거세게 반발했으며, 그것은 가히 신경질적 반응으로 비춰지기도 했다. 고진이 말한 『근대 문학의 종언』이 그들이 이미 가지고 있던 문학의 파워를 가질 수 없다고 하거나 뺏기라도 한 것처럼. 수많은 비평가에 의해 '문학의 사망선고서'와 같은 『근대 문학의 종언』이 호출되었고, 그것은 전술했던 예수의 죽음을 통해 성화의 반열에 올랐던 예술과 별반 다를 바 없다.

2009년의 두 번의 죽음(용산의 죽음과 전직 대통령의 죽음)을 목격한 사람들, 문학자들은 죽음에 후광을 부여하는 과정을 노골적으로 보여준다. 그들은 마치 준비했던 것처럼 『근대 문학의 종언』이란 선언이 무효임을 입증하는 증거로, 2009년의 죽음을 소재로 한 작품들을 선보였다. 마케팅의 핵심이 타이밍이란 것을 증명하듯이 여러 권의 책들이 재빨리 출판되었다. 이런 방식으로 2009년의 죽음에 후광이 부여되기 시작했다. 그리고 후광의 가장 가까이에 위치하기 위해서 "용산으로 가야 한다"는 구호처럼 외쳐졌다. 근대 문학과 지성이 가장 역동적으로 움직였던 68혁명의 재현처럼 한 줄 낙서들이 출판되었고, 애도와 관련된 논의들은 외국의 정치이론, 정신분석이론으로 재단되었다. 그리고 더 나아가 서로가 인용한 이론의 정확성에 대해서 논쟁을 벌였다. 그러는 사이, 사람 뒤의 후광이 실제로는 사람의 모습을 알아볼 수 없게 하는 것처럼, 용산 또한 그렇게 되어버렸다. 그것은 후광을 가진 예수의 온화한 얼굴처럼, 죄의식을 가진 지식인 작가들이 보고 싶은 모습으로 그려지게 된 것은 아닐까. '정의 사회 구현'이라는 멋진 슬로건이 전두환에 의해서 만들어졌듯이, 불붙은 애도의 논의와 죄의식은 그것에 배위하고 있는 자들에 의해 만들어진 것은 아닌가. 어쩌면, 저 문학적 열정을 불태울 수 있었던 4.19와 80년 광주와 같이 현재 지배적 담론의 담당자들이 개입할 수 없는 과거가 아닌, 지금 눈앞에서 개입하고 그 입지를 가질 수 있는 국가적 폭력이 당대에 일어나주기를 아가리를 벌리고 기다리고 있었던 것은 아닌가. 결과적으로 문학은 또다시 이 용산의 주검들을 한 번 더 죽여가며 딛고 일어서려고 하는 것은 아닌가.

2009년의 죽음들을 발판으로 문단은 충분히 떠들 수 있을 소재를 구하지 않았는지 묻고 싶다. 문학은 커다란 소리로 '애도'하고, 죄의식으로 후광을 가진 죽음의 얼굴들을 또렷하게 그려냈다. 이 작업이 바로 죄의식에서 나온 애도가 체제의 욕망 속으로 들어가는 한 장면이며, 살아남은 자들의 치유와 화해를 위한 것이다. 살아남은 자들은 자신들이 가진 죄의식보다 죽은 자들에 대한 애도 완결, 미완결에 더 관심이 많으며, 애도의 완결과 미완결의 논란은 결국 죄의식을 덮어버린다. 인간의 죄의식이 후광을 가진 예수의 얼굴로 가장 온화하게 그려내는 것처럼, 죄의식은 애도의 논의를 가장 아름다운 양심적 주체의 번뇌로 그려낸다.

소설가 이기호는 지금이 "지나치게 죄의식이 없는 시대"[1]라고 비판하고 "가난한 정신"[2]이 그 이유라고 들고 있다. 하지만 반대로 우리 시대에 죄의식은 넘쳐나고, 이 죄의식이야말로 근대 문학을 지탱해온 힘이다. 죄의식이야말로 후광을 가진 죽음의 얼굴을 재현하고 있으며, 그것은 체제의 틀 안에서 안전하고 온화한 서사로 재탄생하게 한다. 이런 의미에서 이기호와 이기호의 작품은 모순된다. 작가는 끊임없이 근대 문학에 남고자 하나, 작품은 근대 문학의 종언과 함께 가고 있는 것이다. 고진이 말한 '초월론적 전회'는 이기호의 작품이 가고 있는 길이며, 작가는 이를 감내하고 근대 문학에 남고자 한다. 작가가 갈망하는 것이 아니라 문학이 갈망하는 것에 대한 탐구가 이 글이 나아갈 길이다.

2. 불편함의 기원

내가 신고 있는 운동화 속에 작은 돌 알갱이 하나가 돌아다닌다고

---

1 이기호, 『독고다이』, 랜덤하우스, 2008, 303쪽.
2 위의 책, 303쪽.

생각해보자. 그 돌 알갱이를 어쩌다 잘못 밟았다고 해서 죽지도 않고, 그렇다고 아무것도 없을 때처럼 편안하지도 않다. 자꾸 신경이 쓰인다. 불편함이란 이런 것이다. 아무것도 거칠 것 없는 편안한 세계에 대해서 무엇인가가 계속 의문을 제기하는 것. 그것은 발에 압핀이 꽂힌 것처럼 위협적이지도 않고, 오물을 밟은 것처럼 불쾌하진 않지만 의심 없이 받아들였던 것들에 대한 '낯섦' 같은 것이다. 그것은 지금까지 아무 의심 없이 편안하게 느껴왔던 체제가 이데올로기였음을 깨닫는 순간의 불편함이며, 체제의 이데올로기에서 떨어져나온 주체의 자각이며, 안정된 체제에서 배제된 느낌이다.

이기호를 읽을 때 느끼는 불편함은 단지 그가 "새로운 감관에 호소하는 작가"[3]이기 때문만은 아니다. 오히려 이러한 평가는 그를 스타일리스트에 고정시켜버린다. 그의 소설을 스타일에만 주목했을 때, 『사과는 잘해요』(현대문학, 2009)는 "기존 단편들의 조합이나 반복 혹은 부풀림"[4]으로밖에 보이지 않는다. 그리고 이러한 독법은 더 이상 새로운 소설을 읽어내는 관점을 제시하지 못한다. 장편 소설이 갖추어야 할 법칙을 불러내고, 그것에 딱 맞게 쓰인 작품을 '좋은 작품'이라고 평가하려고 하는 비평가의 욕망 역시, 근대 문학의 창작 법칙을 불러낸다. '소설 창작의 법칙'에 따른 독법은 소설을, 소설가를 가장 안정적이고 편안하게 읽을 수 있게 한다. 규칙에 따라 읽으면 되기 때문이다. 이렇게 간단하게 재단해버리려는 태도를 취할수록 이기호 소설이 불편하다는 생각은 떨칠 수가 없다.

3　강유정, 「콜로노스 숲에서의 글쓰기, 눈먼 오이디푸스들의 소설」, 『세계의문학』, 2006년 겨울호.
4　김영찬, 「문학 뒤에 오는 것」, 『문예중앙』, 2010년 가을호.

이기호의 "『사과는 잘해요』를 또다시 스타일리스트 이기호로 읽을 수 있는가?"라는 질문은, "혹시 그가 이미 다른 무엇인가를 말하고 있었던 것은 아닌가?"라는 질문으로 이어진다. 그것은 이기호를 전혀 다른 소설가로 구축하는 중요한 질문이다. 『사과는 잘해요』가 화두로 삼고 있는 '죄의식'이라는 키워드는 그의 소설들 속에서 이미 여러 번 말해온 주제이다. 그러나 '스타일리스트'라는 그럴듯한 명명에 가려져 한 번도 주목받지 못한 주제였다. 이는 '스타일리스트'라는 명명이 너무 강해서 이기호 소설의 주제, 연속성이 조명받지 못했음을 의미하는 것이다. 이제, 단순한 '스타일리스트 이기호'는 식상하다.

앞서 언급한 "지금은 지나치게 죄의식이 없는 시대"라는 이기호의 인식은 그의 소설들을 관통하고 있다. 이 지나치게 죄의식이 없는 시대를 아무렇지도 않게 살고 있는 우리에게 죄의식을 이야기하는 일은 충분히 우리를 불편하게 하는 것이다. 우리는 죄의식이 없는 편이 훨씬 편안하게 느껴진다. 바꿔 말하면, 우리는 충분히 양심적이라고 생각하며 살고 있다. 남에게 피해를 주지 않으며 남으로부터 피해를 받지 않는 삶, 타자와 전혀 관계 없는 삶-그것이 우리가 생각하는 충분히 양심적인 세계이며 삶이 아니던가. 그래서 이기호가 계속해서 꺼내는 죄의식이란 카드는 우리를 불편하게 하는 것이다.

다른 한편으로, 우리는 죄의식의 과잉 속에 있다. 무슨 사건이 일어나든, 우리는 그곳에 참여하지 못하는 데 대해 죄의식을 가진다. 80년대 이후 정치보다 생업이 더 중요해진 현실에 죄의식을 느끼며, 용산의 죽음을 막지 못한 데 죄의식을 느끼고, 전직 대통령의 자살에 죄의식을 느낀다. 우리는 최선을 다해 열심히 사는 것이 체제에 부합하고 있다는 것을 깨달으면서 죄의식을 느끼고, 아무 말 없이 침묵하는 것에 죄의식을 느낀다. 우리는 이미 죄의식의 과잉 속에서 우울하게 살아가고 있는데, 이기호는 한 번 더 죄의식을 말한다. 그래서 이기호를 만나면 늘 불편해서 몸 둘 바를 모르게 된다.

이처럼 그의 소설은 '지나치게 많은 죄의식'과 '지나치게 없는 죄의식' 사이를 진자운동한다. 이 작업은 죄의식이 있어서 안정감을 갖는 우리와 죄의식이 없기 때문에 편안한 우리를 균열 내는 것이다. 죄의식이 있든 없든 그의 소설과 만나기 전까지 우리가 편안한 것은 의심할 여지가 없다. 그리고 편안함을 느끼던 주체도 불편함을 직면하는 주체도 모두 동일한 주체 내부에서 일어난다. 그의 작품 속에서도 사정은 그러하다.

　　순덕은 하나님의 심판이 두려웠더라 유황지옥과 불신 지옥이 무서웠더라 그것이 무서워 쉬지않고 기도하였더라

　　아담으로 하여금 한 번만 더 한 번만 더 아담이 되게 하소서 뱀의 유혹에 빠지게 하소서이더라.[5]

하나님의 심판을 두려워하며 기독교가 바라는 '기도'에 열심인 최순덕과 변태(아담)를 전도하고 구원하기 위해 한 번 더 죄를 짓기를 바라는 최순덕은 동일인물이다. 자신이 구원받고, 남을 구원하기 위해 일단 죄를 짓게 하는 저 기독교 이데올로기의 모순을 아무렇지도

5　이기호, 「최순덕 성령충만기」, 『최순덕 성령충만기』, 문학과지성사, 2004, 237쪽, 258쪽. 이하 이 책 인용시 단편제목과 쪽수만 표기.

않게 그려내는 방법은 독자를 당황하게 만든다.

독자는 내심 기대한다. 기독교라는 체제에 맹렬한 신봉자인 최순덕이 정신이상이거나, 결국은 기독교 체제에서 튕겨져 나올 것을. 그러나 기독교 체제에 최순덕은 가뿐히 다시 안착하고, 안정적인 생활로 돌아간다. 독자의 불편함은 상식상 죄의식을 느끼거나, 양심에 거리낌을 느껴야 할 최순덕이 아무런 죄의식 없이 기독교 체제 속으로 돌아가 버린 데 있다. 죄의식 없음이 어떤 메커니즘을 통한 것인지를 목도하는 것-그것은 독자 자신을 직면하는 것에 다름 아니다. 물론, 이것이야말로 독자를 곤혹스럽게 하고, 불편하게 하는 것임은 말할 것도 없다.

이런 불편함은 독자를 안절부절못하게 만든다. 이기호가 창조해낸 일물들이 만들어낸 불편함은 불쾌도 아니고 혐오도 아니다. 불쾌와 혐오는 극단적인 것이다. 불쾌하고 혐오스러우면 그냥 싫어하면 그뿐이다. 그런데 그가 창조해낸 인물들의 '불편함'은 독자를 안절부절못하게 만든다. 마치 입 안에 든 비곗덩어리처럼 씹어 삼키지도, 뱉지도 못하는 불편함.

이것은 흡사 균열의 느낌이다. 일상의 편안함과 일상 속에서 아무런 저항감 없이 느끼던 불쾌, 혐오, 긍정, 부정에 안착하지 않고 그 사이들을 균열 내는 느낌이 바로 이 불편함인 것이다. 그의 소설을 읽으면서 느끼는 '불편함'이 단지 그 소설 속에 등장하는 인물들의 과도한 종교적 믿음 때문이라거나(「최순덕 성령충만기」), 소설에서도 잘 다루어지지 않는 보도방 경영자들의 말투(「버니」) 때문만은 아니다. 독자의 '불편함'은 소설 속 인물들이 '나에게 불편을 느끼는 넌 누구냐'와 같은 당신의 정체를 되묻기 때문이다. 어쩌면 소설 속 인물들 자체가 불편한 것이 아니라, 그것을 읽는 독자가 불편한 것이다. 소설과 그 밖에 있는 독자의 사이-그 경계를 균열 내는 것, 그 불편함이 독자가 살고 있는 세계의 질서를 그대로 유지하기 위한 이데올로기임을 스스로 현시하게 되는 것, 그것이 이기호의 서사전략이다.

> 내 인생이 변하지 않을 것을, 내가 욕하고, 내가 끌고 다니는 계집애들도, 마찬가지라는 것을, 그년들도 그걸 알아, 한 년만 빼고 딱 한 년만 빼고, 그년만 몰랐던 게야
>
> ―「버니」, 13쪽, 37쪽

바뀌는 것은 없다. 소설이 시작되었을 때에도, 소설이 끝났을 때에도. 보도방을 운영하는 자는 그 일을 계속하고(「버니」), 과도한 종교적 믿음도 그대로 이어가고 있으며(「최순덕 성령충만기」), 백미러 사나이는 지금도 거꾸로 달리고 있다.(「백미러 사나이」) 기본적으로 이기호가 바꾸려고 하는 것은 세상 자체가 아니기 때문이다. 이 소설을 읽고 있는 당신-당신이 누구인가를 스스로 목도하게 만드는 것, 그것이 이기호의 목표다. 아무런 의심도 없이 '왜'라는 질문과는 무관하게 살아가고 있는 당신이라면, 사회를 이루고 있는 메커니즘이 생산해낸 죄의식과 죄의식 없음에 공명하고 있는 당신이라면, 이기호 소설이 주는 불편함을 어떻게 소화할 것인가.

이기호는 죄의식이라는 정념에 대해 고백과 사과라는 메커니즘을 통해서 이 틀을 벗어나보려고 시도한다. 이것이 이기호가 『사과는 잘해요』에서 보여주는 고백과 사과의 정치에 주목해야 하는 이유이다.

3. 고백과 사과의 정치

고백과 사과—이것은 권력에 대한 이야기다. 가톨릭의 '고백'은
'죄를 용서받기 위해 죄를 솔직하게 말하는 일'이다. 여기서 중요한
것은 '솔직하게'와 '말'이다. 누군가에게 무엇인가를 말하는 데 있어
서 '솔직하게' 말했을 때, 가지는 힘, 혹은 그렇게 했을 때 잃게 되는
힘이 고백의 권력 관계를 보여준다고 할 수 있다. 하물며 애인 사이의
고백에서도 권력의 욕망이 그들을 지배한다. 고백을 한다는 것은 나
를 규정하고 있는 메커니즘과 상대방의 메커니즘 사이의 관계에 대해
서 '솔직하게' 규명한다는 것이다. 그것은 나를 규정하는 메커니즘
속에 상대방을 끌어당기는 행위이거나, 상대방의 메커니즘 속으로 나
를 포함시키려는 의도를 가지고 있다. '내'가 '솔직하게' 말한다는
것은, 내 문법으로 상대방과 내 관계를 드러내는 것이다. 따라서 고백
의 내용은 그것이 사랑이든 죄이든 비밀이든 똑같은 의도를 가진다.
나의 문법 속에서 그 관계를 드러내 보이겠다는 의도.

팔대이는 만날 적마다 시봉에게 고백할 것을 강요했고, 틈틈이
자신의 과거를 고백했다. (중략) 아울러 팔대이의 고백을 듣고 있
노라면, 우리는 아주 오랜 시절부터 그를 알고 지낸 것 같은 착각
에 빠지기도 했다. 우리가 그에게 무척이나 중요한 존재가 되어버
린 듯한 느낌……. 그렇지 않은가, 자신에게 중요하지도 않은 사람
에게 어떻게 자신의 비참한 가난에 대해서 그토록 거리낌없이 말
할 수 있겠는가.

—「옆에서 본 저 고백은」, 100쪽

근대적 체제는 끊임없이 주체에게 고백을 요구해왔다. 근대적 주체가 죄의식을 고백하는 행위는 근대적 체제 내에 한 부분을 담당하고 그곳에 안착하는 행위에 다름 아니다. 바꿔 말하자면, 주체가 죄에 대한 고백을 하는 것이 아니라, 근대적 체제 내에서는 죄에 대한 고백을 통해서 주체가 생겨난다. 이렇게 생겨난 근대적 주체는 체제 내에서 자유로울 수 없다. 이 지점이 근대라는 문법 속에서 태어난 주체의 한계이자 주체의 존재에 대한 윤리적 고투의 지점이라고 할 수 있을 것이다. 이기호가 『사과는 잘해요』에서 보여주고 있는 고백–사과–용서의 메커니즘의 탄생은 이러하다.

우리는, 우리의 죄가 무엇인지 알 수 없어, 언제나 고백부터 먼저했다. (중략) 우리는 우리의 죄를 고백한 다음, 그 다음 반드시 죄를 지었다. 고백한 내용이 하루 종일 머릿속을 맴돌아, 마음이 불편했기 때문이었다. 우리는 꼭 고백한 대로만, 꼭 그만큼의 죄를 지었다.[6]

원생들은 많고, 죄 또한 원생들의 숫자만큼이나 많았기 때문이었다. 우리는 그 죄들에 대해서 하나하나, 원생들을 대신해 복지사들에게 사과하기 시작했다.[7]

---

6 이기호, 『사과는 잘해요』, 현대문학, 2009, 28쪽~30쪽.
7 위의 책, 58쪽.

『사과는 잘해요』의 시봉과 나는 시설 안에서 복지사들에게 죄를 고백하고 사과를 한다. 그것은 죄를 용서받기 위한 것이 아니다. 복지사들에게 있어서 시설 내부의 사람들이 죄를 짓는 것이 중요한 것이 아니라 복지사들에게 고백을 하고 사과를 하는 방식의 절차가 중요한 것이다. 이러한 절차는 '시설'이라는 체제를 유지되게 하는 일정한 형식으로서 기능한다. 죄에 대한 고백과 사과는 언제나 시봉과 내가 하고, 복지사들은 고백과 사과를 받는다. 복지사들은 언제나 시봉과 나의 죄를 알고 있으며, 사과를 받음으로서 원생들을 관리하고 시설이 유지되게 되는 것이다. 힘은 언제나 시설을 유지하는 복지사들에게 있으며, 시봉과 나는 '고백과 사과'라는 규칙에 복종한다. 언제나 '죄'를 고백하고 사과하지만 이 '죄'에 대해 가치 판단을 하는 것은 시봉과 나도 아니며, 복지사들도 아니다. 죄는 가치판단 없이 존재한다. 죄를 짓기 전에도, 죄를 지은 후에도. 시설 내의 '고백─사과'의 체제 내에서 죄에 대한 가치판단을 제거한다는 것은 근대적 관료제의 한 형태라고도 할 수 있을 것이다. 가치 판단이 아닌 규칙에의 복종만을 요구하는 관료제에서 자신에 대한 성찰과 주체적 가치 판단을 하려고 하는 포지션을 취한다는 것은 정치적인 것이라고 할 수 있다.

우리가 잘 할 수 있는 것, 우리가 돈을 벌 수 있는 것, (중략) 시봉과 나는 그것을 생각해낸 것이었다. 포장과는 또 다른 것.
사과.[8]

<hr>

8 위의 책, 60쪽~61쪽.

죄의식을 가지고 끊임없이 고백과 사과를 강요당하는 처지에 있는 사람이 죄의식에서 벗어난다는 것은 고백과 사과의 기계적 체제를 벗어남에 다름 아닐 것이다. 그러나 고백과 사과의 기계적 체제에서 벗어나기 위해서는 내가 무엇을 아무 가치판단 없이 기계적으로 해왔는가를 깨닫는 것-그것이 가장 우선일 것이다. 내가 어떤 규칙 위에 놓여 있는지를 자각하는 것-내가 하고 있는 고백과 사과가 가치판단을 거친 정언명령에 의한 것이 아니라는 것을 자각하는 것이 가장 우선되는 것이다. 이 자각은 나의 죄의식과 고백과 용서가 어떤 필연적 관계가 있는 것이 아니라는 사실이다. 체제가 만들어낸 죄의식과 그에 대한 고백과 사과는 체제를 위해 존재하는 것이다. 열심히 고백하고 사과하더라도 "마음까지야 어떻게 해 드릴수는 없"(92쪽)다는 것은 고백과 사과라는 것의 기원을 밝히는 발언이라고 할 수 있을 것이다.

『사과는 잘해요』에서 시봉과 내가 끊임없이 자신들이 잘할 수 있는 것은 "포장"과 "사과"라고 한다. 그것은 우연한 것이 아니다. 그들은 "포장"과 "사과"를 잘하는 것이 아니라 "포장된 사과"를 잘하는 것이기 때문이다. 포장된 사과에 반성적 사유는 없다. 그것은 지배자가 '지배하고 있다'고 생각하는 확인되지 않는 어떤 공허가 있을 뿐이다. 따라서 그것은 기계적일 수 있으며 "잘" 할 수 있게 되는 것이다.

이런 의미에서 '사과'는 '고백'과 다르다. 앞서 말했듯이 가톨릭에서 고백은 '죄를 용서받기 위해 지은 죄를 솔직히 말하는 일'로 본다. 따라서 고백한다는 것은 기존 지배질서에서 규정하고 있는 죄의 틀을 인정하고 그 틀에 맞게 말한다는 것이라고 할 수 있다. 주체는 지배질서의 죄의 틀을 인정하고 고백하면 용서된다고 생각한다. 그리고 죄의식 없는 얼굴, 완벽하게 지배자에게 용서의 주체를 넘겨준 얼굴은 "밝기만 하다."[9] 이러한 고백에 대한 두려움은 『사과는 잘해요』이전에 이기호가 언급한 바 있다. 그것은 지배자에게 용서의 주체를 넘겨주게 되고 주체의 진짜 모습을 찾을 수 없을 때에 대한 두려움과 같은 것이다.

> 시봉을 그렇게 닦달한 것은 다 나의 두려움을 숨기기 위해서였다……고백하기 위해선 남을 쳐야 한다는 것을, 나는 그것을 이제서야 깨달았다……
>
> —「옆에서 본 저 고백은」, 101쪽

> "시, 시시, 씨발놈……고, 고, 고백을 했으면 되되, 될 거 아니야……."
>
> —「옆에서 본 저 고백은」, 104쪽

> 나는 고백할 수 있는 인간들이 부럽다, 아니 무섭다. 덕자의 얼굴은 밝기만하다.
>
> —「옆에서 본 저 고백은」, 106쪽

이기호의 소설에서 '고백한다'는 것은 '나'라는 주체 자신을 박탈당하는 것에 다름 아니며, 끊임없이 고백을 통해서 주체의 박탈을 강

---

9 이기호, 「옆에서 본 저 고백은」, 『최순덕 성령충만기』, 106쪽.

요당하고 있음을 보여주는 것이라고 할 수 있다. 주체는 이 강요 속에서 다시 죄가 만들어지며, 또다시 고백하게 되는 무한 순환 속에 놓이게 되는 것이다. 이 끝없는 죄의 탄생과 고백의 순환에서 벗어날 수 없다는 두려움–이기호는 이 무한 순환 속에서 벗어날 어떤 방법을 선택하게 된다.

대부분의 사람들은 소설 속의 시설 원장의 "죄는 모른 척해야 잊혀지는 법이거든"(215쪽)이라는 말처럼 죄와 용서의 주체를 완전히 포기해버린다. 또한 그것은 죄가 없어지는 것이 아니라 단지 '잊혀진다'는 점에서 언제든지 의식 속으로, 일상 속으로 되돌아올 수 있는 잠재된 '죄'로서 기능한다. 사과를 의뢰받고 그 의뢰인을 위해 아이를 유괴해서 아버지에게 데려다줬던 시봉과 나는 아이를 어머니에게 되돌려주게 되는데, 이때 아이는 "아빠가 못 견디겠으니까 보내주는 거예요. 나랑 있으면 자꾸 자기 죄가 생각나니까"(178쪽)라고 말한다. 버렸던 아이를 다시 찾아와 기른다고 해도 자신이 '버렸다'라는 죄가 지워지지 않는다는 것의 깨달음, 사과는 다른 존재에게 하는 것이 아니라 자신에게, 계속해서 지워지지 않는 죄를 떠올리는 자신에게 해야 함을 이기호는 말하고 있는 것이 아닐까. 그는 물리적 대상에 대한 사과가 아닌, 자기 자신에 대한 반성적 사유의 필요성에 대해 말하는 것이다.

> "나중에 혹시 나한테 사과하고 싶은 마음이 생기면 말이야."
> "그러면?"
> "그냥 너한테 해."[10]

　사과하고 싶은 마음이 생기면 상대방이 아닌 자기 자신에게 하라는 이 말은, 죄의식을 지배하는 자에 대한 기계적 사과의 공허함을 체득한 자에게서나 나올 수 있는 용서의 말이다. 반성적 사유를 통해서 자신을 스스로 반성하는 것–그것이 지금, 필요하다고 이기호는 역설하고 있는 것이다. 이 방법이야말로 죄의식과 고백의 무한 순환 속에서 벗어날 수 있는 방법이기 때문이다.

　멀리 왔다고 생각했지만, 아직도 병원의 십자가는 높은 곳에서,
　가까운 곳에서, 우리를 내려다보고 있었다.
　나는 말없이 고개를 돌렸다.[11]

　작품의 마지막에 죄를 외면하고 있는 '나'는 지금까지의 죄의식을 지배하는 자에게 '사과'하는 자가 아니라, 나 스스로에게 사과하는 자이다. 이기호는 '사과'의 이중적인 사용을 통해서 체제라는 사회의 틀을 벗어나려고 한다. 그는 '사과'라는 성스러운 의미를 그 원래의 의미에서 떼어내어 '잘할 수 있는 것'으로 만듦으로서 세속화[12]시킨다. 이는 조르조 아감벤의 세속화할 수 없는 것을 세속화[13]하는 정치적 과제의 실현을 보여주는 것이라 할 수 있을 것이다.
　이런 의미에서 이기호는 여전히 희망을 가지고 있다. 그는 희망의 실현을 끊임없는 반복을 통해서 성스럽고 순결한 의미의 개념을 세속

10　이기호, 『사과는 잘해요』, 200쪽.
11　위의 책, 220쪽.
12　조르조 아감벤, 김상운 옮김, 『세속화 예찬』, 난장, 2010, 134쪽.
13　위의 책, 135쪽.

화함으로서 체제의 틀 벗어나기를 시도한다. 그것은 체제가 밀수록, 포획하려고 할수록, 그 포획의 방향을 다른 곳으로 돌림으로써 다시 본질에 가까워지려고 하는 부지런한 체제의 틀 벗어나기라고 할 수 있을 것이다.

4. 밀수록 다시 가까워지는

이기호는 "얼마나 비윤리적으로 살아왔는지, 새삼 깨닫게 되었다"[14]고 말한다. 그가 '윤리' 라는 것을 추구하고 있음을 보여주는 이 말은, 역시 그의 방식대로, 자신이 '비윤리적임' 을 밝히면서 '윤리' 의 그늘을 살짝 비켜나간다. 지배적인 방식을 인정하고 거기서 벗어나는 방식-이기호의 이러한 방식을 「밀수록 다시 가까워지는」이라는 그의 단편 제목에서도 볼 수 있을 것이다. 소설이라는 형식을 변함없이 유지하면서도 거기에서 벗어나려는 끊임없는 노동으로서의 글쓰기를 하고 있는 것이 바로 이기호의 글쓰기이다.

정통적인 방법으로, 정면대결을 하면, 반대항이라는 구조를 가지고 이름만 바꾼 또 다른 정통적인 방식이 만들어진다.(「최순덕 성령충만기」) 이러한 충분한 실험을 통해서 이기호가 지향하고 있는 것은 '끊임없음' 이다. 예기치 않은 순간에 완고한 구조를 흔들 수 있다면, 그 예기치 않은 순간을 기다리면서 반복적 노동을 하면서 기다리는 것- 그것이 이기호의 방법인 것이다. 이기호는 이 예기치 않은 순간에 완

---

14 이기호, 『독고다이』, 랜덤하우스, 2008, 4쪽.

고한 구조를 흔들 수 있는 게릴라적인 방식으로 인간과 소설에 대해서 말하고 있는 것이다.

나는 삼촌에 대해서, 또한 프라이드에 대해서, 많은 이야기를 듣고, 또 많은 것을 알게 되었다고 생각했지만, 그래도 모든 건 제자리에 멈춰 있는 듯한 기분이 들었다. 조금 알게 되었다고 생각하는 순간, 삼촌은 다시 저만큼 달아났고, 무언가 흩어진 퍼즐을 거의 다 맞췄다고 생각한 순간, 또 다른 모양의 조각이 튀어나와 그림을 한순간에 원점으로 만들어 놓았다. 그래서 나는 그것이 내가 알 수 있는, 삼촌의 거의 모든 이야기가 아닐까, 이제 내가 할 수 있는 일은 그저 알고 있는 **이야기들을 반복하고 반복하고, 또 반복하는 일**이 아닐까, 지레짐작 손쉽게 생각해 버리기도 했다. 물론 그것들은 모두 내가 프라이드에 앉아서 한 생각들이기도 했다.[15](강조는 인용자)

2010년 11회 이효석문학상을 받은 이 작품은 이기호가 지금까지 해온 죄의식과 관련된 작업들이 어떤 의미를 가지는가를 반추해볼 수 있는 작품이다. 뒤로 갈 수 없는 자동차는 스스로의 뒤를 돌아보지 못하는 현대사회의 우리들과 닮아 있다.

87년이라는 상징적인 해에 삼촌과 삼촌의 자동차 '프라이드'에 얽혀 있는 이야기들은 삼촌이 사라진 이후에 주인공이 '프라이드'를 타

---

15 이기호, 「밀수록 다시 가까워지는」, 『밀수록 다시 가까워지는』(이기호 외), 문학의숲, 2010, 43~44쪽.

고 다니면서 알게 되는 것이다. 소설은 전진만 가능한 자동차와 과거를 돌아보려는 주인공 사이에서 팽팽하게 긴장감을 유지하고 있다. 87년 민주화 투쟁 당시 주인공의 삼촌이 노동운동을 하는 모임에서 프라이드 때문에 프락치로 몰렸던 사건과 삼촌이 사라진 사건을 되돌아보는 것이다. 이 소설에서 주목해야 할 것은 87년의 사건을 되돌아보는 사람이 그 당사자가 아니며 당사자의 추억이나 회고로 이 소설이 이루어지지 않았다는 점이다. 이기호는 다른 사람의 눈으로 그 역사를 되돌아보고 있다. 주인공은 당사자의 추억들을 고모부, 할머니, 고모의 말로 삼촌의 87년을 구성하려고 한다. 삼촌과 삼촌이 사랑했던 사람이 1987년을 과거 속으로 밀어 버리고, 그 속에서 사라져버렸다면, 주인공은 끊임없이 87년을 자신의 과거가 아닌 타자의 과거로 밀어내면서 87년에 다가가고 있다. 그것은 이기호가 여전히 끊임없이 진실에 다가가려고 하는 노동을 계속하고 있음을 뜻하는 것이라고 할 수 있을 것이다. 「밀수록 더욱 가까워지는」이 후진하지 못하는, 뒤돌아 반성적 사유를 할 수 없는 자동차와 사람들에 대한 말이었다면, 이전에 발표되었던 「백미러 사나이」는 전혀 반대의 플롯을 가지고 있다.

그는 그런 사람들 앞에 단 한 번도 모습을 나타내지 않았다. 아니, 어쩌면 한두 번 정도 모습을 나타냈을지도 모른다. 다만 사람들이 그를 알아보지 못했을 뿐. 사람들은 모두 제 갈길을 향해 앞으로 나아가기에 정신이 없었다. 미처 그를 기억하거나 회상할 만한 짬이 나질 않을 정도로. 그를 떠올리면 큰일이라도 날 것처럼...

—「백미러 사나이」, 193쪽

그는 두 눈을 감은채 묵묵부답이었다. 그저 계속 뒷걸음질칠뿐
이었다. 그의 그런 태도에 할 말을 잃은 리포터는 건강엔 아주 그
만이라는, 확인되지 않은 멘트를 세번이나 반복해서 웅얼거렸다.
그때부터 전국 공원이나 약수터에서 뒷걸음질치는 할아버지 할머
니들이 늘어났고, 그런 할아버지 할머니들과 부딪혀 넘어지는 아
이들이 기하급수적으로 늘어갔다.

─「백미러 사나이」, 194쪽

주인공은 머리 뒤쪽에 눈이 하나 더 생기게 된 사람인데, 얼굴에
있는 눈을 감으면 머리 뒤쪽 박정희의 눈이 세상을 바라본다. 뒤쪽으
로도 세상을 볼 수 있게 된 주인공은 계속해서 머리 뒤쪽의 박정희의
눈에 의존하게 되는데, 어느 순간 뒤쪽의 눈이 주인공의 삶을 지배하
려고 한다. 이 소설은 머리 뒤쪽에 독재자 박정희의 눈을 가지게 된 주
인공이 뒤쪽의 눈만을 의존하고 살아가던 삶의 태도를 바꾸게 되는
내용이다.

이 소설에서 '과거, 뒤, 이전'을 계속 '회고, 추억, 바라본다'는 것
은 주인공 안에 살고 있는 박정희에게 눈과 주인공의 삶을 내어주는
행위와 같다. 자신의 과거, 자신의 전성기, 자신의 추억을 회고하는 것
은 눈앞에 있는 현재를 계속해서 밀어내는 것이라고 할 수 있을 것이
다. 그러나 이러한 행위를 통해서 더욱 가까워지는 것은 지금 이 순간
의 위치이다.

결국 주인공은 앞으로 나아가기 위해서 몸을 뒷걸음질 수밖에 없
는 상황에 도달하게 된다. 이 상황에서는 앞으로 나아가는 것은 뒤로

몸을 움직이는 것이다. 뒤로 몸을 움직여야 앞으로 나아간다는 것은 과거로의 일방적 회상이나 회고를 통해서는 이루어질 수 없는 것이다. 그것은 과거를 소환하고, 기존의 권력을 그대로 행사하려고 하는 파시스트의 눈과 다르지 않은 것이다. 이 소설의 주인공처럼, 앞으로 나아가려면 끊임없이 뒤로 움직여야 한다는 것은 앞으로 나아가기 위해서 과거로부터의 움직임, 과거로부터의 반성적 성찰이 필요하다는 뜻일 것이다. 이런 의미에서 「밀수록 더욱 가까워지는」과 「백미러 사나이」의 의미맥락은 하나로 이어진다고 할 수 있다.

과거로부터의 끊임없는 반성적 성찰과 몸의 움직임이 만들어내는 것은 과거에의 죄의식이라거나 추억의 권리를 가진 '프라이드'와는 다른 것이다. 죄의식과 과거에 대한 '프라이드'가 만들어낼 '고백'은 분명히 기존의 체제를 유지하기 위해 반드시 필요한 작용이며 그것은 고백하는 당사자를 스스로 체제에 포획시킨다. 이기호가 하고자 하는 것은 이러한 '고백'에 대항하거나 외면하고자 하는 것이 아니다. 이기호가 하려고 하는 것은 고백과 죄의식에 사로잡히지 않으려는 것이다. 고백과 죄의식에 사로잡히지 않기 위해서 스스로가 스스로를 반성하고 용서하는 반성적 성찰을 '계속하자'고 하는 것이다.

이러한 이기호의 작업은 그에 대한 평가가 '스타일리스트'였을 때에도 계속되었고, 그 이후에도 계속된다. 이기호가 생각하는 틀에 사로잡히지 않는 것이란, 과거와의 관계 속에서 끊임없이 몸을 움직이고 스스로에게 사과하고 용서하는 데에서 죄의식에 사로잡히지 않는 것이기 때문이다.

이것이 이기호가 하고 있는 작업이다. 소설이라는 근대적 형식을 유지하면서도 끊임없이 그 틀을 벗어나고자 하는 작업을 계속하는 것-이것이 앞에서 말한 고진의 초월론적 전환과 맥락을 같이하는 것이 아닐까. 우리가 이기호의 다음 행보를 주목해야 하는 이유는 언젠가 죄의식과 체제에 사로잡힐지 모르는 그의, 그리고 우리의 소설을 어떻게 구원할 것인가와 관계된 것이다.

1987 10/27 구로동 출발 ->아현동 ->부천 춘의동 ->구로동 도착(총 63Km, 춘의 주유소 10 *l* 5,420원)

—「밀수록 더욱 가까워지는」, 29쪽

이기호의 전략이 「밀수록 더욱 가까워지는」 이라는 끊임없는 수행 속에서 일구어지는 것이라면, 우리의 일은 소설 속에서처럼 꼼꼼히 기록되어 있는 프라이드의 출발지, 중간 도착지, 최종 도착지, 총 운행 거리, 주유량을 기록하는 일일 것이다. 지금까지 기록되어 있는 이기호의 작업과 전략과 출발지와 중간 도착지와 운행거리, 그리고 주유량 때문에라도 다음 이기호의 행보는 너무나 기대되는 일이다.

이희원

'아무도 아닌 자들'의 윤리
— 배수아의 『북쪽거실』을 읽는 어떤 시선

> 존재한다는 것보다 더 공동적인 것은 아무것도 없다.
> 왜냐하면 그것은 실존의 명백성이기 때문이다.
> 존재보다 덜 공동적인 것은 아무것도 없다.
> 왜냐하면 그것은 공동체의 명백성이기 때문이다.
> — 장-뤽 낭시, 『무위의 공동체』 중에서

1. 아무도 아닌 자들

'객관적으로 실재하는 현실', '자명한 가치' 등 '총체적 거대담론'의 대전제가 의문과 회의의 대상이 된 것은 이제 낯설지 않다. 거대담론의 해체는 자본 논리의 심화나 미디어의 급속한 변화 등 현대 사회 토대의 특징과, 사람들의 욕망이나 가치관 등의 변화와 연동하여 하나의 새로운 시대적 감각으로 사회 전반에 작용하고 있다. 이 새로움의 핵심에는 공동체에 대한 사람들의 감각이 놓여 있다. 공동체는 한 사람이 스스로를 이해하고 세상을 향하는 가장 기본적 토대이다. 이러한 공동체에 대한 총체적 전망이 해체되면서 그 빈자리에는, 부자연스러운 과장으로 포장된 민족·국가 담론이 자리하거나 아니면 개인의 욕망이 놓이고 있다. 전자의 담론 속에서 공동체는 잃어버린 그 어떤 것이기에 회복해야 할 것이고, 후자의 담론 속에서는 되도록 깔끔한 방식으로 미련 없이 내버려야 할 것이 된다. 그러나 이처럼 공동체와 그 구성원 사이의 관계를 기계적 구성체 관계로 인식하는 관점을 통과할 때, 이들 간의 관계는 지속적인 투쟁 상태 이외의 형태로 인식하기가 쉽지 않다. 그리고 당연히 오늘날 요청되는 새로운 공동체의 감각을 담지도 못한다.

그렇다면 이 새로움을 돌파하기 위해 우리가 갈 수 있는 길은 무엇일까? 그것이 새로움이기 때문에 외계의 것을 가져오는 비현실적 방식일 이유는 없다. 창조는 전혀 새로운 것을 만들어내는 작업이라기보다는 기존의 것을 새롭게 볼 때 발견되는 것임을 우리는 알고 있다. 공동체의 새로움 역시 이러한 방식으로 접근할 필요가 있을 것이다. 우리는 공동체를 말하는 많은 언어를 이미 가지고 있다. 우리가 가야할 길은 동일성의 논리로 당연시되는 인식을 그 근본에서부터 낯설게 바라보는 태도와 그것을 통한 기존 의미의 갱신이다. 과거의 길을 되짚어서 그 향방을 살펴보는 과정에서 우리는 공동체의 새로움을 창출해낼 수 있는 것이다. 최근 문학계에서 윤리적 보편성이나 성찰적 근원의 탐색에 주력하는 작품과 비평들이 많이 등장하고 있는 것도 이러한 새로운 현상에 대한 보다 근원적 고찰의 일환이다.

이러한 관점에서 볼 때 최근에 나타난 일군의 소설들에서 사회 체계나 개념적 구조로 파악할 수 없는 요소들이 작품의 주조를 이루는 경우를 자주 보게 되는 현상은 문제적이다. 독특한 인물들의 난해한 갈등구조가 부각되는 배수아의 작품, 역사 자체를 회의하고 진실을 뒤흔드는 김연수의 작품, 언어를 배반하는 언어들로 채워진 한유주의 작품, 원시적 감각을 환기시키는 김유진의 작품, 최제훈의 캐논 변주곡 같은 서사, 박솔뫼나 한재호의 작품들 등이 대표적이다. 기존의 언어로 호명할 수 없는 생경한 서사와 낯선 인물들의 여정이 제시하는 문제의식은 바로 지금 말하고 있는 새로운 시대감각과 연관되는 것으로 보인다.

이를 가장 잘 드러내고 있는 작품 중 하나는 배수아의 최근작 『북쪽거실』이다. 1993년 문단에 등장하면서부터 배수아의 작품은 이미지 위주의 포스트모더니즘 글쓰기라는 이름표를 달고 그 독특한 세계관을 전면화했다. 특히 2002년도에 『이바나』를 발표한 이후부터 그의 작품세계는 국가와 민족, 문화, 자본의 이데올로기들을 전복적으로 통찰하여 그 근원에 질문을 던지며 공동체와 공동체 내 구성원을 이야기한다. 그리고 그 시각은 끊임없이 진화하여 2009년에 발표된 장편 『북쪽거실』에서는 어떤 울림으로서 하나의 정점에 이르고 있다.[1]

범박하게 말하는 것이 허용된다면, 근대 소설의 기본적 서사구조이자 독법의 지도는 두 명의 신화 속 인물의 전유로 단순화할 수 있

---

[1] 2000년대 중반에 보여준 배수아의 공동체의 감각은 현실에서 실제 사람들에게 강요되고 있는 공동체가 개체로서의 인간에게는 폭압적인 방식으로 작동한다는 것에 대한 비판의식의 표출에 집중되어 있었다. 『이바나』나 『동물원 킨트』 등에서 그것을 확인할 수 있다.(이수형, 「공동체와 타자-배수아 소설 속의 가치론과 의미론」, 『문학과사회』, 2003년 가을호 참조) 그러나 그녀는 이러한 지점에 머물지 않고 작품 세계의 갱신을 지속하여 가능한 공동체에 대한 상상을 멈추지 않는다. 그리고 본고에서 살펴볼 『북쪽거실』이 이 문제의식에 대해 일단락을 짓고 있는 것으로 보인다.

다. 오이디푸스와 오디세우스가 그들이다. '오이디푸스 콤플렉스'를 트라우마로 가진 개인들의 인정투쟁 과정이, 루카치의 문학적 총체성 담론 속에서 오디세우스의 여행으로 은유되는 성인 남성의 '인생 사용법'으로 성숙해가는 것이다. 이 틀이 지금까지도 유효한 소설적 총체성을 구성하는 근원적 뼈대라면, 배수아는 『북쪽거실』에서 '아무도 아닌 자'라는 인물유형을 구체화하면서 이 요소들을 모두 전복한다. 다음 인용문에서 이를 단적으로 확인할 수 있다.

> 오늘은 눈이 멀고, 내일은 노인이 되리. 그리고 나를 벗어나 허공에 자국을 남기며 지나가는 나, 눈먼 자이며 노인인 나, 그렇게 나를 응시하는 나, 그 나는 오늘 집으로 돌아가지 않겠어. 아무도 아닌 자의 아내란 아무의 아내도 아니란 뜻이다.
>
> —배수아, 『북쪽거실』, 109쪽[2]

화자인 '수니'는 낭송극의 목소리 배우이며 사회적으로 성공한 남편을 둔 유부녀이다. 인용문은 그녀가 '희태'를 찾아와 동거를 제안하며 하는 말이다. "오늘은 눈이 멀고, 내일은 노인이" 될 것이라는 그녀의 말은 오이디푸스의 기구한 운명을 떠올리게 한다. 그는 운명적으로 패륜의 삶에 처하고 눈이 먼 채 외로이 거친 들판을 떠돌게 된다. 반면 수니는 자신이 가정을 버리고 희태를 택하는 것이 돈과 명예, 안락한 남편과의 삶을 버리는 것이며, 그 때문에 자신이 눈이 멀

---

2 배수아, 『북쪽거실』, 문학과지성사, 2009, 109쪽. 이후로 작품 인용은 본문에 페이지만 표시하기로 한다.

고 노인이 될 것을 알지만 그 길을 죄의식이나 불안으로 감당하지 않는다. 희태의 동의도 장담할 수 없는 상태에서 그녀는 그와의 동거라는 아무것도 보장되지 않은 길을 자신의 길로서 담담하게 택할 뿐이다. 그렇기에 그녀에게는 오이디푸스의 트라우마가 없다.

그리고 그녀는 "아무도 아닌 자의 아내"가 된다. '아무도 아닌 자'는 오디세우스가 거인 괴물 폴리페모스와 대결할 때 사용했던 이름 '우티스'의 의미이다. 수니는 오디세우스를 그의 또 다른 이름이지만 부각되지 않았던 이름인 우티스로 소환한다. 또한 오디세우스가 자기동일화의 방식으로 전유했던 아내 '페넬로페'는 '우티스의 아내'로 호명하면서, 결국 페넬로페를 그 누구의 아내도 아닌 자, 따라서 왕비라는 사회체제 내 의미를 제거한 채 아무도 아닌 자로 변모시킨다. 그리고 그 자신도 이러한 방식으로 아무도 아닌 자가 된 채 목표 없는 허공의 여정 길에 올라, "집으로 돌아가지 않"을 것을 결심한다. 이를 통해 오디세우스에서 전유해온 근대적 성인 남성의 인생 사용법은 전복된다. 그녀는 트라우마가 없기에 투쟁하지 않고, 삶의 목적을 허공에서 찾기에 체제에 포섭되지 않는다.

즉 '아무도 아닌 자'는 그가 속한 어떤 사회 체제나 매뉴얼로도 규정·포획될 수 없으며, 바로 그 이유로 새로울 수 있다. 그리고 이러한 소설적 지향은 통상적으로

사용되고 있는 공동체와 공동체 구성원의 의미, 그리고 그 관계 형성
의 역학구조를 파기하고 재구축한다. 이 글에서는 이와 같은 문제의
식을 바탕으로 배수아가 『북쪽거실』을 통해 보이고 있는 전위적 세계
를 낭시의 공동체 개념으로 타진해보고 그 윤리적 지향점에까지 나
아가보고자 한다.

2. 낯설거나 혹은 전위적이거나

배수아의 『북쪽거실』은 읽기가 수월한 작품이 아니다.[3] 작품의 가
독성을 떨어뜨리는 핵심은 작품 구성의 요소들이 자명하다고 전제되
는 인식적 동일률을 전제로 하지 않기 때문이다. 예를 들어 '수니'는
인물들의 환상이나 꿈, 생각 속에서 '수알란'이자 '순이'이며 'a여
인', '북쪽 거실에서 온 여인', '보이지 않는 부족의 여자 샤먼'이 된
다. 또한 이들 각각은 다른 사람이기도 하다. 즉 이들은 여러 명이면
서 동시에 한 명이다. '수니'의 애인인 '희태'의 정체 역시 그러한 방
식으로 여러 사람으로 치환되면서도 희태 한 사람이다. 수니와 희태
의 관계도 하나의 이름으로 칭하기에는 무리가 있다. '수니'와 '희
태'는 첫 만남에서부터 이미 다른 남녀들과 중첩되는 연애 사건들 속
에 놓여 있었다. 그래서 그들은 서로에게 내연의 남녀이자, '내 사랑'

---

3 김형중이 이 작품에 대해 "사력을 다해 읽거나, 혹은 가급적 이른 시기에 읽기를 포기해야
  할 책"(김형중, 「꿈-배수아 풍으로」, 『북쪽거실』, 273쪽)이라고 말한 것은 이러한 맥락에서
  이다. 그러나 작품을 계속해서 살펴보게 되면, 즉 '사력을 다해 읽'어보면 이 난해한 요소
  들이 작가의 주제의식 형상화를 위한 고도의 전략 속에서 배치된 필수불가결의 것들이자,
  주제 자체를 구현하고 있는 것임을 확인하게 된다.

이라는 호명을 다른 남녀에게 이미 빼앗긴 자들이다. 또한 그들의 연애는 수니가 '수용소'로 들어간 뒤로는 관계를 끝낼 기회를 잡지 못해 여전히 연인 사이이면서 동시에 공간상으로 너무 떨어져 있기에 연애를 한다고도 말하기 어려운 상황에 처한다. 이들은 서로를 '아는 사람'과 '애인'의 사이에, 또는 '이별'과 '만남'의 경계 어디쯤에 놓아둘 뿐이다. 파편화된 서사 속에서 확인할 수 있는 사건들의 맥락도 독백과 대화, 편지, 일기, 유언장의 기록 등을 통해 서술되기에 그 명확성이 담보되지 않으며 기록자의 시각에 한정된 진술만이 나타날 뿐이다. 기록된 것이 실제에 대한 기억인지 꿈이나 환상 속의 이야기인지도 불명확한 채로 화자는 실제와 가상의 공간을, 그리고 자신의 환상에서 상대방의 환상 속을 오가며 그 경계를 수시로 넘나든다. 이와 같이 복잡한 서사의 조각들은 끊임없이 시공간을 확장하고 사건을 변화시키며 움직인다. 즉 그 조각들이 퍼즐의 조각처럼 완결된 구성물로 맞추어지는 것이 아니라 일종의 기하학적 무늬처럼 지속적으로 변화하면서 뻗어나가는 것이다. '수니'가 '순이'이자 '수알란'이며 'a여인'이듯이 말이다.

수니가 갓 학교에 입학한 해, (중략) 그러나 여든 살이 된다면, 기다리거나 얻지 못하는 것, 사라져버린 것에 대하여 지금과는 다른 감정을 갖게 될지도 모른다. 그런데 수니는 자신이 지금 현재 여든 살이 아니라는 사실이 갑자기 믿기 어려워진다. 나는 지금, 하필이면, 다른 나이가 아닌, 여든 살이 아님이 분명한가. 이것은 교육받은 현대적 의심의 일종인가? 결국 누구나 다 총체적으로 속고 있다는 강박관념. 의사가 예방주사 바늘을 수니의 팔에 찌르는 순간 라디오에서는 낭송극의 한 구절이 흘러나올 것이다. '삶과 죽음의 경계가 우리가 생각하는 것만큼 치명적으로 선명하지 않다면, 지금 이 말을 머리에 떠올리는 우리들 자신이 분명히 삶의 영토에 있다는 사실을 증명해줄 사람은 누구인가.' (201~202쪽)

화자는 수용소 생활을 하고 있는 중년의 수니이다. 이 수용소는 자유롭지 않을 것을 선택한 자들이 현실의 삶을 모두 반납한 채 스스로 감금되어 있는 곳이다.[4] 수용소의 재정적 이유로 그곳을 떠나게 된 수니는 연인처럼 지내던 남자를 찾아 수용소의 병동을 헤매게 된다. 인용문은 그녀가 그 와중에 잠시 상념에 빠지는 부분이다. 그녀는 학교에 갓 입학했으니 8살 정도였을 자신을 떠올리고 있다. 그런데 8살의 수니는 스스로를 여든 살이 아님을 믿을 수 없어 한다. 그 기억을 뚫고 흘러들어오는 라디오의 목소리는 중년의 수니가 읊조리는 낭송극 한 구절이다. 이 상념의 순간에 어린 수니와 중년의 수니, 그리고 노년의 수니는 한 자리에 모인다. 그리고 현재가 몇 살의 수니인지에 대한 경계는 불분명하게 된다. 그녀가 말하듯 8살의 수니와 80살의 수니를 구분해주는 것이 결국은 어떤 사태를 대하는 "지금과는 다른 감

---

4 『북쪽거실』에는 '수용소'라 불리는 일종의 감옥이 등장한다. 이곳의 수용자들은 죄를 지은 자들이 아니라, 스스로 사회적 의미의 자유와 직업적·경제적 소유물을 포기하고 스스로를 수용소에 유폐시킨 자들이다. 이 공간은 김대산이 지적했듯 '죽음의 수용소'로서의 우리의 '몸'을 상징하면서 '자유'의 개념을 재고하도록 한다.(「어느 소설가에 관한 에세이-배수아의 『에세이스트의 책상』에서 『북쪽거실』까지」, 『문학과사회』, 2009년 겨울호) 그러나 그의 수용소에 대한 논의가 결국 "알 수 없는 미지의 몸"(427쪽)이라는 모호한 말에서 그 해석이 멈추는 것은 수용소의 의미를 '자유'에 한정시켜서 본 채, 시공간의 해체에까지 나아가고 있음을 보지 않고 있기 때문이다. 수용소는 '외존하는 단수의 낯선 삶'이 보여주는 실존의 실체에 가깝다.

정"일 것이라면, 자아정체성을 특정 나이로 고정시키는 객관적 지표는 존재하지 않게 된다. 즉 중요한 것은 현재 자신이 사회적으로 부여받은 나이가 몇 살인가 하는 점이 아니라 현실 속에서 어떤 방식으로 자신을 구축하는가 하는 점인 것이다. 이와 같은 방식으로 『북쪽거실』은 시·공간의 제한적 방향성이나 인과 논리가 무의미한 세계를 만들어낸다. 이러한 해체적 요소들은 확정적 개념으로 구축된 언어의 세계를 내파한다. 자유의 개념을 파기하는 방식이 그 한 예가 될 것이다. 인용문은 희태의 애인 '린'이 말하는 '자유'이다.

> 누가 자유를 원하지 않을 만큼 자유로울 수 있을까요? (중략) 무엇으로부터의 자유인지 조건을 규정하지 않으면 자유라는 단어는 공허할 수밖에 없는데, 그 조건은 본질상 끝이 없으므로, 왜냐하면 인간은 끊임없이 자유의 제약 조건들을 생성해내고 발견하고 창조하고 낳고 있으므로, 유한하고 폐쇄적인 이 세상의 언어 차원에서 본다면 자유라는 개념은 자체 오류예요. 우리의 자유는 조건 앞에서 늙어 죽어간답니다. (68~69쪽)

그녀의 말을 따라가 보면 우리는 '자유'를 살아내는 방식에 두 가지 길이 있음을 추측할 수 있다. 하나는 이상적인 상태로서의 '자유'에 도달하기 위해 "자유의 제약 조건"을 끊임없이 타파하다가 늙어 죽어가는 길이다. 이는 자유를 자유 상태로 두기 위해 많은 조건을 구축해야 한다는 것을 의미한다. 조건적 자유란 결국 조건에의 귀속이다. 다른 하나는 '자유'를 개념적으로 상정할 때, 언어의 한계로 말미암아 필연적으로 이상적인 형태로는 존재할 수 없음을 받아들이는 길이다. 이 두 번째의 길은 '자유'라는 개념으로 자유를 찾는 것은 언어유희일 뿐이기 때문에 '개념'으로서의 자유로부터 자유로워지기를 지향하는 길이다. 린의 입장은 후자인데, 이는 자유가 개념으로 조건 지어지기 전 아무것도 아닌 상태, 무엇이라 호명할 수 없는 상태일 것이다. 선험적으로 실재하는 '자유'는 파기된다. 이제 '자유'는 오직 '속박'이라는 어두운 면으로 인해 발현된 부속물 중의 하나로, '속박'의 개념 속에 포함되는 한 종류의 '속박'일 뿐이게 된다. 개념으로서의 '자유'는 그러므로 '자유롭지 않음'이다. 그렇다면 '자유로운' 사람의 입장에서 볼 때 스스로를 수용소에 유폐시켜 속박의 상태를 살아가는 수용자들은 그렇지 않은 사람들보다 오히려 자유로운 사람이다. 수용자들에게는 주어진 자유가 많지 않기 때문에 그만큼 속박당할 제약 조건이 적을 것이기 때문이다. 이에 의해 '자유'는 '속박'의 일부분을 의미하게 된다. 『북쪽거실』에서는 이러한 방식으로 실재가 환상의 일부로, 현실은 꿈의 일부로, 삶은 죽음의 일부로 치환되고 있다.

이와 같이 『북쪽거실』의 세계는 자명하게 받아들여지는 세계 인식의 전제가 모조리 정지된 하나의 낯선 공동체이다. 그럼에도 불구하고 이 낯섦은 단지 비현실이 아니다. 오히려 자명함의 요소들로 결박해놓았던 현실의 거칠고 무질서하며 치명적인 면모를 폭주시킨 것 같은 전위적인 진실이 있는 곳이다. 견고한 양하는 사회 질서가 실은 그렇지 않음에 대한 외면할 수 없는 증거로서 말이다. 동일률의 사회 체제 속에서 끊임없이 자유와 이해, 소통에 갈급하는 스스로를 모순과 비논리로 이해시키려 해보았던 사람들이라면 누구나 당면한 적이 있고, 어쩌면 항상 당면하고 있는 낯섦이 바로 이것이다. 그 낯섦이 비정상이 아닌 실재의 진실로 작용하는 비동일성의 공간이 이 작품의 시공간인 것이다.

여기서 동일성 논리가 해체된 공동체를 추동하는 알파이자 오메가는 분유(分有, partage)하는 단수들이다. 단수로서의 인간은 끊임없이 외부에 열린 형태로 존재하기에 하나의 본질이나 정체성으로 고정될 수 없고 온전한 이해와 소통으로 공존할 수 없다. 불안한 낯선 유한성으로 서로가 서로의 존재를 한계 짓는 것이다.[5] 이들은 낯섦 앞에서 끊임없이 당황하고 그 상황을 수용하기 위해 동일률의 인식틀을 갱신할 수밖에 없다. 수니를 비롯하여 순이, 낯선 여인 등 희태가 만나는 여자들은 거의가 희태 앞에 갑자기 나타난다. 이 낯선 도래를 희태는 거부하지 않는다. 그렇다고 그 상황을 이해하려 하거나 정리하지도 않는다. 그와 다르기에 이해할 수도 만족스럽지도 않은 낯섦이 그녀들의 형상으로 그에게 육박해올 때 그는 단지 그것을 열심히

---

5 『무위의 공동체』에서 낭시는 내재주의적 동일성을 지향하는 국가, 사회 체제, 윤리나 도덕, 이데올로기의 해체를 공동체에 관한 입장에서 시도한다. 그는 흔히 사람들이 공동체에 대해 생각할 때, 그것이 근대 이후 잃어버린, 그래서 되찾아야 할 이상적인 동일성의 지향점으로 상정하는 경향이 강한데 그것은 옳지 않다고 말한다. 그리고 공동체란 와해되거나 잃어버릴 수 없는, 실존하는 존재들을 상정할 때 동시적으로 전제할 수밖에 없는 것이라고 지적한다. 그의 언어로 말하자면, 분유(분할과 분배)하는 단수로서의 존재들이 이미 드러내고 있는 것이 공동체인 것이다. 즉, 내재적 동일률 속에서 실존은 존재하지 않으며, 끊임없이 외부와 내부의 경계에서 분유하는 존재들인 단수들만이 '자기'를 설명할 수 있기 때문에 그 외존(外存, exposition. 외부를 향하고 있는 존재 자체로서의 내부. 낭시는 '입'이 존재하는 방식이 외존을 잘 보여준다고 설명한다)의 상태는 공동체를 전제로 한다는 것이다. 단수성(單數性, singularité)은 그 어떠한 것에서 유래되지도, 어떠한 배후도 가지고 있지 않다. 그것은 유한성 자체로서 언제나 타자이고 분유되며 노출된 것이기에 연합의 가능성 없이 소통의 가운데 실존한다. 이처럼 단수들은 외부로 향한 채 분유하는 방식으로 실존할 수 있기 때문에 고정된 의미나 본질을 가질 수 없고, 공동체 역시 그러한 것이라고 본다.(장-뤽 낭시, 박준상 옮김, 『무위의 공동체』, 인간사랑, 2010 참조)

받아들일 뿐이다. 수니가 수용소에서 만나는 '남자' 와 맺는 관계 역시 이러한 낯섦 속에서 의미를 가진다.

외모는 그런 식으로 살아남아 자아의 일부가 된다. 그런 표정이다. 수니에게 외모는 이미 오래전부터, 존재의 피부이며 정신의 의상이다. 사랑과 같은 고귀한 정신의 영역에서 외모를 무시할 수 있다는 말은, 그러므로 모순일 수밖에 없다. 나는 당신의 육신을 사랑해요, 하고 수니가 남자를 향해 열렬하게 말한다. 그리고 남자의 가슴을 향해 몸을 던진다. 남자는 심각하게 불편한 표정이 된다. 남자는 자신의 육신을 사랑하지 않게 된 지가 이미 너무나 오래이기 때문이다. 그러나 가슴에 안긴 수니의 머리칼을 말없이 쓰다듬는다. 그리고 수니의 두개골 뒷면의 볼록 튀어나온 부분을 만지작거린다. (중략) 당신은 날, 내 육신을 똑똑히 기억해야 해요! 하고 총알처럼 말하고 있던 수니의 육신은 그 자체가 수니의 삶이자 이데올로기였다. 이윽고 수니가 고개를 들고, 남자로부터 몸을 떼자, 그들의 육신은 서로 물끄러미 마주 본다. 한없이 오래 쓰다듬는 눈길, 오직 육신이 있으므로 가능한, 이 특별한 행위와 순간.(209~210쪽)

'남자' 는 수니의 수용소 연인이다. 인용문에서 확인할 수 있듯 이들이 애정을 확인하는 과정은 단수들의 유한한 소통을 잘 보여준다. 수니의 경우에는 정신의 육화로 자신의 신체를 인식하기에 남자를 향한 열렬한 감정은 그의 육체로 향해 있다. 반면 남자에게 육체는 "심각하게 불편" 한 것, 혹은 두개골처럼 앙상한 것이다. 다만 수니의 애정 표현에 응답하고자 수니의 방식에 맞춰, 수니의 머리를 쓰다듬는 행위를 할 뿐이다. 그것은 그가 수니의 "두개골 뒷면의 볼록 튀어나온 부분"을 만지는 것으로 서술됨으로 해서 무감동하고 딱딱한 행동으로 형상화된다. 감정의 교류, 혹은 소통이라 불리는 것이 상호성을 획득하지 못하고 단절되는 양상이다. 그럼에도 불구하고 그 단절은 절망과는 거리가 멀다. 이들이 서로를 확인하는 중요한 순간은 그 다음이다. 수니와 남자가 몸을 떼고 서로가 서로의 육신을 "물끄러미 마주 보는" 그 순간 말이다. 이들의 사랑은 분명 육체를 통해 구현되는데, 그 방식이 육체의 결합이 아니라 분리가 일어나는 그 잠깐 동안의 한없이 오랜, 그리고 특별한 순간인 것이다. 둘 사이의 교감은 합치된 친밀감의 완성이 아니라, 시선의 거리를 두고 확인하는 서로의 차이 나는 신체이다. 그것은 단절감이자 이질감이며, 있는 그대로의 낯선 상대를 긍정하는 유한성이다. 이 유한성을 끊임없이 확인하는 것으로써의 소통이 이들을 서로에게 특별하게 만드는 근거이다. 그리고 이러한 단절은 자신에게조차 스스로를 낯설게 한다. 불현듯 여행길에 오르는 수니의 모습은 이러한 단절이 가진 전위적 의미를 잘 보여준다.

어떠한 여행이라도 한 여행자를 변화시킨다는 것은 맞는 말이리라. 특히 길고 고독한 여행은 더더욱. 길고 고독하며 아무 일도 일어나지 않은, 텅 빈 페이지처럼 공허한 여행, 그리고 귀향을 염두에 두지 않은 불안한 여행을 하는 중이라면 더욱 말할 것도 없겠지. 우리는 비자도 없이 국경을 넘는데, 확실한 것은 단 하나, 아무 곳에도 아는 이가 없게 되리라. 그러나 모든 불편과 좌절, 내용

없음에도 불구하고, 늙고 지친 채로, 늙고 지친 다른 나가 되어 되돌아와야만 하는 여행만큼 음울하고도 기괴하며, 슬프게도 불가피한 사건이 우리 인생에 또 있을까. 아무런 변화도 남기지 않은 그 길고 허무했던 여행만큼 우리를 결정적으로 변화시키는 것이 또 있을까.(251~252쪽)

수니는 8년간의 수용소 생활을 마친 후 곧장 일에 복귀하고자 한다. 그래서 스튜디오로 향하는데, 그 와중에 불현듯 그녀는 기차를 타 버린다. 그리고는 어딘지 알 수 없는 낯선 장소에 내린다. 위 인용문은 바로 그 순간 수니가 느끼는 감회이다. 고독과 불안으로 점철된 귀향지 없는 여행은 스스로가 스스로에게 부과한, 그러나 급작스럽게 도래하여 당혹스러운 현실이다. 그녀는 그러한 낯선 여행이 결국 아무런 변화를 남기지 않을 것을 알지만 바로 그 여행이 스스로를 가장 "결정적으로 변화시"킬 것도 안다. 그 변화는 고정된 동일성의 삶의 터전이 줄 수 없는 본질적 실존으로서의 자신과 조우할 수 있는, 즉 외존이라는 실존에 충실한 자만이 얻을 수 있는 변화일 것이다. 언어적 관념들로는 호명할 수 없는 낯섦을 살아내는 것이, 동일률의 세계에서는 아무도 아닌 자로서 아무것도 아닌 삶을 산다는 것이다. 수니가 시도하고 있는 귀향을 포기한 이 여행은 결국 자명한 것이라고 상정된 것들을 회의하고 질문의 방식으로 스스로를 바라보는 저항과 창조의 가능성에 대한 은유인 것이다.

이처럼 이 작품에서 단수들이 형상화하고 있는 외존하는 삶은 동일성의 논리로 설명할 수 없다. 그것은 개체의 삶을 획일화하는 세계의 기본 토대로서의 시공간과 언어로 쌓아올려진 이데올로기의 동일성 논리를 거부하고 자신과 세계를 그 근원에서부터 새롭게 바라보고 이해하고자 한다. 그리고 그러한 가치관에 대한 대안으로서 자기 내·외부에 대한 유한성[6]을 수용하며 그 유한한 소통을 통해 끊임없이 자신과 외부의 관계를 유기적으로 갱신해나가는 시도를 긍정한다. 동일화될 수 없는 타자에게 끊임없이 열리는 존재로서의 개체가 갖는 변화가능성은 곧 '아무도 아닌 자'의 역동성이자 윤리 의식이다. 이 유한한 소통 속에서 단수들이 가는 길, 즉 공동체의 모습은 끊임없이 낯설어진다.

그렇다면 새로운 삶의 양태라는 것이, 도래하는 타자와 사건을 받아들이고 동일성의 고정된 틀을 벗어나는 것에서 그 가능성이 그치는 것일까. 이 낯선 세계를 하나의 공동체로 지속시키는 구체적·생산적 전망이나 가능성의 전위는 어디에서 찾아야 할까. 이 지점에서 『북쪽거실』의 전반을 관통하고 있는 '글쓰기'의 작업이 중요하다. 그것은 '역사성' 혹은 '역사의식'과 연결된다.

---

6 박준상은 낭시가 제안하고 있는 유한성을 세 가지 층위로 구분하여 정리하고 있다. 첫째는 완전한 내재성의 불가능성으로서의 유한성이다. 이 말은 완벽하게 자기 안에 갇힐 수 있는, 그 스스로가 자신의 존재를 결정할 수 있는 개인이 없다는 뜻이다. 둘째는 만남의 유한성이다. 이것은 접촉, 즉 '무엇'에 의하지 않는 '무엇' 때문이 아닌 급진적 만남, 극단의 단수성이 실존들의 접촉이며 그 순수성을 정당화한다는 관점이다. 세 번째는 죽음이나 병, 고독 등 한계상황에 놓여 있는 인간의 존재양상을 의미하는 유한성이다. 죽음에로의 접근은 '나'의 규정이 무효화되고 익명적 실존으로 되돌아가는 경험이기에 '나'는 타인을 향해 열려 있을 수밖에 없다는 것이다.(박준상, 「장-뤽 낭시와 공유, 소통에 대한 물음」, 『철학과 현실』, 2003년 여름호, 148~149쪽 참조) 이러한 유한성은 낭시의 철학에서 동일성의 내재적 틀을 해체하는 전제가 되고 있다. 그리고 그것이 배수아 소설 속 단수들로서의 인물들의 정념을 추적하는 데 효과적인 지침이 된다.

3. 사적(私的)인 사적(史的) 기록

한 사회에 동일성의 자장을 형성하는 가장 기본적인 합의는 역사, 혹은 역사의식이라는 신화이다. 이 신화는 그것을 공유하는 사람들에게 하나의 신성한 인과적 알리바이로 작동하여 그들을 공동체로 상상하도록 만든다. 근대 국가의 경우에 그 정당성은 국민 단위의 이익에 대한 충실함과 국가 경계의 안전한 확보 등을 통해 담보될 것이다. 따라서 역사는 객관적 사실을 기록하는 영역이라기보다는 국가 공동체를 응집시키는 유효한 사회적 통제의 장치이다. 때문에 역사 기록은 내재적 동일률의 관점이 전제된 중심주의적 권력 의지의 결과물임을 부정할 수 없고, 동일성의 이름으로 타자를 억압하는 것에 정당성을 부여하는 식으로 악용될 소지가 많다. 이에 대한 예는 오늘날 전 세계에서 발생하고 있는 많은 민족적·종교적 유혈사태나 경제적 이해관계에 의한 계층 간 충돌 등이 공동체의 이름으로 정당화되는 방식 등에서 쉽게 확인할 수 있다. 역사와 역사의식이 하나의 절대적 신성함으로 물신화된 배타적 공동체 의식을 강화하는 방식일 경우에는 그것이 아무리 아름답고 선한 의도를 가지고 있다 하더라도 동일성의 집단 외부에 배타적 대상으로서의 타자를 양산하는 것에서 자유롭지 못하다. 따라서 역사 자체에 대한 근본적인 의식의 전환은 오늘날 요청되는 새로운 공동체의 감각을 상정하는 데 기본적인 작업일 것이다.

그러나 우리는 이 '역사라는 것'의 의미를 전적으로 거부할 필요는 없다. 역사적 기록은 분명 한 사회의 구성원이 사회적 책임감을 구현하는 중요한 추동력이기 때문이다. 그가 당면한 삶의 현장에서 어떤 역사적 의의를 도출하고 어떻게 그것에 부합하는 행동을 할 것인가를 고민하고 선택하는 윤리적 입장은 생각하는 존재로서의 인간 종 자체가 자기정체성을 만들어가는 과정에서 필연적으로 요청되는 사고의 틀이기 때문이다. 그렇다면 배타적 담론이라는 한계점으로부터 자유로우면서도 공동체의 일원으로서의 소속감과 사회적 책임의식을 고양시킬 수 있는 역사 기록은 가능할 것인가?

이러한 지점에서 우리는 『북쪽거실』에서 지속적으로 표면화되고 있는 사적(私的) 기록들을 살펴볼 필요가 있다. 앞에서도 잠시 언급했듯이 작품의 대부분은 인물들이 누군가에게 전해주거나, 혹은 누군가에 의해 발견되는 유언장이나 편지, 일기, 소설, 회상록, 메모, 엽서 등 개인적인 기록들, 그리고 그 기록들에 대한 낭송이다. 따라서 이것들은 실재의 기록으로 상정된 것이 아니다. 그것은 각 인물들이 현실을 감당하는 방식으로 기록된 2차적 텍스트인 것이다. 이 사적(私的) 기록들은 인물들이 당면한 현실에 대한 유의미한 응전의 구체적 기록이라는 점에서는 역사와 유사한 면이 있지만, 그것들이 객관적 사실이 아니라 각자의 입장에서 만들어지고 인식되는 주관적이고 상황적인 것일 수밖에 없음을 전면화한다는 점에서는 역사와 다르다. 따라서 인물들의 사적(私的)이고 문학적인 기록과 그것의 낭송은 역사의 기록과는 달리 시간과 공간에 대한 거대한 퍼스펙티브로 작동하지 않고, 그것을 해체하며 불가능하게 하는 기록이다. 분유하는 인물들이 맞닥뜨리는 낯선 사건과 사람들, 그리고 낯선 스스로에 대한 정념들의 사적(私的) 기록은 사적(史的) 기록들과 달리 동일성의 논리로 공동체를 상정하는 기록으로는 언어화할 수 없다. 대신 이들의 기록과 낭송은 자신을 포함한 세상이 실존함을 인지가능하게 하는 수단이자 그 증거로 정립될 수 있는 유일한 통로로 작동한다. 이는 기록이나 낭송에 대한 인물들의 입장에서 확인할 수 있다.

> 글을 쓴다는 것은 어느 순간을 형상화하여, 그로 인해 무한대의 '나' 중의 하나를 '나' 를 '나' 라고 지칭함으로써 가시적인 존재로 만들어 보인다는 뜻이다. 시간이 흐르면 그러한 가시적인 '나' 만이 내 안에서 살아남을 것이다. 다시 말하자면, 글을 쓴다는 것은 어느 순간을 형상화하여, 그로 인해 무한대의 사물 중의 하나의 사물을 '그것' 이라고 부름으로써 가시적인 존재로 만들어 보인다는 뜻이다. 시간이 흐르면 그러한 가시적인 사물만이 세계 안에서 살아남을 것이다. 그러니까 너(희태-인용자)는 자유로운 거구나, 하고 강은희는 말했다.(33~34쪽)

상대방을 똑바로 쳐다보는 것이나 대화를 하는 것은 희태가 스스로를 드러내고 상대방과 소통할 수 있는 편안한 방식이 아니다. 그가 타인 앞에 자신을 드러내는 방법은 글쓰기이며, 그것을 통할 때 비로소 그는 무한대의 가능성으로 열려 있기에 하나로 고정할 수 없는 단수로서의 자기정체성을 "가시적인 나"로 인식할 수 있다. 이때 획득하는 가시성이 곧 그에게는 살아남아 있음에 대한 일종의 존재증명이다. 그래서 그는 언제나 글을 쓰는 것을 좋아한다. 즉 희태는 일종의 '정념의 분출' [7]로서의 글쓰기를 통해 자신을 찾는 것이다. 하지만 그것이 오롯이 자신인 것은 아니다. 그 기록은 희태를 통해 탄생했지만 희태를 위해 봉사하지는 않는다. 그의 글은 자신과 내재적 상동성을 지키는 것이 아니라, 그와 동떨어진 채 그것 자체로 "어느 순간을 형상화"한, 따라서 그가 없어도 사물 자체로 "세계 안에서 살아남을" 존재 의의를 갖는 것이 된다. 글과 희태의 관계는 서로 종속적이지도 않고, 인과적 연결성이나 소유 관계로 확정되지 않은 채 서로가 서로의 흔적이 되는 것이다. 즉 글은 희태의 역사이자 역사가 아니며, 희태는 글의 서술 주체이면서 동시에 아니기도 하다. 은희가 그러한 희태에게 "그러니까 너는 자유로운 거구나"라고 말할 수 있는 것도, 자신의 기록을 통해 가시화된 희태가 그 글과 결별함으로 해서 다시 무한대로 열린 채 또 다른 글쓰기를 준비할 수 있음을 보았기 때문일 것이다. 그것은 새로운 사적(私的) 역사라 말할 수 있을 것이다. 수니의 경우에는 '낭송하기'가 희태의 글쓰기에 해당한다.

수니의 낭송극은 고운 목소리를 가진 성우가 스스로 이해하지 못하는 텍스트를 읽어나가는 것과는 다르다. 「아무도 아닌 자의 아내」는 실험적이고 매우 난해한 텍스트이며, 따라서 상업적으로는 거의 실패에 가까운 작품이었지만 수니는 그 작품을 유난히 사랑했다. 수니의 목소리는 텍스트를 다시 쓴다. 정확하게 말하자

---

7 "공동체라는 단일체도, 그 신성한 실체도 없다. 그러나 '정념들의 분출'이, 단수적 존재들의 분유가, 그리고 유한성의 소통이 있다. 유한성은 한계를 거쳐 가면서, 한 존재 '로부터' 타자 '로' 이행한다. 그 이행이 바로 분유이다. 따라서 공동체라는 단일체도, 그 실체도 없다. 왜냐하면 그 분유가, 그 이행이 완성될 수 없는 것이기 때문이다. 미완성이 그 '원리'이다.-미완성을 불충분성이나 결핍이 아니라, 분유의 역동성을, 또는 단수적 균열들에 따라 끊이지 않는 이행의 역학을 가리키는 역동적 표현으로 받아들여야만 한다는 의미에서 그렇다. 분유의 역동성, 다시 말해 무위의 역동성, 무위로 이끄는 역동성. 어떤 공동체를 구성하는 것도, 만드는 것도, 자리 잡게 하는 것도 관건이 아니다. 마찬가지로 거기에서 어떤 신성한 힘을 숭배하는 것도, 두려워하는 것도 관건이 아니다. 공동체의 분유를 미완성의 것으로 내버려두는 것이 관건이다." (장-뤽 낭시, 앞의 책, 85~86쪽)

면, 보통의 구술과는 역순으로, 글에서 목소리로 텍스트를 받아쓰
는 것이다. 작가가 글 속에서 다른 모습의 자기 자신으로—더욱
자기 자신이거나 더욱 자기 자신이 아닌—다시 태어나듯이 수니
의 목소리는 텍스트와 결혼하며 그 안에서 그들은 아기로 다시 태
어난다. 그리하여 함께 흘러간다.(78~79쪽)

수니에게 낭송은 단순한 읽기가 아니다. 그녀는 텍스트가 주어졌
을 때 읽지 않을 수가 없고,[8] 그렇게 그녀가 텍스트를 읽기 시작하면
인용문에서 보듯 그 텍스트는 작가에게서 나온 그것과는 다른 새로
운 것으로 재탄생된다. 이는 다른 성우들과 달리 수니가 텍스트 읽기
를 통해 자신을 가시화시키고 텍스트를 그녀만의 것으로 만들기 때
문이다. 그러나 그렇게 탄생된 텍스트는 희태의 기록이 그러했듯이
수니에게 오롯이 귀속되지 않는다. 그것은 수니의 것도, 작가의 것도
아닌 채, 목소리와 텍스트의 결혼으로 태어난 "아기", 그렇기에 전혀
다른 인격이 되어 "함께 흘러" 가는 것이 된다. 그리고 이러한 작업이
한 번으로 그치지 않는다는 점에서 새로 태어난 아기는 하나가 아니
다. 이처럼 외부를 향하는 수니의 창조적 작업은 작품 전반에 걸쳐 희
태와 다른 희태들, 수니와 다른 수니들에게 영향력을 끼치며 서로에
게 외존하는 관계를 증명하는 증거가 된다.
　『북쪽거실』의 인물들은 단수들로서 외존한다. 이들이 살아가는

---

8 작품 내에는 몇 차례에 걸쳐 수니가 자신도 모르게 글을 읽고 있는 부분이 등장한다. "수니
　는 자신도 모르게 편지를 소리내어 읽고 있음을 깨닫는다."(170쪽), "그러자 수니는 놀란
　다. 내가 이번에도 소리 내어 이 편지를 읽었단 말인가요?"(193쪽), "수니의 몸이 만들어내
　는 그런 소음은 수니를, 수니의 목소리를 방해한다. 수니는 소음의 육신으로서가 아니라,
　오직 목소리만으로 존재할 수는 없단 말인가."(203쪽) 등이 그 예가 된다.

방식은 사회 체제의 한 부분으로 생활하는 것이 아니다. 끊임없이 아무것도 하지 않는 불안의 상황에 자신을 놓아둔 채 자신을 둘러싼 동일성의 이데올로기들을 파기하고 넘어서고자 한다. 희태가 일찌감치 기자 생활을 그만두고, 수니가 수용소로 들어가면서 낭송극 배우 생활을 접는 것은 이러한 삶에 대한 예시라 하겠다. 린은 소설을 쓰거나 과거를 기록하는 일에 몰두하며 대학원생으로서 해야 할 일에는 무관심하다. 순이는 노인요양소 일을 그만두고 여행에 몰두하고, 은희는 정치활동가로서의 일을 그만두고 은둔한다. 이처럼 대부분의 인물들은 사회 구성의 체제나 이데올로기의 동일률에서 볼 때 '무위(無爲)'한다. 그렇지만 이들이 무위하는 양태는 고정된 상태가 아니라 스스로에게 가장 충실한 방식으로 세상에 대응하고 끊임없이 정념을 분출하는 방식이다. 그리고 그 분출의 결과물들이 하나의 문학적 기록 작업으로 구체화되고 있다. 앞에서 우리는 동일성의 추상적 언어 개념들이 파기되고 역전되는 것을 살펴본 바 있다. 이러한 과정은 바로 이 사적(私的) 기록, 단수들이 그들의 정념을 기록한 그들만의 역사인 사적(私的) 기록 속에서 획득되고 있는 것이다.

어떻게 하면 내가 환상하는 방식이 곧 나의 실재, 내 세상의 실재가 될 수 있을까 하는 것에 관심이 있을 뿐이에요. 나는 오직 환상을 사랑하고, 그것이 나를 사랑하도록 만들고 싶어요. 앞으로 시간이 흘러 나이와 이성이 나를 침범하여 나를 현실의 인간으로 만들어놓을지라도, 나는 지금의 이 환상과 헤어지지 않고, 언제까지나 함께 있고 싶어요. 어떻게 하면 그럴 수 있을까요? (중략) 네 환상은 네가 기록하는 만큼 성장하고 우거질 것이며, 그래서 너만

이 산책할 수 있는 검은 숲을 이루게 될 거야. (중략) 오, 나는 바란다. 네가 숲이 무엇인지 알기를…… 언젠가는 숲이 무엇인지, 그 속을 산책한다는 게 인간의 어떤 상태를 말하는 것인지 알게 되기를 가슴속 깊이 바란다…… 그때가 되면 너는 지금의 내 말을 더욱더 잘 이해할 수 있겠지. 네 환상은 네가 기록하는 만큼의 육체를 갖게 되며, 네가 기록하는 만큼의 고유한 현실성을 얻게 된단다. (중략) 절대로, 절대로 그 꿈에서 깨어나선 안 돼! 잊지 말아라, 삶의 목적어는 단연코 오직 꿈이라는 것을. 그러니 꿈을 살아! 꿈을 체험하고 꿈을 돌보도록 해! 그러기 위해서는, 기록해. 잊지 않도록, 깨어나지 않도록, 환상이 없는 현실로 가라앉지 않도록.(118～120쪽)

인용문은 고등학생 린과 국어선생의 대화이다. 린에게 환상은 그녀의 전부이다. 그래서 꿈과 환상을 실재와 현실로부터 지켜내고, 그것이 하나의 웅장한 "숲"으로서 "고유한 현실성"을 획득하기를 바란다. 그녀에게 있어서 그녀의 환상으로 만들어진 고유한 세상은 그녀가 꿈꾸는 그녀의 역사이다. 그런데 이 고유한 현실성은 숲으로 비유되고 있다. 숲은 미리 그 모양이나 크기를 상정할 수 없는 무한한 생명력과 변화 가능성을 가진 공간이다. 자신의 역사를 숲에 비유한다는 것은 그녀가 추구하는 역사가 동일률에 함몰되지 않은 채 영원한 생명력을 가지고 뻗어나가기를 바란다는 것이다. 자신의 환상으로 "기록"하는 만큼씩 그것은 만들어지는 것이다. 기존 역사가 권력자의 시선을 선택과 배제의 기준으로 삼아 현실을 역사적 승자의 성 안에 가두는 작업이라면, 린이 만들고 싶은 환상의 역사는 그녀가 사적(私

的)으로 기록하는 만큼 계속해서 성장하고 우거지는, 생성하는 역사이다. 여기에는 완결이나 승패가 없이, 변화의 지속이 있을 뿐이다. 수니와 희태, 린 등 외존하는 단수들의 역사는 이러한 방식으로 그들의 시간과 공간을 살아가는 것이고, 그러한 삶들로 구성된 공동체일 것이다.

오랜 시간에 걸쳐 수많은 나라들의 중고 골동품점과 고물상들을 전전하며 마침내 이곳까지 도달한 그 엽서들은, 우리가 사라져가는 우리들 자신의 이야기, 개인의 기록물에 의해 비로소 진술된 꿈의 이야기 속을 부유하며 살아가고 있음에 대한 증거이며, 우리는 우리가 꿈꾸었던 것들을 헤엄치며, 꿈에서 들은 것들을 기억하고, 그것을 말하며, 그리고 우리의 꿈과 연이어진 타인의 꿈에 등장하는 방식으로 계속해서 살아갈 수 있음에 대한 암시이다.(267쪽)

결국 단수들의 기록은 "골동품점과 고물상들"을 끊임없이 떠돈다. 그것은 누가 썼는지, 어디에서 왔는지 알 수 없다. 그렇기 때문에 창조자와 창조물의 귀속 관계도 없이 독자적으로 움직인다. 그렇지만 이 기록들은 언제나 사라져가는 운명에서 벗어날 수 없는 "우리들"이 "살아가고 있음에 대한 증거"이자 "살아갈 수 있음에 대한 암시"이다. 외부적으로는 세계를 향해 열려 있고, 내부적으로는 꿈과 무의식을 향해 열려 있는, 그러면서 동시에 외부적인 것과 내부적인 것이 섞인 채 존재하는 단수가 실존하는 방식은 끊임없이 자신을 지우는 방식일 수밖에 없다. 왜냐하면 그는 그의 앞에 열려 있는 사람이나 사건, 사물에 따라 스스로를 변화시키기 때문이다. 그가 남길 수 있는 생산물은 그 외존하는 순간의 정념을 기록하는 것뿐이다. 그리고 그것은 그가 살아 있으며 앞으로도 살아갈 것이라는 사실의 증거인 것이다. 여기서 우리는 단수의 실존이 곧 공동체의 존재 자체이며, 그 역의 관계도 진실임을 확인할 수 있다.

한 민족이나 국가의 역사에 대한 기록도, 한 개인의 일기나 엽서도 모두 기록이라는 면에서는 기록이 분유한 많은 형태 중 하나일 수 있다. 그런 점에서 글쓰기는 역사적 기록을 포함하는 보다 근원적이고 폭넓은 것이다. 단수들의 기록은 막강한 힘으로 영위되어온 권력자의 역사에 의해 잊힌 타자들의 숨은 역사가 존재한다는 방식으로 소수자들의 동일률의 역사를 자각하는 선에서 머물지 않는다. 또한 언어적 기록의 한계, 즉 기록하려 하지만 모두 기록할 수 없는 기록 자체의 불가능성을 기록하려는 부정 논리에 함몰되지도 않는다.[9] 그것은 모든 기록들을 포함하면서 지속적으로 변화하는 생명력으로 실존하는 글쓰기이다.

내재적 동일률 논리의 폭력적 종결성을 비판하는 논리로써 유한성과 미완성의 가능성을 긍정하는 무위의 공동체 의식[10]은 공동체가 변화가능성의 상태에 머물 수 있는 명분이다. 항상 외부를 향해 열려 있으면서 도래하는 것들과의 접속을 통한 변화를 지속하는 것은 실

---

9 역사가 완결된 퍼스펙티브로 작동하지 않음에 대한 문제의식은 많은 작가들에 의해 해체되어왔다. 이 지점에서 배수아는 책(『독학자』)이나 음악(『에세이스트의 책상』) 등 예술 세계에서 절대적인 진리를 찾는 작업을 해왔다.(박혜경, 「기원을 향한 물음-배수아와 김연수의 작품들을 중심으로」, 『문학과사회』, 2006년 가을호 참조) 그러한 성과들이 『북쪽거실』에 이르면, 예술 세계에서 찾은 그 진리를 삶 속에 녹여내어 공동체의 구성원인 개체들에 의해 실존적으로 구성되는 '사적(私的) 역사'를 만들어내고 있다.

상 무위의 공동체의 가장 역동적인 능동성일 것이다. 『북쪽거실』에서 인물들은 역사의 자리에 외존하는 단수들의 기록들을 배치한다. 그것은 더 이상 과거를 바라보는 하나의 고정된 동일성의 자장으로 작용할 수 없다. 왜냐하면 그것은 타자와 사건들 속에서 분유되고 해체된 채 시간과 공간을 떠다닐 것이기 때문이다. 이 글쓰기는 개체의 삶을 실존하게 하는 증거이자 기록들의 역사이며, 이것의 핵심은 동일성의 자장으로 작동하는 역사기술 논리에 대한 비판이자 해체적 전망인 것이다. 신화적으로 화석화된 역사의 기록이 아니라 각각이 생동하고 흘러넘치며 변화하는 '사적(私的)인 사적(史的)' 기록으로서 말이다.

4. 건조한 공동체, 그 윤리적 가능성

『북쪽거실』의 인물들은 충돌로 서로에게 도래하고 일체화된 합일로서의 소통에 연연하지 않는다. 그래서 관계를 단절하는 것에도 특별한 고통이 따르지는 않아 보인다. 때문에 그들의 삶에는 개인 내부, 개인 간, 개인과 사회 혹은 사회와 사회 사이 등에서 빚어지는 인과적

---

10 낭시는 '무위(無爲)'의 공동체를 상정하면서, 그것이 "어떤 수동성 가운데 있"으며, 따라서 "그것으로부터 직접적 행동을 가져오는 어떤 정치적 행동을 기대할 수는 없"고, 다만 "어떠한 정치가 되어야 하는가라는 물음 아래에서 현실 정치를 문제 삼을 수 있다"고 말한 바 있다. 그러나 여기서 무위가 갖는 "현실 정치를 문제 삼을 수 있"다고 제안하는 부분은 수동성이 아닌 능동적 적극성으로 읽힐 필요가 있다. 특히 그가 단수들의 '정념의 분출'인 분유의 과정에 강력한 역동성이 있음을 주장한 점이 핵심적이다.(장-뤽 낭시, 앞의 책, 11~12쪽)

맥락의 사건이 없다. 때문에 이러한 인물들이 모여 있는 공동의 장으로서의 공동체, 즉 분유하는 단수들의 공동체는 매우 건조해 보이며 때때로 공동체에 대한 상정 자체가 불가능한 것이 아닌가 하는 생각이 들게 한다.

그러나 이 건조함은 세상을 향해 열려 있는 그들의 입장이 비동일적인 낯섦을 실현하고 있기 때문이지 열정이 없거나 서로에 대해 무관심한 때문은 아니다. 자신과 타인, 사물과 사건에 대해 생각하고 이해하기를 멈추지 않는 그들의 외존하는 방식은 삶에 대한 열정이나 관심의 정도 차이가 아니라, 세상과 관계하는 방식의 윤리성과 연결되어 있다. 바디우는 오늘날 윤리가 타자에 대한 인정, 차이의 윤리, 다문화주의, 관용 등 문화주의에 기초하고 있는데, 그것이 '야만인에 대한 식민주의자적 경악'과 연결되는 '관광객적 매혹'이라고 말한다.[11] 이러한 방식은 자신의 동일성을 철저히 유지·강화하는 방식으로 타자를 대상화하는 것이지, 자신과 타자를 미지의 낯선 장에 놓고 같이 갱신해나가는 분유의 치열성은 없어 보인다.[12] 『북쪽거실』의 인물들이 보여주는 건조한 관계들은 낯선 불안 속에 온몸으로

---

11 알랭 바디우, 이종영 옮김, 『윤리학』, 동문선, 2001, 36쪽 참조. 바디우와 낭시의 관점은 깊은 접점을 가지고 있다. 낭시의 논의는 '공동체'라는 단어에 방점이 찍힌 관계로 '정치'의 옷을 입고 이야기되는 경우가 많다. 그러나 그의 주장하는 바는 단지 정치적이라기보다는, 정치보다 더 큰 시각에서, 나와 외부의 관계에 대한 보편적 관점이나 전망과 연결되어 있어 보다 윤리적인 것에 가깝다. 따라서 단순히 '정치'라기보다는 '윤리적 정치'라고 보는 것이 좀 더 낭시의 이론에 가까운 지칭일 것이다.

12 바디우는 진리의 실행이 자기보존적 법칙에 종속되지 않은 채, 고유한 궤적과 지속적인 단절을 시도하는 매우 어려운 일이라고 지적한다.(위의 책, 60쪽) 이는 곧 낭시가 말하는 '무위의 공동체'를 가능케 하는 지속적인 분유 속에 놓인 단수들의 외존하는 방식일 것이며, 건조한 방식으로 드러나지만 내부적으로는 엄청난 에너지로 삶에 집중하는 배수아의 인물들이 살아가는 방식이다.

실존하는 자들이 보여줄 수밖에 없는 진실의 양상이다. 즉 그들은 모두가 이질적인 존재들이기에 더 이질적이거나 덜 이질적인 존재를 구분할 수 없다. 즉 누가 더 혹은 덜 동질적이라고 묶을 수 있는 이도 없다는 뜻이다. 그 누구도 동일성의 논리로 대상화할 수 없는 이들에게 관광하는 자의 시선이란 존재할 수 없다. 서로 간의 차이는 구경거리가 아니라 스스로의 실존에 불안을 가져다주는 낯섦의 도래이기 때문이다. 고정적 언어로 확정할 수 없는 낯선 자들은 동일성의 논리로 따지자면 '아무도 아닌 자'들이다. 그러나 비동일성의 입장에서 볼 때 이들은 서로가 서로의 실존을 건드리며 각자의 존재를 확인시켜주는 핵심이다. 이들 사이에서 벌어지는 분유의 결은 그들이 쏟아내는 기록이나 낭송들에서 확인할 수 있는 것이다. 그것은 분유하기를 멈추지 않는 그들의 진리들과 역사들, 윤리들이 담긴 생산물이다.

우리 사회의 정치적·경제적·사회적 갈등은 여전히 위험하고 폭압적·대립적이다. 그런데 2000년대 이후 보이고 있는 시위의 방식은 80년대식 노동운동이나 데모대의 모습과는 달라진 경향이 있어 보인다. 2008년의 촛불집회를 예로 들어 보면, 당시의 집회는 엄청난 인파의 운집을 이루어냈지만, 특별한 지도부 없이 참가자 대부분이 자발적으로 모여 정치적 공동체 구성과 유지·발전의 주인으로서 입장을 분명히 하였다. 이들은 특정 계층에 한정되지 않은 남녀노소들이었으며, 다양한 현실 문제를 논의하였다. 또한 경찰과 대치하는 양상의 변화는 '적'으로 상정해야 할 존재가 진정 누구인가에 대해 이들이 성찰하는 깊이를 보여주기도 했다.[13] 이 집회는 집단 내 결속을 유지해낼 강력한 구심점이 없고, 권력층에 대한 현실적 응전력이 부족하다는 등의 비판을 받기도 했다. 하지만 그들의 달라진 모습은 '우리'라는 자기동일성의 자장 안에 타인을 흡수·배척하는 방식이 아니라 권력적 이데올로기에 대해 각자의 방식으로 낯설게 느끼고 그것을 낯선 방식으로 표명하며 대응하는 양상을 보였다는 점에서 분명히 새롭다. 그리고 이 지점에 대한 판단과 비판에는 배수아가 보여주는 '아무도 아닌 자'의 외존하는 삶이 놓여 있을 것이라 생각한다.[14]

　공동체는 본래부터 있었던 것도, 있었던 것을 잃어버린 것도 아니다. 이는 가질 수도 잃어버릴 수도 없는 것이다. 왜냐하면 그것은 우리가 각자를 외존하는 존재로 인식하는 한 언제나 우리의 존재 자체이기 때문이다. 우리가 외존하는 것은 곧 각자가 공동체를 전제로 한다는 것을 의미하며, 공동체가 없다면 우리 각자도 없는 것이다. 그런 점에서 공동체는 언제나 공동체를 구성하는 각 개체들과 동의어이다. 배수아가 『북쪽거실』을 통해 그려낸 세계에서 분유하는 단수들이 걸어가는 길은 자기 자신은 물론이고 자신의 외부를 낯선 시선으로 보고, 낯설기 때문에 언제나 변화가능성을 가진 채 외존하는 길이다. 이는 동일성의 논리로 철옹성을 쌓는 기존의 공동체를 거부하고, 공동체의 의미를 근본적으로 일신하는 작업이다. 낯설고 건조하

---

13 조정환, 「2008년 촛불봉기: 다중이 그려내는 새로운 유형의 혁명」(『자율평론』 25호, http://waam.net/xe/9134(2011. 7. 15)) 참조.

14 본고에서는 이 새로움을 낭시의 무위의 공동체 개념을 통해 도출하고 있다. 그러나 낭시가 이야기한 바 있듯 그의 개념은 유럽이나 일부 부유한 국가에 해당되는 분석틀이다.(박준상, 「고독의 정치」, 『자음과모음』, 2009년 겨울호, 853~857쪽) 그렇기 때문에 이 부분을 우리나라의 상황에 끼워 맞추기식으로 적용하는 것은 무리가 있다. 그럼에도 불구하고 이 논의는 서구화가 많이 되어 있는 현재 한국의 상황을 읽는 데 유효한 프리즘이 되고 있는 것은 사실이다. 앞으로 좀 더 정치하게 이 부분을 고찰해 보아야 할 것이다.

지만 매순간 도래한 상황에 충실할 것임을 의심할 수 없는 존재로서의 개체와 공동체. 그것을 구현하는 의식은 현대인들에게서 배수아가 감지해낸 것이면서 동시에 그가 요청하고 있는 공동체의 지향점이다. 이러한 문제의식이 공동체와 문학을 어떻게 갱신시킬지 확인하는 것은 앞으로의 과제로 남겨두고 이 논의는 여기에서 마무리하기로 한다.

김수현

경계, 불안, 눈(seeing)
— 영화 〈황해〉(나홍진, 2010)와 〈무산일기〉(박정범, 2011)

1. 경계 위에서

카메라는 경계 위에서 하나의 신체(body)가 되어야만 한다. 이때 카메라가 신체가 된다는 것은 카메라에 부여된 주체 중심적 시각적 특권을 지속적으로 이탈할 수 있어야 한다는 것을 의미한다. 경계 위에 서 있는 카메라는 이미 주어진 주체의 눈(seeing)을 신체로 이동시키는 끊임없는 운동을 통해 겨우 경계의 언저리를 매만져보거나 주체화의 경로에서 비껴난 인물들과 만날 수 있기 때문이다. 그런데 경계란 기본적으로 이 세계와 저 세계를 구획하고 분할하는 것이라고 한다면, 카메라가 경계 위에서 하나의 신체가 된다는 건 억측이 될 수밖에 없다. 그리하여 경계 위에 세워진 카메라는 하나의 신체가 아니라 분열된 몸, 찢어진 육체, 훼손된 신체가 될 수밖에 없다고 하는 것이 마땅할 것이다. 이는 카메라가 안과 밖의 분열을 온몸으로 받아들이는 과정과 다를 바 없으며, 이러한 과정은 경계의 내적 논리를 무비판적으로 수용하거나 무조건적으로 거부하지도 않으면서 경계의 문제를 탐색할 수 있는 유의미한 입구를 제공할 수 있을 것으로 여겨진다.

영화 나홍진의 〈황해〉(2010)와 박정범의 〈무산일기〉(2011)는 조선족 '구남'과 탈북자 '승철'을 뒤쫓으며 한국사회 내부를 구성하거나 지탱하고 있는 경계들을 더듬는다. 두 영화의 카메라는 한사코 인물의 내면과 접속하기를 거부하면서 일상적 리듬이 결여된 그들의 불안한 신체를 포착한다. 그런데 눈여겨보아야 할 것은 영화가 포착하는 조선족과 탈북자의 신체는 인격이 부여된 인간의 것이 아니라 '고깃덩어리'로 의미화되는 동물의 것에 가깝다는 점이다. 이는 국민국가-자본주의 내부가 경계를 넘어온 이방인에게 상실감과 박탈감을 부여하고 있다는 차원에 국한되지 않고, 경계의 언저리를 배회하고 서성이는 신체들을 어떻게 활용하고 있는가의 문제를 환기시킨다. 그러니까 현실의 국민국가-자본주의 구조를 떠받치는 데 동원되는 신체들은 포함과 배제의 단순한 구분법이 아니라 포함되면서 배제되고 배제되면서 포함되는 다층적인 차원에 놓여 있다는 것을 기억할 필요가 있는 것이다.

현실의 영역에서 남과 북의 영토를 분할했던 경계는 국민국가를 형성하는 동시에 조선족(재중동포)과 재일동포뿐만 아니라 탈북자와 같은 디아스포라(diaspora)적 존재를 만들어냈다. 여기서 주목해야 할 것은 1948년 남한정부의 수립과 함께 출현한 국민국가가 '동포'라는 개념을 생산함으로써 이들에 대한 이중적인 시선과 태도를 견지해왔다는 점이다. 즉 한편에서는 민족주의적인 차원에서 '우리

민족'이라는 의식을 고취시키고 강화했다면, 다른 한편에서는 국가주의적인 차원에서 이들의 존재를 국민국가를 위협하는 '공포와 감시의 대상'으로 여기게 만드는 이미지와 표상을 유포시켜온 것이다. 무엇보다 IMF와 함께 신자유주의 체제가 전면화된 이후, 조선족을 비롯한 이주노동자와 탈북자를 '(불)법'이라는 인장을 새겨 값싼 노동력으로 활용하고 있는 현실에서도 이들에 대한 이중적인 시선과 태도는 고스란히 침투되어 있다. 이는 지금—여기에서 이들 존재가 이미 국민과 다를 바 없거나 국민으로 받아들여야 마땅함에도 불구하고 실제로는 국민으로 받아들이지 않거나/못하고 있다는 것을 뜻한다. 요컨대 국민화—주체화의 원리는 현실에서 모순적이고 이중적인 층위에서 작동하고 있는 것이다.

그러므로 근대적 주체를 구성하는 정치철학적 문맥을 고려하기 위해서는 국가, 자본, 민족의 틀을 염두에 둘 수밖에 없다. 이 세 층위를 고려해야만 주체가 어떻게 생산되며 이와 함께 주체화의 경로에 들어갈 수 없었던 사회적 타자의 문제를 성찰할 수 있기 때문이다. 이러한 과정은 주체의 위치에 대한 원천적인 문제를 숙고할 수밖에 없도록 명령한다는 점에서 '윤리'의 문제와 밀접한 관련을 맺고 있다. 말하자면 윤리란 기본적으로 사회적 관계에서 '주체의 입장과 태도에 관련된 질문'이라고 할 수 있으며, 이는 주체의 문제를 현실의 사회적 관계에서 행위/실천되는 것과는 다른 방식의 문제의식으로 사고하는 것이라 말할 수 있다.

그런 점에서 윤리에 대해 질문하는 것은 주체의 새로운 모형을 구축하는 과정이라고 바꿔 말할 수 있을 것이다. 그러니까 주체가 국가, 자본, 민족적 주체화에서 비껴서거나 이탈해 있는 존재와 관계를 맺을 때 이 주체에게 새로운 관계 구성을 요구한다는 점에서 말이다. 이때 간과하지 말아야 할 것은 주체가 타자에 대해 이러저러한 방식으로 전유하거나 동일화하는 구조와는 다른 방식의 관계 구성을 정초할 수 있어야 한다는 것이다. 그러므로 이미 존재하는 사회적 관계 구성을 탈구축하고 새로운 주체 모형을 구축하는 과정은 주체로 규정할 수 없는 모종의 존재를 민족중심주의나 국가중심주의라는 합리성을 통해 규정하고 판단하는 것과는 거리가 멀다는 것을 기억할 필요가 있겠다.

영화 〈황해〉와 〈무산일기〉에 등장하는 구남과 승철이 근대 국민국가의 주체화의 경로에서 이탈된 존재라는 점은 분명하다. 두 영화의 카메라는 조선족과 탈북자의 존재를 주관적인 시점이 아니라 객관적인 시점에서 포착하고 있다는 점에서 동일한 태도에서 출발하고 있는 것으로 보인다. 그리하여 객관적인 시점을 지배적으로 활용하는 카메라가 이들 이방인을 자기 동일성의 논리 구조로 포획하지 않으려는 윤리적인 태도를 확보하고 있는 것처럼 보이기도 한다. 카메라의 시점이 객관적일 수밖에 없는 것은 주체화의 경로에서 이탈한 존재의 자의식을 가늠하기가 힘들다는 측면에서 당연한 선택일 수도 있을 테지만, 문제는 이것이 지금—여기의 폭력과 모순을 강화하거나 은폐하는 방식으로 작동할 수도 있다는 점이다.

두 영화는 역사의 난민에서 내부로 귀한한 조선족과 탈북자의 삶을 통해 이 땅의 국민국가—자본주의의 주체화가 비국민적 자질들을 지속적으로 생산하면서 구성된다는 사실을 시사한다. 영화의 내러티브 구조에서 이들의 삶은 '죽은 개'와 등가의 위치에 놓여 있다는 점에서 이들의 귀환은 방치되는 것에 머무르지 않는다. 귀환한 이들

의 삶-신체는 개-고기-먹이로 의미화되면서 이 땅의 국민국가-자
본주의가 이들의 신체-노동을 꿀꺽 삼켜 제 몸뚱이를 부풀리고 있
는 현실을 환기시키는 것이다. 그런데 주의 깊게 살펴보아야 할 것은
영화 〈황해〉가 조선족과 '죽은 개'를 정확히 동일하게 겹쳐서 재현
하고 있다면, 〈무산일기〉는 '개처럼 살 수밖에 없는' 탈북자를 재현
하고 있다는 점이다. 이는 영화 〈황해〉와 〈무산일기〉가 경계를 넘
어 귀환한 이들을 바라보는 태도에서 첨예하게 다른 입장을 지니고
있다는 사실을 가리킨다. 즉 〈황해〉의 카메라가 빠르게 질주하는 방
식을 통해 조선족의 삶을 밀어내고 외면한다면, 〈무산일기〉의 카메
라는 끊임없이 머뭇거리고 서성이는 방식을 통해 탈북자의 삶에 밀
착함으로써 현실의 구조를 반추하고 되돌아보게 만드는 것이다.

2. 시체의 목소리-〈황해〉(나홍진, 2010)

영화의 후반부 시퀀스에서 조선족 구남의 시체는 시커먼 바닷속
으로 짐짝처럼 던져진다. 이는 영화의 종결이 아니라 시작을 다시 살
펴보게 만들면서 그의 생물학적 죽음을 존재론적 차원에서 재규정
할 것을 명령한다. 그런 까닭에 영화의 첫 시퀀스에 등장했던 구남의
내레이션[1]은 시체의 목소리와 다르지 않다는 의구심을 지울 수 없게
된다. 매장되지도 못한 채 마을 어른들에게 잡아먹히는 '죽은 개'의
이야기는 지금-여기에서 스스로를 재현하거나 증명할 수 없는 구남
자신을 가리키는 것에 다름 아니기 때문이다. 이는 영화가 구남에게
죽음 이후에나 겨우 자기 발화를 할 수 있도록 허용하고 있다는 것을

의미한다. 영화가 진행되는 동안 그의 목소리가 자기진술을 하는 장면을 좀처럼 목격할 수 없었다는 점에서 말이다. 따라서 영화는 구남에게 붙여진 조선족이라는 정체성이 남한사회 내에서는 '죽은 개'와 다를 바 없으며 매장된 시체조차 잡아먹혀야 하는 처지에 놓여 있는 것으로 그려내고 있는 것이다.

영화 〈황해〉는 구남의 이동 경로와 존재론적 층위의 변화에 따라 구획되어 있다. 그러나 택시운전수라는 직업으로부터 살인자가 되고 무엇보다 바다 위에서 죽음을 맞이하는 구남의 불행한 삶은 조선족이라는 모호한 명칭에서 비롯된다는 것에 초점을 두고 있다. 그리하여 카메라는 구남에게 좀처럼 특권적인 지위를 부여하지 않거나/못하면서 지속적으로 비껴서 있다. 이는 연변의 택시운전사 구남을 추적하고 있는 카메라가 연변이라는 공간을 낯선 풍경으로 처리하는 것과 동시에 구남에게 주관적인 시점을 허용하지 않으려는 태도에 집중하고 있다는 사실에서 드러난다. 예컨대, 어머니와 딸이 있는 집으로 구남을 쫓아간 카메라가 모자의 대화를 지켜보는 장면은 얼핏 할머니로부터 밥을 받아먹는 딸아이를 애처롭게 바라보는 구남의 내면적 시선인 것처럼 보인다. 그러나 자세히 보면 카메라는 결코 자신의 존재를 숨기지 않고 있다는 사실을 알 수 있는데, 상대방을

---

1 구남의 내레이션: "내가 열한살 때 동네에 개병이 돌았다. 우리집 개도 개병에 걸렸는데 처음에는 제 애미를 물어 죽이드만 후에는 제 아가리로 물어 죽일 수 있는 것은 몽땅 물어 죽였다. 결국에 동네사람들이 몽디로 때려죽이려고 하자 그놈은 달아나버렸다. 몇 날이 지나서 그 개는 삐쩍 마른 꼬라지로 다시 나타났다. 새까만 눈까리로 맥이 하나도 없었는데 그렇게 나를 한참 쳐다보다가 개는 천천히 드러누버 죽었다. 나는 그 개를 동네 뒤에다가 묻어줬고 그렇게 땅에 묻혔던 개는 그날 밤에 다시 꺼내져 어른들한테 잡아먹혔다. 갑자기 그 개가 생각난 건 그 후에 한 번도 돌지 않던 개병이 다시 돌기 때문이다. 지금 개병이 돌고 있다."

바라보는 두 인물의 어깨를 희미하게 포착하면서 기어코 스스로의 존재를 노출시키고 있기 때문이다. 그렇다면 이 카메라의 시선은 도대체 누구의 것일까.

　게다가 카메라는 영화를 바라보는 우리의 시선을 교란하기까지 한다. 연변의 택시운전수로서의 면면을 보여주는 카메라는 결코 구남의 시선을 대리(representation)하지 않으면서 멀찍이 떨어져 있거나 고집스러울 정도로 어깨 너머에서 엿보는 수준을 넘어서지 않는다. 그런데 객관적인 태도를 취하던 카메라는 은폐된 경로를 따라 국경을 넘는 선실 장면에서 얼핏 구남의 눈을 대리하는 것처럼 보이며 그것은 마치 구남의 시점 숏으로 오인하도록 만드는 장치로 작용한다. 바닥에 쓰러진 채 시름시름 앓는 여자와 구남의 얼굴이 교차 편집되는 장면을 떠올려보면, 그것이 관찰자의 시선인지 구남의 시선인지 좀처럼 가늠하기가 쉽지 않지 않기 때문이다. 죽어가던 여자를 바라보던 그 시점은 과연 구남의 것이었을까. 다시 말해, 영화는 그 장면에서 구남에게 자의식을 부여한 것이라 말할 수 있을까. 혹 목숨을 건 그들의 이동 과정을 지켜보던 카메라가 섣부르게 우리의 알량한 도덕이나 동정심을 구남의 눈과 겹쳐놓았던 것은 아닌가 하는 의구심을 지울 수 없는 것이다.

영화 속에서 이방인에 대한 이리한 시혜적 태도를 극명하게 보여주는 인물이 바로 '김승현'이다. 자신의 영토 안으로 들어온 조선족을 경계하며 돈 몇만 원을 쥐어주는 그는 구남이 처리해야 할 대상이지만 오히려 그런 기회를 박탈하고 사건의 진위 여부와는 상관없이 구남이 살인자가 되도록 만든다. 구남은 김승현의 망막 위에 새겨짐으로써 살인자가 되고, 그의 아내와 눈이 마주친 다음 쫓고 쫓기는 신세가 된다. 따라서 여기서 중요한 것은 이방인에 대한 배타적 영토의 소유권을 주장하는 주체의 죽음 자체가 아니라 조선족 구남이 살인자가 되는 경로가 자신의 의지와는 무관하게 그려지고 있다는 점이다. 이러한 영화적 설정은 대한민국 국적으로 귀속될 수 없는 이방인을 범죄자의 위치에 놓고 있다는 점에 국한되지 않는다. 다시 말해, 영화가 국경을 넘어온 구남을 살인자 혹은 범죄자로 설정한 후 대한민국 영토를 질주하게 하는 것은 단지 그의 존재를 부정하는 것에 머물지 않고 사회 내부의 문제를 이방인-조선족에게 떠넘기는 방식으로 작동하고 있다는 것을 말해주기 때문이다. 영화의 내러티브는 구남과 연루된 사건이 교수 김승현과 버스회사 사장 김태원 사이의 치정 관계에서 비롯된 것으로 처리하고 있지만 중요한 것은 조선족을 동원하여 이 문제의 해결을 시도하고 있다는 점이다.

그런 점에서 영화가 표면적으로는 조선족을 공포스럽고 위협적인 이미지[2]로 부각시키는 가운데 그 이면에는 '노동하는 자'로서의 이미지를 겹쳐놓고 있다는 것을 주의 깊게 살펴볼 필요가 있겠다. 가령, 김태원 사장의 하수인 최성남과 면정학 일당이 한바탕 피의 살육전을 벌인 후 사태를 수습하는 호텔 장면은 마치 노동현장에 있는 노동자의 모습을 떠올리게 만들기 때문이다. "다 끝났는데 어떻게 할까요", "대가리는 따로 버리고 나머지는 개 줘라." 지시를 내리는 면정학과 그의 지시에 따라 시체 조각을 자루에 담는 무덤덤한 표정의 사람들. 그러니까 이 장면은 범죄와 노동, 범죄자와 노동자의 이미지를 겹쳐놓음으로써 조선족이 우리 사회에서 어떤 위치에 놓여 있는지를 포착하고 있는 것이라 할 수 있다. 이는 현실에서 대한민국의 경제적/산업적 구조를 떠받치고 있는 존재가 국경을 넘어온 유수한 이방인들[3]임에도 불구하고 이들을 가리키는 '이주노동자' 라는 명명 앞에는 언제나 '불법' 이라는 수식어가 붙여지는 맥락과 맞닿아 있다.

따라서 영화가 구남의 시점 숏을 특권화하지 못하고 객관적 숏을 지배적으로 활용하는 것은 그가 보는 방식이 결코 국민국가–자본주의적 회로 안에서 습합될 수 없음을 뜻하는 것이다. 오직 그가 탈출

---

2 누가 봐도 알 수 있는 것처럼 영화는 조선족을 원시적이고 야만적인 이미지로 형상화하고 있다. 도심 한복판의 공항이나 호텔 커피숍에 나타난 면정학과 그의 일당이 그러한데 특히, 먹다 남은 뼈다귀나 도끼로 사람들의 머리통을 후려치는 이미지는 그들을 인간이라는 잣대로 바라보는 것을 어렵게 만든다.

3 과거 70~80년대 10대, 20대 공장 근로자들이 거주하던 서울 가리봉동에는 현재 재중교포들(조선족)이 거주하고 있다. 당시 동생들의 학비를 마련하거나 고향 부모님의 생활비를 보태기 위해 12시간 이상 고된 노동을 해야 했던 한국 근로자들이 빠져나간 자리를 재중교포들이 대신하고 있는 것이다. 가리봉동에 거주하는 재중교포의 수는 1992년 한중 수교 이후 급격히 늘기 시작했고 2011년 현재 7,563명으로 전체 인구의 30퍼센트가 넘는 숫자를 차지하고 있다.(〈MBC 스페셜〉(mbc, 시사교양), 529회, '가리봉동의 꿈' 참조)

혹은 도주할 때에만 주관적 숏이 동원되는데, 이때 이 주관적 숏은 인간의 높이가 아니라 야생동물의 것으로 환원되는 것에 가깝다는 점을 기억할 필요가 있다. 특히, 죽음에 대한 공포와 생존에 대한 절박함만을 감지할 수 있는 산속 장면에서처럼 말이다. 이러한 장치는 영화를 보는 우리에게 구남과의 동일시를 허용하지 않는 방식으로 작용하기 때문에 현실의 구조를 객관적으로 보여주는 것처럼 보이지만 궁극적으로는 조선족이 우리와는 전혀 다른 존재라는 이미지로 받아들이게 만든다. 카메라가 김태원 사장과 최성남의 시선을 대리하여 개장수 면정학을 비롯한 조선족 무리들을 절대 야만의 이미지로 포착하는 것도 이런 맥락에서 파악할 수 있다.

영화가 진행되는 내내 불안하게 흔들리고 진동하던 카메라는 마지막 시퀀스에 이르러서야 겨우 안정을 되찾는다. 연변역에 당도한 기차에서 구남의 아내 '이화자'가 내리는 이 장면은 구남을 비롯한 조선족들이 죄다 죽음에 이르는 내러티브와 관련지어 볼 때 의미심장한 장면이 아닐 수 없다. 이는 영화가 국민국가의 틀로 포섭(불)가능한 조선족을 대한민국의 영토 내에서 추방하는 것과 다를 바 없으며 이를 통해서만 현실의 안정과 안전이 확보되는 것으로 의미화하고 있기 때문이다. 그러므로 영화가 조선족의 삶을 문제적인 것으로 다루고 있다고 판단하기는 어렵다는 것을 알 수 있다. 무엇보다 구남이 경찰의 추적을 피해 후미진 뒷골목이나 깊은 산속을 빙빙 돌다 죽음을 맞이하는 설정은 영화가 조선족의 삶-재현의 문제를 은폐시키는 데 집중할 뿐 공적이고 정치적인 차원으로 끌어올리지는 못하고 있다는 것을 의미하는 것이다.

그런 점에서 영화 〈황해〉는 구남의 이동경로를 추적하는 데에 집중하고 있는 것처럼 보이지만 역설적이게도 조선족의 삶이 아니라 대한민국의 이면을 들추어낸다. 구남의 시체를 버리는 할어버지의 얼굴, 삶의 고통에 찌들어 있지만 무미건조하기 짝이 없는 그 표정은 조선족을 대하는 냉담한 태도의 문제에 국한되지 않고, 지금-여기의 현실을 섬뜩하게 여기도록 만드는 것이다. 쓸모없어진 신체-노동력을 아무렇지 않게 무심히 버리는 그 얼굴은 매번 외양을 달리하는 자본주의의 얼굴들 중 하나임에 틀림없을 것이다. 〈황해〉의 카메라는 조선족을 도시의 뒷골목에 은폐시키거나 지하 취조실에 감금시키며 '질주' 하는 것을 멈추지 않는다. 〈황해〉에 등장하는 인물들이 서로 연루되고 관계를 맺는 행위의 동력은 죄다 돈과 여자라는 점에서 카메라의 스펙터클한 질주는 자본주의적 욕망을 좇는 것에 다름 아닌 것이다. 그런 점에서 영화 〈황해〉의 질주하는 카메라는 경계 위에서 분열되고 훼손된 신체로 탈바꿈하는 운동과는 무관하게 현실의 구조를 승인하고 강화하는 데 주력하고 있는 것으로 보인다.

3. 천사의 목소리-〈무산일기〉(박정범, 2011)

카메라에 갑자기 주먹이 날아든다.[4] 탈북자 '승철' 의 뒤를 조용히 따라가던 카메라는 뜬금없이 후려쳐진 승철의 뒤통수를 관객의

---

4 이것은 평소 자신들의 구역에 침범했다는 이유로 괴롭히던 무리들이 승철을 폭행한 후, 새로 산 나이키 잠바를 면도칼로 그어 찢어버리는 장면이다.

시점에서 포착한다. 덕택에 영화를 보는 우리의 뒤통수까지 얼얼해진다. 카메라는 우리에게 던져진 폭력을 순식간에 승철의 것으로 되돌려놓지만, 우리에게 밀어닥친 이 카메라의 위치는 기이하기 짝이 없는 것으로 남는다. 〈무산일기〉의 영화적 윤리로 이해될 법한 이 카메라는 영화적 이미지와 현실의 이미지가 충돌하고 영화와 현실이 서로 간섭하는 결정적인 대목이라고 할 수 있다.

이 순간 영화의 카메라는 대상을 바라보는 '눈'의 위치에만 머무르지 않고 기꺼이 '몸'의 위치로 옮겨간 것이라 볼 수 있지 않을까. 탈북자 '승철'의 뒤를 따라가는 카메라는 원경 숏을 빈번하게 활용하고 있기 때문에 인물의 내면으로 도망가거나 숨어버리지 않는다. 한 인물을 집요하게 추적하고 있지만 인물을 둘러싼 바깥 세계를 설명할 수 있는 영화적 장치를 카메라의 위치를 통해 확보하고 있는 것이다. 예를 들어, 영화 초반부 승철이 인도는 없고 차도만 있는 난간에 현수막을 설치하는 장면은 바로 그 위태로운 장소에 카메라가 함께 있다는 사실을 상기시킴으로써 승철이 놓인 삶의 지반을 구경하는 게 아니라 감각할 수밖에 없게 만든다. 이를 통해 탈북자의 삶을 구성하는 현실의 구조와 경계들은 사라지지 않고 희미한 형상을 부여받게 되는 것이다.

1980년대 무렵의 현실에서 탈북자들을 재현하는 안보/선전영화들은 대개 위험천만한 경계를 어렵사리 뚫고 따뜻한 남쪽나라의 품에 안기게 된다는 단순한 내러티브로 구성되어 있다. 이들을 재현하는 이미지는 대개 화환을 목에 두르고 카메라를 향해 쓴 웃음을 짓고 있는 것으로 마무리되면서 그들의 존재는 도착해서 기념사진을 촬영하는 순간 사라졌다. 다시 말해, 탈북자는 기념사진으로 재현되는 즉시 재현의 영역에서는 사라져야 했던 것이다. 영화는 탈북자를 기념 사진화해서 안보의 목적으로 활용하는 이 신화를 무시하지 않지만 안보 문제가 기껏해야 그들에게는 생존을 위한 밥벌이에 다름 아니라는 사실을 보여주면서 가볍게 지나쳐버린다.

영화에서 탈북자는 그저 배가 고파서 경계를 넘어온 순진한 존재로 남아 있지 않고 욕망을 제어하거나 통제하지 않는/못하는 존재로 그려진다. 승철의 친구 '기철'이 나이키를 예찬하고 안보교육과 브로커를 마다하지 않고 돈을 모으며, 자본주의 사회에서 탈북자라는 위치를 적극적으로 활용하면서 아메리칸 드림을 꿈꾸는 인물로 형상화되어 있는 것도 그 때문일 것이다. 게다가 성격이나 삶의 가치관이 전혀 다른 승철과 기철이 자주 말다툼을 하여 갈등을 일으키고, 승철이 교회에 갈 때마다 기철로부터 흰 남방과 면바지를 빌려 입는 장면도 이런 맥락에서 파악할 수 있다. 이는 영화에서 탈북자를 우리와 다른 이질적인 존재로 표상하거나 추상화하지 않는 장치로 작용한다.

그럼에도 영화는 현실이 탈북자에게 삶-생명의 권리와 안전을 보장하는 것이 아니라 지속적으로 벌거벗은 삶을 강제하는 메커니즘을 보여주는 데 집중하고 있다. 탈북자 승철은 '주민등록증'을 부여받음으로써 대한민국이라는 국가의 영토 위에 거주할 수 있는 권리를 획득한 것처럼 보이지만 오히려 주민등록증에 날카롭게 새겨진 '125****'라는 숫자[5]는 그러한 권리를 박탈한다. 특히, 봉제공장 면접에서 주민등록증을 내어준 다음 사장이 마시던 커피 잔을 주섬

5　125로 시작하는 주민등록번호는 북한에서 온 사람에게 붙여주는 숫자이다.

주섬 씻던 그가 채용을 거부당하고 문 밖으로 나가는 장면은 이를 집약적으로 보여준다. 승철은 대개 좁고 빛이 들지 않는 욕실, 봉고차, 베란다, 노래방, 창고와 같은 폐쇄적인 공간이나 폐허와 다를 바 없는 철거 지역에 놓여 있다. 그의 삶–생명은 포박당해 있는 것과 다를 바 없으며, 그의 방 안에 놓여 있는 속이 훤히 드러난 어항[6]처럼 아무런 안전장치 없이 무방비로 노출되어 있다. 이를 통해 카메라는 형식적으로는 법 내부에 존재하면서 매번 법적 예외 상태로 존재해야 하는 그의 처지를 보여주는 것이다.[7]

그러므로 카메라가 포착하는 노동현장에서의 그의 신체는 사회적 리듬이나 문법 따위를 갖추지 못하고 부유한다. 거리에서 전단지를 부착하다가도 같은 구역에서 같은 일을 하는 사람들을 발견하면 무조건 내달려야 하고 노래방에서는 술에 취한 손님과 싸움이 붙어 바닥에 뒹군다. 승철은 벽면에 제대로 붙지 않아 찢어지고 너덜거리는 전단지 포스터처럼 어느 장소에도 안착하지 못하고 팅겨져 나오기 일쑤인 것이다. 그는 결국 그만두라는 전단지 업체 사장을 향해 밀린 일당을 요구해보지만 봉고차에 반쯤 걸쳐진 몸뚱이가 차 밖으로 내동댕이쳐지는가 하면, 도우미들과 찬송가를 불렀다는 이유로 노래방에서도 쫓겨난다. 그리하여 "열심히 하겠습니다" "잘 할 수 있습니다"로 시작되는 그의 삶–노동–생존 현장은 언제나 "제가 뭘 잘못했습니까"로 귀결되고 마는 것이다.

---

6 승철의 방 안 구석에는 투명 유리로 된 사각의 어항이 하나 놓여 있는데, 그 속에는 그가 가진 모든 것이라고 할 수 있는 성경책과 워크맨 그리고 몇 장의 전단지가 들어 있다. 흥미로운 것은 대개의 경우 어둡게 처리된 그의 방 안에서 어항에만 빛이 주어진다는 점이다.

7 조르조 아감벤, 박진우 옮김, 『호모 사케르』, 새물결, 2008 참조.

따라서 영화는 살아남으려는 승철의 분투를 매번 실패할 수밖에 없는 것으로 그려낸다. 여기서 눈여겨보아야 할 것은 영화가 승철을 비롯한 탈북자들의 고군분투를 죄다 좌절하고 실패하는 것으로 처리하고 있다는 점이다. 탈북자 친구들의 돈을 중국에 있는 브로커에게 전달하던 기철은 결국 아메리카에 가지 못하고 북한에 있는 가족에게 돈을 송금하려던 친구들도 뜻을 이루지 못한다. 물론 영화의 내러티브는 위기에 처한 기철의 돈을 변심한 승철이 가져가는 것으로 되어 있지만 영화의 마지막이 승철 자신에 다름 아닌 백구의 죽음으로 종결되고 있다는 점과 관련지어볼 때, 중요한 것은 승철의 변심이 아니라는 것을 알 수 있다. 그러니까 영화 후반부에서 목격할 수 있는 승철의 모습은 의미심장한 삶의 태도 변화를 뜻하는 것이 아니라 양복과 구두가 이들을 게토화된 삶의 공간에서 벗어나게 해주거나 구원해주지는 못한다는 사실을 가리키는 것이다.

사실, 승철의 변심과 태도 변화는 자본주의적 교환체계 논리에 기반을 두고 있다는 것을 기억할 필요가 있다. 그는 우정을 배반하는 대가로 돈뭉치를 얻었고, 교회에서 자신의 신분을 밝히고 죄를 고백하는 대가로 성가대에 들어가 '숙영'과 친구가 되며 노래방에도 다시 나갈 수 있게 되기 때문이다. 그러나 카메라는 배가 고파 친구를 살해했다는 승철의 자기 고백을 그의 등 뒤에서만 포착하고 있으며 그의 고백을 듣는 기도모임의 사람들의 얼굴 또한 흐릿하게 처리하고 있는데, 이는 영화가 선택적으로 재현할 수 있는 것과 재현할 수 없는 것의 영역에 제한을 두고 있다는 의미로 받아들여진다. 따라서 공적인 장에서 얼굴을 지워야만 재현할 수 있는 그의 밑바닥 삶의 자기고백은 그 죄가 사하여지거나 구원될 수 없는 층위에 놓이게 된다. 무엇보다 모든 것을 내어준 그는 더 이상 교환할 것이 없기 때문이다.

그럼에도 주목할 만한 것은 영화가 어두운 골방에 밀폐되어 있는 탈북자 승철의 삶을 멀리서 관조하는 것에 멈추지 않고 지속적으로 그를 '거리'나 '광장'으로 이끌어내는 데 주력하고 있다는 사실이다. 앞에서 인물의 내면으로 숨거나 도망가지 않는다는 말은 이런 맥락에서 이해할 수 있을 것인데, 이는 경계의 언저리에서 생존을 지속해야 하는 한 개인의 무기력한 삶을 보여주는 데 머무르지 않고 현실을 문제적인 것으로 여기도록 만든다. 가령, 승철이 3만 원이라고 적힌 박스에 담겨진 백구와 조우하는 장소도 바로 광장이었다는 점을 떠올려보자. 개주인-백구-승철이 맥도날드 앞 광장에 나란히 앉아 햄버거를 나누어 먹는 장면은 그 광장이 가진 것 없는 무산자들이 생계를 해결하는 생존의 공간인 동시에 그들이 사라지지 않고 존재하고 있다는 사실을 환기시킨다. 일당도 받지 못한 채 봉고차에서 밀려

나온 승철이 찢어지고 너덜거리는 전단지 포스터와 함께 서 있는 장
소도 거리이고, 백구가 죽음을 맞이하고 승철이 백구의 시체를 망연
자실 쳐다보다 뚜벅뚜벅 걸어가는 장소도 거리인 것처럼 말이다.

다시 말해, 거리는 이중적인 의미를 전달한다. 즉 거리는 승철-백
구의 삶이 거리로 내몰릴 수밖에 없는 극한적 상황에 놓여 있다는 사
실을 가리키기도 하지만 오히려 이 절박한 상황을 공적으로 정치화
할 수 있는 장소가 될 수도 있기 때문이다. 그런 의미에서 영화는 개
처럼 살 수밖에 없는 탈북자의 삶-생명의 권리를 게토화된 공간으
로 환원하는 방식이 아니라 광장의 차원에서 공적 담론의 장과 결부
시켜야 할 것으로 보고 있는 것이다. 이는 영화가 무산자들의 삶의
근간을 이루는 고통스러운 생존 공간이 곧 정치적 주체화의 공간이
되어야 한다는 사실을 분명하게 자각하고 있다는 것을 의미한다. 물
론 영화가 대한민국 영토 위에서 삶-생명의 권리를 정치화할 수 있
는 가능성을 구체적으로 보여주는 데까지 나아가지는 못하지만 말
이다.

따라서 영화 〈무산일기〉의 카메라가 원경의 위치에서 혹은 밀착
된 위치에서 승철의 삶 주변을 서성이거나 머뭇거리는 것은 승철을
특정한 시선으로 낚아채거나 포획하지 않으려는 태도에서 비롯된
것으로 보인다. 말하자면 카메라는 국민국가-자본주의 시스템에 안
착하지 못하고 주변을 배회하는 승철의 신체 질서와 리듬에 보조를
맞추고 있는 것이다. 이를 위해 카메라는 국민국가-자본주의 회로
에서 통용되는 시선의 문법과 그것을 경계하는 긴장 속에서 분열-
훼손-찢어지는 신체적 고통을 감내하고 있으며 이 고통은 영화를
보는 우리에게도 고스란히 전달된다. 더군다나 카메라의 머뭇거림

은 속도와 스펙터클을 통해 증식하는 자본의 논리와 어긋나 있다는
점에서 현실의 구조를 문제적인 것으로 여기고 있다는 것을 알 수 있
다. 따라서 영화 〈무산일기〉는 현실의 국민국가-자본주의 사회를
구조화하는 논리가 배제하고 밀어내는 존재들의 삶에 밀착함으로써
우리의 안전한 자리를 되돌아보게 만든다.

4. 측정(불)가능한 장소

영화 〈황해〉와 〈무산일기〉에 등장하는 조선족과 탈북자의 존재
는 현실 사회 구조의 전일적 통제가 불가능해지는 예측불가능한 장
소가 이미 도래했다는 사실을 알려준다. 경계의 내부에도 외부에도
소속될 수 없는 이방인들. 이들은 국민국가-자본주의의 경계를 위
태롭게 하면서도 내부의 궤도로 지속적으로 등장할 것임에 틀림없
다. 현실의 사회구조가 국가의 국민을 재생산하고 자본주의의 상품
을 재생산하기 위해서는 이들 존재가 절대적으로 필요하다는 점에
서 조선족과 탈북자들은 이미 이방인의 위치에만 머무르지 않는 것
이다. 오히려 이들 이방인들은 현실의 국민국가-자본주의를 구성하
고 지탱하는 근본적인 원천을 이루고 있다고 할 수 있다. 그러나 두
영화가 보여주는 것처럼 조선족과 탈북자는 삶-생명의 권리를 박탈
당한 채 항상적인 추방의 위험에 노출되어 있다.

영화 〈황해〉와 〈무산일기〉의 카메라는 각각 조선족과 탈북자의
존재를 주관적인 시점이 아니라 객관적인 시점에서 포착하고 있다
는 점에서 동일한 태도를 설정하고 있는 것으로 보인다. 그러나 〈황

해〉의 카메라가 동적인 운동을 지속하면서 '질주'의 방식을 활용하고 있다면 〈무산일기〉의 카메라는 정적인 움직임 속에서 서성거리는 '머뭇거림'의 방식을 활용한다는 점에서 전혀 다른 충위의 태도를 견지하고 있다. 질주하는 카메라가 돈과 여자라는 자본주의적 욕망을 좇아 앞을 향해 내달린다면 머뭇거리는 카메라는 앞을 향해 나아가는 데 주저하고 지금-여기의 현실에 대해서 의문을 부추기면서 질문을 제기하도록 만든다. 다시 말해 질주하는 카메라가 조선족을 죽은 개와 등가로 놓으면서 국민국가-자본주의라는 현실 구조를 승인하고 강화하는 영화적 태도를 보여준다면, 머뭇거리는 카메라는 현실구조의 균열 지점을 포착하고 재현하는 데 집중하는 영화적 태도를 보여주는 것이다.

그런데 〈황해〉와 〈무산일기〉가 조선족과 탈북자의 존재를 죽음과의 긴밀한 관계 속에 놓는 네러티브의 귀결은 이 두 영화가 이들을 재현하는 데 실패했다는 증거임에는 틀림없어 보인다. 그럼에도 버틀러에 따르면 불가능한 재현, 즉 자신의 실패를 보여주어야 하는 재현이 윤리적 재현이라는 점에서[8] 영화 〈황해〉와 〈무산일기〉가 보여주는 실패가 단순히 무의미한 것이라고는 여겨지지 않는다. 이 실패는 무엇보다 분열된 신체와 다를 바 없는 카메라의 이중적인 태도에서 비롯된 것이며 이는 지금-여기의 현실을 구성하고 지탱하는 경계가 확정적이지 않고 지속적으로 구축되고 재구축되어야 할 장소임을 환기시키기 때문이다.

또한 그러한 한계를 노정하고 있는 영화 속 두 인물과의 조우는

---

8 주디스 버틀러, 양효실 옮김, 『불확실한 삶』, 경성대출판부, 2008 참조.

근대적 주체에 의해 작동하는 사회적 관계를 위태롭게 하면서 주체
를 매 순간 재규정하고 갱신해야 할 문제적인 것으로 사고하도록 만
든다는 점에 주목할 필요가 있을 것이다. 따라서 우리는 근대 주체의
일방주의와 방어 구조에서 빠져나와 우리의 삶과 다른 사람들의 삶
이 복잡하게 얽혀 있는 방식들을 적극적으로 고찰할 필요가 있을 것
이다.

불화의 공동체
— 지역학문공동체와 지역학의 윤리

1. 우리를 향한 불온한 의제

'지역'을 사유할 때 발생할 수밖에 없는 문제. 우리와 우리 외부의 우리. 우리 외부의 우리에 대한 적대를 통해 구성된 우리의 정체성은 다수의 억압에 저항하는 소수자의 해방 의지에 의해 기성 사회질서에 대한 도전적 신념으로 채택되곤 한다. 그러나 우리라는 존재는 우리라는 동일성의 표상으로만 존속하는 것이 아닌, 우리였던, 우리를 꿈꾸는, 우리일 수밖에 없는, 혹은 우리이기를 거부하는 '우리'의 교호작용(interaction) 속에서 그 존재 조건을 생성·변화시켜나간다. '우리'라는 상상적 관계는 우리와 우리 외부의 우리라는 관계망 속에서 다양한 촉매반응을 일으킨다. 적대가 연대로, 연대가 적대로 손쉽게 변화되는 양상을 목격한 바 있다면, 그것은 바로 '우리'라는 아이덴티티가 함축하고 있는 타자성—이른바, '지역성'이라 말할 수 있는—

을 체감한 탓일 테다.

하나의 비유: '부산'과 '양산', '부산'과 '김해'를 횡단하는 광역버스는 시내버스인가, 시외버스인가? 이 뜬금없는 질문에 답하기 위해서 '지역'을 경유하는 버스에 오르지 않을 수 없다. 부산·양산·김해의 지리적 감각은 각기 다른 운송시스템과 경제적 비용을 통해 인지된다. 우리는 지역의 경계를 자유롭게 넘나들고 있는 것처럼 보이지만, '승차'와 '하차'라는 순환적 메커니즘 속에서 오히려 그 경계와 차이를 더욱 분명하게 인식한다. 매일같이 이 버스에 탑승하는 승객이 느끼는 불편함이란—그 실존적 주변성과 정체성이란—,[1] '우리'의 내/외부(시내/시외)를 구분하는 저 운송체계의 작동방식, 즉 '우리'의 정체성을 매번 확정짓고 편리하게 수송해주는 광역버스의 탈경계적 공모에 있다. 시외와 시내, 도주와 귀환의 여정을 반복하는 광역버스의 안락함 속에서 주체의 정체성은 재구성된다. 이것은 '지역(성)'이라는 물질성, 혹은 그 곤혹스러움을 전유하는 반(反)지역적 사유와 실천 행위—'지역학'이라고 부를 수 있는 그것과 다르지 않다.

'지역'은 일종의 에크리튀르(écriture)이다. '지역'은 논(論)·문(文)이라는 비평적·학술적 언어를 통해 고양된다. '지역'은 하나의 학(學)—논·문으로 의식화되며, 우리의 정체성을 체현하고자 하는

---

1 '지역'은 지정학적 조건이 아니라 주체의 존재 조건이다. '부산'이라는 비인과적 지연(地緣)이 주체 구성의 필연적 조건이 된다는 역설은 우연적이면서도 규칙적인 '포섭-배제'의 논리를 보여준다. 지역은 "방언(方言)으로 격하된 낯선 언어의 사용지(地)"이며, "사적 언어의 경험을 통해 공적 체계에 편입될 수밖에 없는 지역 주체 역시 영원히 다른 세계에서 살아갈 수밖에 없는 이방인(異邦人)"이다.(박형준, 「사적 언어의 윤리」, 『제주작가』 제30호, 제주작가회의, 2010년 가을호, 143쪽)

정치적 무의식에 의해 전유되고 반복 재생산된다. 이는 차이와 저항의 순환을 창출함으로써 우리의 아이덴티티를 재구성한다. 이 과정에서 지역은 홍보와 설명의 대상이 되며, 논·문이라는 담론 형식을 통해 명료한 실체로 창출된다. 그것은 '지역성'이라는 이데올로기에 흡착되어, 지역적 특수성의 보편화를 가속화하는 담론 효과를 발생시킨다. 지역을 역사적으로 탐색하는 작업은 대부분 지역사회의 역사적 현장을 복원하거나, 텍스트의 가치(위상)를 재발견하는 데 목적을 두고 있다. 이 경우, 지역학은 대상('지역')에 대한 지극한 관심과 사랑이 전제된다. 이는 지역을 사회적 '소외'와 '억압'의 공간 표상으로 이해하며, 지역학을 피해자에 대한 절박한 구원의 실천으로 인식한다.

지역을 '우리 외부의 우리'에 대한 대항결사체로 이해하는 방식이 지역의 주변성이 내포한 불합리성을 수용하고 내면화한다는 것은 잘 알려진 사실이다. 지역의 역사적 경험을 한국사회의 보편적 특질이나 양태로 환원하고자 하는 태도, 즉 차이의 감각을 보편화하고자 하는 '로컬리티'의 기획은 무수히 많은 '차이(들)'을 동질화할 수밖에 없다. 차이의 신념은 평등의 관념으로 상치되며, 지역의 다양한 텍스트는 손쉽게 이해와 관용의 대상이 된다. '사랑'과 '관용'의 대상으로서의 '지역'―지역을 소수자 담론으로 전개하고 있는 여러 시도들을 포함하여―, 이 지긋지긋한 악연이 지속되는 것이다. '우리 외부의 우리'에 대한 비판에는 엄격하면서도 '우리' 스스로에 대한 비판은 너그럽지 못한 학문적 풍토―언급 자체를 회피하거나, 혹은 묵살하는 데 익숙한―와 객관적인 비판보다 추문과 풍문이 더 만연한 '지역―혈맹주의'가 여전히 살아 있다. 아니, 오히려 지역의 연구자들은 이와 같은 구조를 스스로 내면화하거나 재생산하는 데 헌신하며, 또 하나의 지역적 정체성을 발명하고 고양시키는 데 일조하고 있기까지 하다.

이처럼, 지역을 생산적 대화의 장(場)으로 가꾸지 못한 책임은 '우리' 스스로에게 있다. 사랑과 관용, 연루와 공모의 순환 고리를 잘라내지 못하는 인간적 나약함과 취약성을 돌파할 수 있는 길은 오직 하나이다. 국가와 자본에 의해 호명당하고 있는 현실(지역)을 애도하는 것이 아니라, 그것을 전유하면서 소비하고자 하는 지역(학) 연구자의 욕망과 지역학문공동체의 연루 구조와 공모 관계를 분쇄하는 것. 이 불온한 글이 지향하고 있는 바는 바로 그것 하나이다.

2. '성장'과 '고착'의 보고서: '지역'은 만원이다

지금, '지역'이 학술·비평적 언어로 제출되는 양상을 비유하자면, '콩나물시루처럼 꽉 찬' 만원버스에 탑승한 형국이라는 표현이 적당할 것 같다. 지역 내부에서 '지역(문제)'에 관심을 둔 연구자가 증가하였으나―이 글에서는 문학 영역으로 그 논의를 제한하지만―, 많은 논·문들이 '지역(학)'의 외적 부피만 팽창시켜온 성장 논리와 과잉 생산의 부실함을 보여주고 있다. 지역적 특수성을 개별적이면서 보편적인 가치로 전환하고자 하는 호소, 그 동어반복적 수사(修辭)는 '지역'의 인플레이션 상태를 부추기는 결과를 양산하였다. 그 이면에는 '지역'이라는 키워드를 유행하는 지적 담론으로 소비하거나, 또 전유하고자 하는 욕망과 역학 구도가 존재한다. 긴 호흡의 연구와 비평을 필요로 하는 지역학이 인고의 시간을 견뎌내지 못하고 손쉽게 담론의 공간에서 전유·순환되고 있는 것. 즉, '지역학'은 일종의 '패션(fashion)'으로 소비될 뿐— '이해', 성찰', '생산'의 대상이 아닌, '전유', '성장', '소비'의 대상으로 화(化)하고 있는 것—, 지역에 대한 '확장적 자기 이해'로 나아가지 못하는 답보 상태에 빠져 있는 것이다.

지역(학)이라는 상표(brand), 즉 '지역'이라는 '이름'만 성장하는 불균형 상태에 도달하게 된 것이다. 이것은 모두 '성찰'보다는 '성장'을, '이해'보다는 '전유'를 중요시하거나, '생산'보다는 '소비'에 익숙한 지역학문공동체의 연구 풍토에 기반하고 있다. '지역학'이 포화 상태에 이르렀다는 사실을 증명이나 하듯이,

지역문학 연구의 일차 문헌을 바람직스럽게 간수, 갈무리하지 않은 까닭에 지역문학 연구가 잘못에 떨어지고 겉핥기에 머물 수밖에 없다는 점은 앞에서 밝힌 바와 같다. (중략) 지역문학 연구 주체 가운데서 가장 앞서 일을 끌고 나가며 전공자를 길러내야 할 곳이 지역대학에 마련된 국어국문학과나 관련 연구기관이다. 그럼에도 그 속을 들여다보면 관심이 너무나 미미한 쪽이다. 개인으로 보아도 연구 전통을 앞서 열어 나가고자 하는 자각이 없을 뿐 아니라, 적극성도 실험성도 찾아볼 수 없다. 그러니 제 능력은 돌보지 않고 대학에 오래 몸담고 있다는 까닭만으로 한몫 보려는 질 낮은 호사가들이 오래도록 지역 문화마당에 버젓이 나돌아도 내버려둘 수밖에 없었다.[2]

"개인이건 단체건 수에서, 질에서 수준이 떨어지"며, "그 점은 지역문학 연구를 떠맡을 연구 주체 쪽"에 책임이 있다는 비판이 제출되었다. 이미 이른 시기에 '지역(학)'에 대한 관심이 포화 상태에 이르렀음을 유추할 수 있는 부분이다. 이른바, 지역은 '만원(滿員, full house)'이라는 것. 나는 '만원'이라는 수사를 지역학문공동체의 경량감과 폐쇄성을 보여주는 알레고리로 이해한다. '집(house)'은 소지역을 형성하는 집합 단위이며, 그 내부에는 혈연적 공동체로 구성된 '우리'가 존재하고 있다. 지역 내부의 담론 생산이 과밀 상태(full house)에 이르렀다는 것, 이것은 '우리'라는 소박하면서도 폐쇄적인 존재조건을 통해 '지역'을 사유하고 있는 학술·비평적 장의 밀도(full house)를 함축하고 있는 것으로 이해할 수 있지 않을까. 부피가 '가득 차버린' 지역은 상징적 배타수역의 경계로 더욱 철저하게 재구축된다. 또, 지역의 내부에서도 '지역(학)'은 소통되지 못하고 단절되며, 공유되지 못하고 표류하며, 비판과 성찰의 대상에서도 제외된다.

이제 지역은 하나의 유행이 되었다. 때때로, '지역(학)'은 '문화(콘텐츠)'라는 매개적 중개자를 통해 하나의 인기 있는 상품처럼 유통되는 것처럼 보이지만, 종국에는 자본에 바탕한 추상적 지배질서의 포획틀에서 도주하지 못하고 고착화된다. 지역을 하나의 담론과 상품으로 소모하고자 하는 '지역=패션'의 등식 구조로부터의 도주를 감행하기 위해서 논·문의 생산만이 아니라, 이에 대한 비판적 대화가 필요하다. '지역학'이란 담론의 확장과 재구축 과정 속에서 지속적으로 탈구축을 감행할 수밖에 없는 '운동'이며, 그 '운동'을 건강하게 유

---

2 박태일, 『한국 지역문학의 논리』, 청동거울, 2004, 22쪽.

지시킬 수 있는 유일한 방법은 지역학문공동체의 생산적 대화이기 때
문이다.

　그러나 앞에서 언급한 것처럼, 강력한 혈연구조로 결속되어 있는
지역학문공동체에서 자기반성과 상호비판을 기대하기란 쉽지 않다.
비판의 자유가 허용되지 않는 절대적인 합의체로서, '이름만 성장하
는', 혹은 '이름으로만 성장하는' 지역학문공동체의 느슨한 결속구조
는 연대의 가능성을 소거한다. 지역학문공동체의 구성 주체는 적대도
연대도 아닌 적당한 입장과 침묵에 익숙하며, 이것은 나르시시즘적
글쓰기와 '대상a'에 대한 신화적 발화만 반복하는 처참함으로 나타나
기도 한다. 예컨대, 부산의 '요산', 마산의 '노산', 통영·거제의 '청
마'를 다룬 여러 글에서 이와 같은 '사수(死守) 의지'를 확인할 수 있
으며, 이에 대한 비판적 논(論)·문(文)은 대체적으로 무대응으로 갈
음되고 만다.

　이와 같은 학문적 풍토 속에서 '요산'이 하나의 논쟁적 텍스트로
교통하는 맥락은 의미심장하다. 최근에 발표된 황국명의 「요산문학
연구의 윤리적 전회와 그 비판」은 요산문학 연구에 대한 입장 '차이'
를 '무응답'과 '침묵'으로 일관하지 않고 학술·비평적 논쟁의 장으
로 견인한 사례이다.[3] 황국명은 박태일, 이순욱, 구명옥, 전성욱 등 요
산문학 연구의 비판적 입장이 "요산문학에 대한 전체적 이해"의 결여
에 바탕하고 있다고 하면서, "심리적 해석과 실증주의 독법"이 지닌
문제점을 비판하였다. 이 논문의 논리적 정합성에 대해서는 이 자리

3　황국명, 「요산문학 연구의 윤리적 전회와 그 비판」, 『한국문학논총』 제51호, 한국문학회,
　2009 참조.

에서 다룰 문제가 아니므로 대략하여야 하겠으나, 「요산문학 연구의 윤리적 전회와 그 비판」이라는 논문을 통해 요산문학 해석의 다양성과 입장 차이를 견주는 계기가 되었다는 점은 분명히 확인할 수 있다. 이처럼, 연구 대상에 대한 견해 차이가 논·문이라는 형식을 통해 마주서게 되었을 때—침묵과 풍문이 아닌 각자의 입장과 발화 방식을 통해—, '부산–요산'이라는 공고한 도식은 신화적 제의를 넘어서 풍성한 해석의 장에 도달할 수 있는 가능성을 보여줄 수 있다.

지역학문공동체의 무응답은 '지역(학)'에 대한 입장과 연구 윤리를 보여주는 중요한 현상이다. 인문학, 특히 지역학이 '좋음/싫음'의 문제가 아니라, '옳음/그름'의 문제에 대한 도전적인 글쓰기라면, 지역학 연구자는 각자의 신념에 부합하는 연구 논·문을 통해 생산적으로 대화하여야 한다. 이것이 지역학문공동체에 속한 연대의식과 책무를 수행하는 최소한의 입장이고 태도이기 때문이다. 지역을 허구적 가치중립성의 공간으로, 혹은 연구재정과 연구공간을 보장받을 수 있는 대상으로 소비하지 않기 위해서는 여러 갈등을 회피하지 말고 정면으로 맞서야 한다. 물론 지역이라는 삶의 장소가 '무연고적 삶'의 방식을 선택할 수 없게 강요하고, 다양한 삶의 관계망 속에서 우리를 연루시킨다는 사실을 모르지 않으며, 또 이 연루 고리를 야멸차게 끊어내는 것이 현실적으로 쉽지 않다는 것을 알지 못하는 것도 아니다. 그러나 '우리 모두'가 이 연루 구조에서 자유롭지 못한 상황에 처해 있기에, 역설적이게도 그 고민은 사적 의지나 신념으로 해소할 수 있는 것이 아니라 '우리 모두'가 '함께' 나누고 돌파해나가야 할 의제임이 더욱 분명해진다.

진정한 의미의 연대란 바로 이 불화와 고민을 나누는 것이 아닐까.

즉, 연대의 가능성으로서의 지역학이란, 지역(학)을 소비/소모하는 '연합'의 풍문이 아니라—흔히, "put up a 'full up' notice"를 해소하는 경제적 확장이 아니라—, 지역(학) 논·문을 통해 생산적으로 '대화' 하는 것이며, 이 대화에 적극적으로 참여하고 개입하는 것이 아닐까. 종국에는 그것이 '대화적 소통' 이라는 낙관적 가능성을 넘어서, 만원으로 몸살을 앓고 있는 '지역' 의 '대화 가능성의 조건과 한계'[4] 까지 되묻는 자리—버틀러 식으로 말해서, '영원한 의미 논쟁이 가능한 장' —가 될 것이기 때문이다.

3. 관찰자적 시선과 침묵의 공모

　　지역, 혹은 '로컬(local)' 이라 기입되는 용어는 갈등과 투쟁의 정치성을 잘 보여준다. 마찬가지로, '지역 정체성' 이라고 가볍게 해석하기 어려운 '로컬 아이덴티티' 의 소수성과 혼종성이란, 연구 주체의 신념과 연구 대상의 '상태' 를 잘 보여주는 용어이다. '로컬 아이덴티티' 를 구성하는 이 혼종성과 복잡성이 내포한 공간의 생리는 갈등과

4　지역이 '대화적 소통' 이라는 낙관적 가능성에 잔류하지 않고, '대화 가능성의 조건과 한계' 를 되묻는 데까지 나아가야 한다는 입장은 주디스 버틀러를 경유한 것이다. 버틀러는 '대화' 를 통해 가상의 '합의' 나 '통일성' 을 보장받을 수 있다는 연합정치의 논리가 '자유주의 모델' 이 지닌 전제(권력 관계)를 내면화한다는 측면에서 문제적이라고 비판한다. '대화 모델' 이 자유주의적 모델의 한계에 머물지 않기 위해서는 "대화 가능성의 조건과 한계를 만드는 권력관계가 우선적으로 심문의 대상이 되어야 한다" 는 것이다. 왜냐하면 "범주의 불완전성을 가정하면 '여성들' 이라는 범주는 영원한 의미 논쟁이 가능한 장으로 기능" 하는 것이기 때문이다.(주디스 버틀러, 조현준 옮김, 『젠더 트러블』, 문학동네, 2008, 112쪽)

쟁투이다. '지역'이 하나의 학술적 아젠다로서 제출되기는 쉬우나, 그 본질을 해명하기 어려운 까닭은 바로 이 문제(problem) 설정의 비결정성에 있다. 지역, 더 포괄적으로 '로컬'이란 명확한 해답(answer keys)을 제시하고 있는 해석학적 텍스트가 아니기 때문이다. 지역은 우리 삶의 '문제와 갈등'을 보여주는 '불화(trouble)'의 표상이다. 따라서 '지역-문제-틀'은 언제나 'problem'이 아닌 'trouble'한 상황으로 제기되어야 한다.

지역적 정체성에 비평적·학술적 호흡을 불어넣어 일련의 '로컬 아이덴티티'를 창출하는 과정은 '불화(trouble)'의 연속일 수밖에 없다. 지역의 정체성이 비평적·학술적 담론을 결정하는 것이 아니라, 그 반대로 비평적·학술적 담론이 '로컬 아이덴티티'를 재구성한다. 앞에서 '지역'이 일종의 에크리튀르이며, 논·문이라는 학술적·비평적 언어를 통해 고양된다고 말한 까닭은 이 때문이다. 소외와 억압의 공간을 관심과 이해, 사랑과 관용의 공간으로 승화시키고자 하는 모든 시도가 결렬되고 마는 까닭은 지역이 여전히 '불화의 장소(local trouble)'로 존재하고 있기 때문이다. 지역의 정체성을 구성하는 수많은 존재 조건과 입장들이 교착하면서 '로컬 아이덴티티'는 의미의 유보와 대체를 지속한다. 그러나 역설적이게도 이 혼란과 갈등의 지속성이 '로컬 아이덴티티'의 긍정성, 즉 비평적 역능을 가능하게 하는 존재 조건이기도 하다. 비평적 역능의 창안이 가능하기 위해서는 '로컬 아이덴티티'를 구성하는 다양한 존재 조건과 입장에 대한 반성적 성찰이 담보되어야 하는 것이다.

'지역'이 논·문이라는 학술적·비평적 언어를 통해 고양되어 하나의 '로컬 아이덴티티'를 부여받게 되는 데는 여러 가지 배경이 있겠지만, 특히 학술·비평적 소통(생산적 대화)과 관계가 있다. 소통의 부재, 즉 생산적 대화(비평과 논쟁)의 실종과 지역학문공동체의 나르시시즘적 구조가 밀접한 관계가 있다고 보는 것은 이 때문이다. '논쟁'은 연구자의 신념과 연구 대상 사이의 결절 지점을 보여주는 중요한 사건이다. 그러나 지역에서 학문적 논쟁은 찾아보기 어렵다(또 비평의 날(刀)은 언제나 시인이나 소설가만을 향해 있다). 지역의 학문공동체에서 논쟁이 실종되었다는 사실을 어떻게 이해하여야 할까. 논쟁이라는 것은 논·문이라는 언술 방식만이 아니라, 다양한 발화 형식으로 이루어질 수 있다. 다만, 학문적 논쟁의 형식은 논·문이라는 학술·비평적 언어를 통해 주장의 논리성을 확보해나가는 것이 효과적일 수 있다. 지역에서 학술·비평적 논쟁이 실종되었다는 사실은 '로컬 아이덴티티'의 자기반성적 언어—논·문의 언어를 통한 논쟁—가 상실되었음을 의미한다. 다시 말해, 지역학문공동체에서 논쟁이 실종되었다는 것은 지역학 담론의 양적 팽창이 실질적인 자기 갱신의 언어를 잃어버리게 된 징후라는 것이다.

그러나 그것보다 더 중요한 점은 논쟁의 장이 형성된다고 하더라도 지역학문공동체의 구성원 대부분이 관찰자적 입장에서 침묵하고 있다는 점이다. 부산지역의 경우, 박태일과 고현철의 '짜깁기 연구' 논쟁이 대표적인 예이다. 제주작가회의에서 발표한 박태일의 「지역문학의 현실과 과제」라는 글에서 촉발된 이 논쟁은 〈국제신문〉의 지면을 통해 반론을 주고받은 지역학문공동체의 대표적인 학술 논쟁이라 할 만하다. 이 논쟁의 대부분은 '지역(학)'을 학문의 대상으로 삼는 연구자의 윤리적 태도에 입각해 있다. 다만, 이 논쟁이 박태일의 「짜깁기 연구와 학문적 자폐—고현철의 김대봉론」으로 어정쩡하게 마무리된 데는 지역학문공동체의 침묵과 방관이 일조하였음을 생각하지 않을 수 없다.

1. 〈짜깁기 연구와 학문적 자폐–고현철의 김대봉론〉을 올립니다. 고현철 교수의 〈박태일 교수에게 답하는 글〉에 대한 저의 답변입니다. 늦게 올려서 죄송합니다. 그간의 사정은 본문 각주 8)에 처리되어 있습니다. 고현철 교수의 답변도 천천히 기다리겠습니다./ 2. 이 '자유게시판' 자리에서는 각주 처리가 되지 않는 관계로, '자료실'에 각주 처리가 된 〈짜깁기 연구와 학문적 자폐–고현철의 김대봉론〉의 원문 파일을 올려두겠습니다. 원문 파일을 많이 이용해 주시기 바랍니다./ 3. 200자 원고지 600여 장 분량으로 원문이 다소 길어졌습니다. 양해바랍니다. 천천히 그러나 꼼꼼하게 읽어주셔서 지역 대학공동체의 발전과 지역문학 연구의 쇄신을 북돋워주시기 바랍니다.

2003. 8. 31 관심이 있을 독자들에게 박태일 드림[5]

위와 같이, 박태일과 고현철의 '짜깁기 연구' 논쟁은 신문 지면에서 지속될 수 없을 만큼 논의의 범위가 확대되었다. 그럼에도 불구하고, 논쟁의 결말은 박태일이 「짜깁기 연구와 학문적 자폐—고현철의

---

5 박태일, 「〈짜깁기 연구와 학문적 자폐-고현철의 김대봉론〉을 올리면서」, 부산대학교 국어국문학과 홈페이지(http://bkorea.pusan.ac.kr/) '자유게시판(나눔터)'을 참조할 것. 박태일은 홈페이지 '자유게시판(나눔터)'에 「고현철 교수의 공개 사과를 요구합니다」, 「고현철 교수 관련 해당 글들(기사/반론문/재반론문) 묶음」, 「고현철 교수 관련 문건 1-지역문학의 현실과 과제」, 「〈짜깁기 연구와 학문적 자폐-고현철의 김대봉론〉을 올리면서」, 「짜깁기와 학문적 자폐-고현철의 김대봉론 (1), (2), (3), (4)」 등의 글을 올렸다.

김대봉론」이라는 논·문—이 경우, 논문의 형식을 갖추고 있으나, 오히려 비평문에 가까운 글이기 때문에—을 '부산대학교 국어국문학과 홈페이지 자유게시판' (이하: 국문과 자게)에 올리면서 어정쩡하게 마무리되었다. 논쟁의 과정에서 '국문과 자게'는 뜨겁게 달구어졌으며, '학자의 양심과 글쓰기의 윤리'를 중심으로 여러 학생들이 글을 나누었다. 이 논쟁은 박태일과 고현철의 각자의 입장은 차치하고서라도 "지역 대학공동체의 발전과 지역문학 연구의 쇄신" 계기가 된 것만은 사실이다. 그러나 문제가 되는 것은 이 논쟁이 지역의 한 국립대학의 특수한 상황으로 치부되거나, 박태일과 고현철 등 논쟁 당사자만의 갈등과 이슈로 축소되었다는 점이다. 이와 같은 현상 인식에 대해서는 심각한 우려를 금할 길이 없다. '짜깁기 연구' 논쟁이 개별 집단의 지적 헤게모니 투쟁으로 투사되거나, 연구자 간의 사적 투쟁으로 환원될 수 있다는 사실, 이것은 고현철이 〈국제신문〉에 반박문을 수록할 때도, 박태일이 '국문과 자게'에 이와 같은 글을 올릴 때도 예상치 못했던 결말이 아닐까.

나는 이와 같은 상황을 연출한 책임이 어느 정도 논쟁 당사자들에게 있다고 판단한다. 각자의 입장에 대한 정합성은 제쳐두고서라도 고현철이 '저널' 한 방식으로 (재)반박문을 제출한 것, 그리고 박태일이 부산대학교 국어국문학과 게시판에 글을 게시하면서 (재)반박의 입장을 표명한 것은 적합한 방법이 아니었다. '짜깁기 연구' 논쟁의 발단이 된 박태일의 글 「지역문학의 현실과 과제」에 대한 고현철의 반박문이 '저널' 한 방식으로 제출된 것은 논쟁의 생산성을 담보하기 어려운 한계, 즉 '학자의 양심과 글쓰기의 윤리'라는 주제를 감당할 수 없는 특징—〈국제신문〉에서 「'짜깁기 연구' 정면 비판 파문 예고」

라는 선정적인 글로 이미 보도가 되었으므로—을 처음부터 내장하고 있었기 때문이다. 아쉽지만, 고현철의 반론은 개별 논(論)·문(文)의 형식이나 후속 연구를 통해 이루어지는 것이 좋지 않았을까. 저널의 통속성과 지면의 한계를 고려하였다면 말이다. 또, 박태일이 '국문과 자게'에 글을 올림으로써—독자 투고란과 '국문과 자게'에 글을 올릴 수밖에 없는 이유를 설명하고 있지만—, 자칫 이 문제가 당사자 간의 문제나 특수한 집단의 이해관계 문제로 비춰질 수 있는 오해 소지를 남겼다는 사실 역시 아쉬운 일이다. 「짜깁기 연구와 학문적 자폐」라는 글은 국립 부산대학교 국어국문학과('국문과 자게')와는 무관한 방식, 철저하게 '탈–연루적'인 방식으로 발표되었어야 하지 않을까. 그래야 '부산대학교'라는 끈질긴 사적·집단적 연루 고리에서 박태일 스스로 놓여날 수 있지 않았을까. 물론, 박태일이 「짜깁기 연구와 학문적 자폐」를 저서 『한국 지역문학의 논리』에 수록하면서, 이 논쟁을 추문에서 구출한 것을 인정하면서도 말이다.

무엇보다 중요한 점은 '국문과 자게'에서 활발하게 의견 교환이 이루어진 것에 비해, 지역학문공동체의 반응은 차갑도록 조용했다는 것이다. 지역문학을 공부하고 있던 연구자만이 아니라, 지역의 문학 평론가들 역시 침묵으로 일관하였다. '미래파 논쟁'과 같은 한국문학의 거대 담론에는 적극적인 입장들을 제출했던 그들의 태도를 생각한다면 납득이 가지 않을 정도이다. 그 이유는 사실 간단하다. 앞에서도 언급한 것처럼, 이 논쟁이 당사자 간의 갈등이나 부산대학교 국어국문학과라는 특정 집단의 문제로 축소되었기 때문이다.

논쟁에 참여한다는 것은 통속 저널의 흥미 요소를 창출하는 데 일조하는 것과는 다르다. 이 논쟁의 목적은 마이너리티 담론으로서의

'지역(학)'을 소비하는 데 그치는 것이 아니라, 생산적인 논쟁을 통해 '로컬 아이덴티티'의 역능을 창안하는 데 있기 때문이다. 논쟁의 주체는 박태일과 고현철 두 명이 아니라, '우리' 모두라는 사실을 모르지 않았을 것이지만 지역학문공동체는 '침묵의 침전(沈澱)'을 선택하였다. '말한다는 것'과 '침묵한다는 것'은 양자 어느 쪽이 더 윤리적이고 비-윤리적인 태도냐의 문제가 아니다. 때로는 '침묵'이야말로 '폭력의 순간'을 견디는 방식, 즉 증언의 불가능성을 초과하여 역사적 진실에 다가갈 수 있는 윤리적 태도일 수 있다. 다만, 이와 같은 입장이 문제시되는 것은, 이 '침묵'이 사적 관계를 망치고 싶지 않다는 인간적 나약함, 혹은 '남의 문제'에 개입해서 피해보고 싶지 않다는 개인주의적 사고에 근거해 있기 때문이다. 속되게 말해서, 한 다리 건너면 아는 사람인 지역에서 첨예한 논쟁에 개입하는 것은 쉽지 않다는 것. 그러나 학술 논쟁의 장에서는 '나의 주장만이 옳다'는 신념보다 더 위험한 것이 사적 관계망 속에 연루되어 있는 '침묵의 공모(共謀)'가 아니겠는가. '침묵'을 강요하는 논리에 투항한 글쓰기, 이 소모적인 글쓰기가 지속되는 까닭은 지역을 하나의 대항결사체로 이해하거나, 지역을 하나의 지적 상품으로 소비하는 '지역학문공동체'의 무감각한 태도 때문이 아닐까. '침묵'에 대해 말하는 것은 손쉽게 지역학문공동체의 윤리를 이야기하기 위한 것이 아니다. 학문의 '윤리'는 실천을 통해 가시화될 수 있는 것이지, 말로 소비되는 것이 아니기 때문이다. 시, 소설, 비평을 쓰면서 손쉽게 윤리를 이야기하기보다는, 바로 이 현장에 개입하여 목소리를 내고 입장을 켜켜이 쌓는 것이야말로 윤리적 태도이지 않을까. '우리'는 '우리 외부의 우리'만을 겨냥함으로써, 지역에 대한 '침묵의 공모'를 무화시키는 데 전력을 다하고 있었던 것은 아니었을까.

　하나의 보유: 물론, '저널'한 방식으로 이루어지는 논쟁이 모두 부정적 결과를 양산한다는 뜻은 아니다. 예를 들어, 구모룡은 박태일의 서평「세상을 녹이는 납물의 언어」(『현대시』, 2003년 3월호)에 대한 반론, 정확히 말해서는 허만하 시를 둘러싼 해석의 입장 차이를 「허만하 시에 대한 오해: 박태일의 평문을 읽고」(〈국제신문〉, 2003. 2. 26)라는 글을 통해 제기하였다. 이에 대한 논박이 여러 차례 있었으며, 이 과정에서 "논쟁을 관전하는 독자들에게는 재미없는 논쟁장으로 비칠 선으로까지 나아갔"으므로, "독자들의 관심이 집중되는 생산적인 논쟁을 위해"서 "지금이라도 허만하 시인의 특정 시를 대상으로 그의 언어가 왜 납물의 언어인지 몸의 언어인지를 따지는 본격적인 논쟁을 시작해야 한다"는 남송우(「생산적인 논쟁을 위하여」, 〈국제신문〉, 2003. 4. 9)의 개입이 있었다. 이후, 구모룡의 「맑고 투명한 물의 시」(〈국제신문〉, 2003. 4. 23)와 박태일의 「논점을 회피하지 말았으면」(〈국제신문〉, 2003. 5. 15)이 각각 게재가 되었고 '허만하 시'의 해석적 차이를 둘러싼 논쟁은 일단락되었다. 중재적 성격을 지닌 남송우의 개입은 논쟁의 핵심에서는 비껴서 있다. 아쉽게도 논쟁의 첨예한 자리에서는 한 걸음 물러선 방식이었지만, 허만하 시를 읽는 해석의 결, 그 다양한 입장을 매개하는 역할을 하였다는 점만은 부정할 수 없겠다. 구모룡의 마지막 글에서 "허만하의 시를 통하여 한 시인의 맑고 투명한 지각의 세계와 만"날 수 있는 가능성과 다양성을 확인할 수 있었으며, 박태일의 마지막 글에서 "내 서평은 시인의 방법론에 따라서, 시인에게 실제적인 도움이 되도록 쓴 글"이며, "장차 시인의 손으로 크게 손질된 세 번째 시집을 싣고 있는 『허만하 전집』을 기대한다"는 생산적 맥락을 이해할 수 있

다. 각각의 입장이야 어찌되었던 이 논쟁은 허만하 시의 해석적 지평
을 확장하는 데 일조하였음이 분명하다. 한 시인의 작품을 둘러싼 해
석적 차이, 이 해석학적 간극이 손쉽게 화해할 수 있는 입장 차이가 아
님을 확인할 수 있었다는 점에서 이 논쟁은 의미 있는 사건으로 기억
될 수 있겠다. 비평적 논쟁이란 이 간극의 거리를 좁히고자 하는 것이
아니라, 이 화해할 수 없는 간극의 '불화'를 견디며 그 의미를 발견하
는 과정이 아니겠는가.

4. 비판의 부재와 이중적 잣대

이 장에서, 황국명의 「부산지역 문예지의 지형학적 연구–문학운동
론적 관점에서」(이하 「부산지역」)[6]라는 논문을 대하는 지역학문공동
체의 입장과 태도를 통해 '침묵의 침전'이라는 논리를 더 밀고 나가
고자 한다. 황국명의 「부산지역」이라는 논(論)·문(文)은 부산지역에
서 생산된 '문예지'를 '문화 형식'의 일종으로 이해하고, 통시적 관
점에서 문화 생산의 의미와 그 전략을 고찰한 것이다. 지역문학 연구
에서 매체가 차지하고 있는 중요성을 생각한다면, 그가 말한 것처럼
"지역문예지는 지역문학연구의 주요 관심사가 아닐 수 없다."(2쪽) 특
히, 이 글은 1950년대부터 1990년대까지 통사적인 흐름에서 부산지역
문예지의 "태동과 성장"의 과정을 이해하고자 하였다. 토대 연구의

---

6 황국명, 「부산지역 문예지의 지형학적 연구-문학운동론적 관점에서」, 『한국문학논총』 제
   37집, 한국문학논총, 2004. 이하 본문에서 인용할 때는 쪽수만 표기함.

성격을 지닌 이 글에서 가장 중요한 것은 무엇보다 지역 문학 장의 구체적 실체를 보여주는 문학매체—황국명의 논·문에서는 동인지, 기관지, 무크지, 전문지 등을 포괄하고 있는 '문예지'라는 용어로 지칭되는—의 발굴과 실증적 검토 작업이다. 이것은 단순한 기억의 재현과 보존이 아니라, 지역 문학 장을 구성하고 있던 문학사적 '사실(fact)'과 조우하는 길이자, 지역 문학사를 넘어 한국 문학사의 전체 궤를 조망할 수 있는 방법론적 참신함을 보여주는 것이라 하겠다.

그러나 황국명의 「부산지역」을 꼼꼼하게 읽어보면, 연구 주제의 참신함에 비해 그 결과가 성근 부분이 있다는 사실을 확인할 수 있다. 이를테면, 이 논·문 전체의 질적 가치를 담보할 수 있는 중요한 부분의 결락 말이다. 이 글은 크게 두 부분으로 구성되어 있다. 50년대부터 90년대까지 부산지역 문예지의 특징을 압축적으로 개관하고 있는 'Ⅱ. 부산지역 문예지의 태동과 성장'이 한 부분이라면, 부산지역 문예지가 배치된 지정학적 위치와 문학운동사적 맥락을 분석한 'Ⅲ. 부산지역 문예지의 지리적 상상력과 문화전략'이 두 번째 부분이다. 짐작할 수 있는 것처럼 후자의 분석틀을 제공하는 기초 조사가 전자에서 이루어져야 하며, 실제 이 논문에서도 Ⅱ장에 많은 지면을 할애하고 있다. 그러나 예상 밖으로 Ⅱ장의 자료 조사가 헐겁다는 느낌을 지울 수가 없다.

동인지, 기관지, 무크지, 전문지 등을 모두 본고의 대상으로 삼는다. 그러나 50년대 이후 현재에까지 부산지역 문예지는 적지 않기 때문에, 개개 문예지의 내용물을 자세하게 검토하는 일은 앞으로 뒤따라야 할 과제이다. 이하의 문예지 리스트는 선행 연구와 필자가 만든 설문지를 통해 보완된 것이다. 선행 연구로 박정상, 「부산경남의 신문잡지 출판고－1945.8.15에서 1950.6.25까지」, 『전망』 1집, 1984, 「동란기 부산경남 지방의 신문잡지 출판고」, 『전망』 2집, 1985, 김중하, 「해방공간의 부산문학」, 『부산시사』 4권, 1991, 남송우, 「부산 출판문화의 현황과 과제」, 『지역시대의 문화논리』 211-229쪽, 부산문인협회 편, 『부산문학사』, 1997에서 크게 도움을 얻었다. 응답지와 함께 자료를 챙겨주신 분들을 밝혀 감사의 뜻을 보이고자 한다.[7]

그것은 위에서 확인할 수 있는 것처럼, 부산지역 문예지의 "현황과 특성을 문학운동론적 관점에서 규명하"(4쪽)기 위해 중요한 준거지표가 되는 1차 자료 리스트의 정확성과 의미 맥락에 모호한 점이 많기 때문이다. 예를 들자면, 1950년대 부산지역의 대표적인 시문학 동인인 '시문 동인'의 『詩門』(1955)을 '5,60년대 문예지'의 목록에서 누락하고 있다는 사실이다. '시문 동인'은 김태홍, 손동인, 안장현이 결성한 부산지역의 시문학 동인으로, 시인 안장현이 부산지역에서 순문예지 『한글문예』를 창간하고 발행하는 내적 동력으로 작동하였다. 안장현의 『한글문예』가 '서울'과 '부산', '부산'과 '경남'의 문단 사회를 매개하는 중요한 역할을 하였다는 점—특히, 진주지역의 문학매체 『영문』과 설창수로 표상되는 부산·경남 문단의 상호교류를 가능하게 하였다는 점—을 고려할 때, '시문 동인'의 누락은 부산·경남지역의 문학운동사 기술의 방향을 설정하는 데 있어 심각한 문제를 내

---

7 황국명, 앞의 글, 4쪽.

장하고 있는 것이라 하겠다.

황국명은 "해방 직후의 부산 지역 문예지는 부산문학의 독자적인 전개를 위한 중요한 잠재력이었고, 보다 역동적인 모습으로 드러나게 되는 것은 50년대 이후로 보인다"(5쪽)고 하면서, 부산 지역 문예지의 발생론적 시기를 '1950~60년대'로 보고 있는데, 이 부분은 최근의 연구 성과에 의하면 다시 검토되어야 할 부분

이 되었다. '1950~60년대 문예지'의 성격과 문학사적 의미를 이해하기 위해서는 한국전쟁기 부산지역 피난 문단의 형성 과정을 이해하는 것이 첫 번째이며, 해방공간과 1950년대 부산지역 문학 매체를 이해하는 단서가 '부산·경남 문학'이라는 포괄적 시선 속에서 이해 가능한 것임을 문학 매체를 통해 확인하는 작업이 필요했다.[8] 황국명도

---

8 이순욱의 여러 실증적 논문에서 부산지역 문학 현장의 실체를 확인할 수 있다. 그러나 이(들) 글에서도 황국명의 논문에 대한 비판과 해석은 발견할 수가 없다. 이순욱이 해방공간과 1950년대를 탐색하는 자리에서 제기한 문제 인식이 선행 연구의 입장(자료 조사 결과 및 50년대 부산지역 문학사의 시각 등)과 맞세워져 있음에도 불구하고—특히, "피난문단의 한시성"으로 인해 "지역문학적 성과를 과소평가하는 측면"을 비판적으로 사유하는 부분이 그러하다.(이순욱, 「한국전쟁기 부산지역 시문학 연구」, 257~282쪽)—, 이(들) 논문에서는 황국명 논문의 서지 오류를 직접적으로 언급하지 않거나—「한국전쟁기 부산 지역문학과 동인지」에서 동인지 『瑞枝』의 오류를 바로 잡는 부분—, 문헌의 사실적 맥락만을 기계적으로 인용하는 데 그치고 있다. 어느 쪽이든 이순욱의 논문에서도 선행 연구에 대한 비판적 입장, 그 갈등 지점이 '침묵'으로 해소되고 있는 것만은 사실인 셈이다.(이순욱, 「광복기 부산 지역 문학사회의 형성과 창작 기반」, 『석당논총』 제50집, 동아대 석당학술원, 2011;

"해방기에 부산과 경남의 문단 분화가 뚜렷하지 않았다고 본다면, 해당 시기에 매체 투쟁을 펼쳤던 경남지역 문예지를 포함하여 부산경남 문예지를 통합적으로 정리하고 평가하기 위한 학계의 공동연구가 요망된다"(5쪽)고 하여 그 필요성을 밝혀놓았으나, "5-60년대의 부산의 문학 현실은 소수의 헌신적인 문인들에 의해 가까스로 유지된 듯하다"(5쪽)라고 언급한 황국명의 추측에서 확인할 수 있는 것처럼, 이에 대한 정밀한 자료 조사와 고증은 이루어지지 못했다. 부산지역 문학 장이 형성되던 시기(1950년대)의 매체 목록이 대부분 2차 문헌에 의존하고 있거나, 구술조사에 바탕하고 있다는 점—지역문학의 구술조사가 필수적이다. 구술 주체 하나하나가 지역문학 현장의 실체를 증언하고 있기 때문이다. 그러나 구술조사는 현장 방문과 인터뷰, 그리고 그 타당성과 신뢰성 여부를 확인하기 위한 꼼꼼한 작업이 병행되어야 한다—도 문제적이지만, 그나마 2차 문헌에 의해 정리한 〈도표〉의 내용 중에서 누락되거나 정확하지 않은 부분이 많다는 사실은 보완되어야 할 부분이다. 황국명도 언급하고 있는 것처럼, 이것은 연구자 개인이 감당하기에는 여러 가지 어려움이 많다. "50년대 이후 현재에까지 부산지역 문예지는 적지 않기 때문에, 개개 문예지의 내용물을 자세하게 검토하는 일은 앞으로 뒤따라야 할 과제"(4쪽)이므로, 부산지역 문예지의 '태동'과 '성장'의 역사를 보다 섬세하게 이해하기 위해서는 "부산경남 문예지를 통합적으로 정리하고 평가하기 위한 학계의 공동 연구"(4쪽)가 절실하다.

이순욱, 「한국전쟁기 부산 지역문학과 동인지」, 『영주어문』 제19집, 영주어문학회, 2010; 이순욱, 「한국전쟁기 문단재편과 피난문단」, 『동남어문논집』 제24집, 동남어문학회, 2007 등 참조)

하나의 사례: 김대성은 「제도 혹은 정상화와 지역문학의 역학–'피 난 문단' 과 '무크지 시대' 의 상관성을 중심으로」라는 논문에서 1980 년대 부산 "지역문학의 역량이 분출할 수 있는 내적인 기반"이 1950 년대 후반 지역문단에서 이미 형성되었다는 황국명의 논리와 문헌 조 사 결과를 전폭적으로 수용하고 있다.[9] 몇 차례의 "재인용" 각주에서 도 확인할 수 있는 것처럼, 연구자 스스로도 1차 문헌을 '검토하지 못 하였음' / '검토하기 어려웠음' 을 고백하고 있기도 하다. 1950년대 '피 난 문단' 과 1980년대 '무크지 시대' 를 맞세우는 '정상화' 의 논리는 한편으로 흥미롭지만, 그것이 '중앙 문단' 이라는 대타적 관계망 속에 서 '지역문학' 을 이해하고자 하는 선행 연구에서 한 걸음 더 나아간 것인가 하는 점은 여전히 의문이다. 1차 텍스트에 대한 조사와 확인이 중요한 까닭은 단순히 부산지역 문학의 실체(fact)를 확인하는 원전비 평의 문제를 넘어서, '중앙 문단' 과의 관계망 속에서 '부산 문학' 을 이해하고자 하는 기존의 연구 성과를 극복할 수 있는 실마리가 될 수 있음을 기억해야 하겠다.

그러나 부산지역 문학 현장의 목소리를 경험적으로 대면하기 어렵 다는 사실, 혹은 연구 대상의 곤혹스러움과 한계점을 확인하는 것보 다 더 중요한 것은 「부산지역」에 대한 평가의 부재와 지역학문공동체 의 침묵에 있다. 이 논문이 발표된 지 6~7년이 지났지만—선행 연구에 대한 기계적 인용을 제외한다면—, 이에 대한 해석과 평가는 전무한

---

9 이 글에서 부산지역 문학의 사회·역사적 '현상' 이라고 말할 수 있는 맥락은 많은 부분 김 중하·황국명·이순욱의 글에 기대고 있다.(김대성, 「제도 혹은 정상화와 지역문학의 역 학-'피난 문단' 과 '무크지 시대' 의 상관성을 중심으로」, 『현대문학의 연구』 43호, 한국문 학연구학회, 2011, 46~47쪽)

상태이다. 지역문학을 연구 대상으로 삼는 일부 논문에서 선행 연구의 형식으로 일부 언급되거나, 아예 비슷한 연구 주제에서도 배제가되었다. 선행 논문에 대한 섬세한 검토는 '지역학문공동체'가 공동 작업을 수행하고 있다는 최소한의 믿음을 공유하는 실천적 방법이다. 비슷한 연구 주제를 취하는 논·문들이 「부산지역」을 검토와 비판의 대상에서 제외하거나 소박하게 언급하는 차원—이른바, 각주에서 제목만을 확인할 수 있는 선행 검토문—에 그친다는 사실은 지역학문공동체의 '침묵의 중량'이 가볍지 않음을 보여주는 징후가 아닐까. 우리는 모두 이와 같은 '침묵'의 연루 구조에 동조하고 있음을 기억해야 하지 않을까. '침묵'은 단순하게 말하지 않는 것이 아니라, '입장'의 포기와 유보를 통해 자기 스스로 '개입'을 포기하는 것이다. 어렵게 말하지 않더라도 '윤리'라는 것은 스스로 정의를 선언하는 데 그치는 것이 아니라, 자신의 '입장'을 개진하는 실천적 이성임을 안다. '입장'의 표명이란, 갈등과 저항의 은폐에 맞서는 '결단'이자 정치적 목소리의 발현이기 때문에. 이 '침묵'은 불화의 공동체로서의 '지역'의 존재 조건을 스스로 부정하는 데 바쳐질 수 있다.

　　지역학문공동체의 관찰자적 시선이 전도되어 나타나는 장소, 즉 지역의 문단 구조에서 이러한 점을 찾아볼 수 있다. 지역문단에서는 지역학문공동체의 관찰자적 입장, 그 엄정성과 객관성이 손쉽게 비평이라는 이름의 주관성으로 둔갑한다. 지역에서 활동하고 있는 문학평론가들의 고백/고뇌—"문단에 얼굴을 내민 지도 십 년이 다 되어 간다. '문학평론가'란 그럴싸한 명함으로 글쟁이들 틈바구니에서 여러 해를 지내는 동안, 나는 얼마나 떳떳했는가 물어보고 싶어진다. 물론 내가 쓴 평론들을 두고 하는 말이다. 작품이 그리 썩 좋지 않아도 청탁자의 낯을 봐서 속에도 없는 말을 내뱉기도 했고, 정말 주옥 같은 작품을 찾아내고는 만만치 않은 분량의 글을 신나게 써댔던 적도 있다"[10] — 중 일부는 이를 짐작하게 한다.

지역시인들의 작품에 대해 객관적 거리를 두지 못한 필자의 태도에 대해서만큼은 솔직히 시인할 수밖에 없다. 결국 필자는 비평의 엄정함과 객관성을 누구보다도 강조하면서도 정작 지역문학에 대해서만은 관대한 이중적 태도를 보였던 것이 사실이기 때문이다. 지역작가와 비평가들이 맺고 있는 주례사 비평의 인연은 상당히 깊은 것으로 보여진다. 이는 학연과 지연에 얽힌 우리 사회의 인적 구조 때문이기도 하지만, 지역시인들에 대한 평가가 본격적인 비평의 대상이 되지 못하고 대부분 서평이나 시집해설에 머무르고 있는 점이 더 큰 요인으로 작용하는 듯하다. (중략) 결국 이러한 외적 환경이 암묵적으로 비평가를 억압하는 상황에서 자의식을 갖춘 비평을 한다는 것은 결코 말처럼 쉬운 일이 아니다.[11]

지역 문단에서, 혹은 지역의 문학 텍스트를 대상으로 이루어지는 문학비평이 '관대한 태도'와 '이중적 잣대'에서 자유롭기 어렵다는 것. 이 어려움에 대해서는 인간적인 동의를 표하지만, 이 역시 사적 관계망 속에서 지역(학)을 인식하고 있는 한계를 벗어나지 못하고 있다는 점에서는 '침묵의 공모'와 다르지 않다는 판단이다. "비평의 엄정

---

10 정훈, 「죽은 평론가의 사회」, 〈부산일보〉, 2010. 9. 17.
11 하상일, 「문학비평의 본질과 시와 비평의 상호소통」, 『주변인의 삶과 시』, 세종출판사, 2005, 17쪽.

함과 객관성을 누구보다도 강조하면서도 정작 지역문학에 대해서만은 관대한 이중적 태도를 보였던 것이 사실"이라는 고백과 고뇌가 진솔한 것만은 분명하다. 그러나 이와 같은 사태가 "외적 환경이 암묵적으로 비평가를 억압하는 상황" 때문이라는 특수성의 논리는 '이중 잣대'에 대한 자기 방어 기제에 불과하지 않을까. 이른바, '타락한 중심을 향한 반역'이 주변부의 문학적 주체들을 호명하는 데 만족하거나 재배치시키는 데 머무르지 않았는지 심각하게 되돌아보아야 하는 것은 이 때문이다. 내부 식민지론을 이야기하는 것이 아니라, '침묵의 공모'를 가능하게 하는 학문적 엄정성과 객관성이 손쉽게 지역의 문학 텍스트에 대한 비평적 인정(人情)으로 전도될 수밖에 없는 이율배반적 상황에 대한 '견딤'의 방식을 이야기하는 것이다. 침묵해야 할 때와 발언해야 할 때를 구분할 수 있는 능력, 아니 의지와 신념을 다시 재장전하는 것. 이것이 지역, 더 넓은 의미에서 '로컬'을 '불화의 장소(local trouble)'로 사유하는 하나의 방법이 되지 않겠는가.

5. 불화의 장소: 다시 지역에 서다

다시, 불온한 글쓰기의 출발점으로 되돌아왔다. 우리가 타도의 대상으로 삼아야 할 것은 '중앙'이 아니라, '중앙'이라는 대타적 관념이다. '타락한 중심'을 비판하면서 '주변부'의 정체성을 스스로 내면화하는 소박함, 혹은 그것에 초연한 척하면서 동시에 갈급해하는 마음이며, 또 모든 갈등의 원인과 책임을 '중앙'이라는 지배적 추상으로 전가하고자 하는 태도이다. 그렇다면 사수되어야 하는 것은 '주변

(성)'과 그 신화가 만든 허상이 아니라, 주변성을 감각하고 항시 되돌아보아야 하는 비평적 입장이 아닐까.

지금 이 순간에도 느낄 수 있는 것처럼, 지역은 사적 관계와 공적 관계가 복잡하게 뒤섞여 있는 특수성의 자리로 환기된다. 특수성은 정치적 상황과 입장의 전도를 의미하며, 따라서 특수성의 논리를 주장하는 것은 정치적 결정을 동반할 수밖에 없다. '결정'은 '결단'을 필요로 하며, 침묵의 카르텔에 균열을 주거나 혹은 역설적이게도 그 반대가 될 수도 있다. 침묵의 역사가 증언의 (불)가능성을 의미한다는 사실을 모르지 않기에, 침묵 역시 하나의 입장일 수 있음을 이해한다. 문제는 '침묵/비−침묵'의 문제가 아니라, 침묵의 입장과 지속적으로 대화하면서, 우리는 각자의 침묵을 다시 사유하는 '탈−연루'와 '탈−공모'의 기회로 삼아야 한다는 것이다. 지역(학) 연구야말로 '탈−연루', '탈−공모' 하지 않는다면 그 연구 방향의 진정성이 상실될 수 있으며, 언제든지 '지역'이라는 키워드를 자본(관제 용역)의 소비 상품으로 화할 수 있기 때문이다.

나는 이 글에서 학문제도와 문학권력의 문제를 말하고자 한 것이 아니다. 학문적 논쟁이 실종되고 풍문과 추문이 횡행하는 지역학문공동체, 이 불화로 가득한 장소를 정면으로 마주하는 것만이 '지역'이라는 곤혹스러움을 돌파할 수 있는 유일한 가능성임을 말하고 싶었을 뿐이다. 이와 같은 냉소야말로 오랜 세월을 묵묵하게, 그리고 오롯이 지역문학 연구에 바쳐온 성실한 연구자(들)과 비평가(들)에게 줄 수 있는 애정 어린 선물이 아니겠는가.

고은미　〈영화사〉를 보았다. 턱없이 부족하지만, 고다르와 들뢰즈의 영화–이미지에 대해 주석하고 비평해야만 한다는 어떤 당위를 느꼈다. 1982년 부산에서 태어났고, 시간강사 일을 하고 있다.

김필남　경북 안동에서 태어났지만 성장한 곳은 부산이다. 지금은 문학과 문화의 연계지점을 찾으려 애쓰는 중이다. 이보다 더 시급한 문제는 나의 신체를 '공부하는 기계'로 만들어야 한다는 것이다. 하지만 공부하는 몸으로 가는 이 과정은 고통스럽기만 하다. 그럼에도 나는 지속적으로 고통과 절망의 감정을 오가며 읽고 생각하는 '공부'를 할 것이다.

박정민　부산에서 나고 자랐다. 좀처럼 채워지지 않는 백지에 대한 두려움이 지지부진한 글쓰기의 동력이다. 더딘 걸음으로 자책과 자학의 굴레를 벗어나게 하는 공부와 글쓰기를 모색하고 있다.

오선영　갓 서른을 넘긴 학생. 환상, 상상을 넘어서는 현실의 사건을 마주할 때마다 때론 분노하고 때론 좌절한다. 이 세계에서 '서사'가 살아남기 위해서는 현실과 서사 중 어느 것이 먼저 변해야 되는가를 고민하고 있다.

조춘희　1980년 겨울, 통영 사량도에서 태어났다. 창원대와 부산대 국어국문학과에 큰 빚을 졌으나 여전히 박사논문은 지지부진한 상태이다. 실존보다는 생존에 급급한 비정규직으로 대학에서 강의를 하고 있다.

손남훈　2차 희망버스 집회에서 송경동의 확신에 찬 목소리를 들은 적이 있다. 그의 목소리는 폭우가 쏟아진 부산역 광장에 뱀의 혓바닥 같은 불길이 되어, 분수대의 높이 솟은 비열한 물줄기를 내리치고 있었다. 물과 불의 병치 은유적 환상. 희미했던 글쓰기와 행동의 조우 가능성을 다시금 떠올린 건 그때부터였을 것이다. 나는 부산의 작가에게서 그 현재형의 목소리를 듣고자 했다.

장수희　내 삶을 구성해온 것들이 과연 무엇인가를 계속 직면하게 되는 즈음의 인간. '너무 싫다' 와 '너무 좋다' 의 사이를 오가면서 살아온 것 같다. 내 이야기는 어떻게 꾸릴까를 심사숙고 중.

이희원　언어는 영혼을 드러낼 수 있는 중요한 방편이면서 동시에 영혼을 구속하는 포박이기도 하다. 문학은 이 언어의 양날 위에서 위태롭게 흔들린다. 그렇기에 문학은 언어의 재현 불/가능성의 한계에 도전한다. 나는 이러한 문학을 이야기할 수 있는 비평 불/가능성을 모색하고 있다.

김수현　현재 경성대학교 대학원 문화기획·행정·이론학과 박사과정에 재학 중이며 문화이론을 전공하고 있다. 2010년 부산일보 신춘문예 영화평론에 당선되었다. 현실에 개입할 수 있는 글을 쓰고 싶다. 유쾌한 사람이 되고 싶지만 그 원대한 꿈을 지상에서 이루기는 쉽지 않을 것 같다.

박형준　경남 밀양에서 태어나서 부산에서 성장했다. '문학' 이라는 물신적 대상을 존속시키고 있는 제도적 장치를 탐구하는 문헌 작업에 몰두하고 있으며, '지역', 혹은 '지역 문단' 이라는 상상의 공동체를 점멸시키고 있는 '유대' 의 정치회로를 분쇄하기 위해 분투 중이다.

비평의 윤리, 윤리의 비평 해석과 판단·5

초판 1쇄 펴낸날 2011년 12월 30일

지은이 〈해석과 판단〉 비평공동체
펴낸이 강수걸
펴낸곳 산지니
등록 2005년 2월 7일 제14-49호
주소 부산광역시 연제구 거제1동 1493-2 효정빌딩 601호
전화 051-504-7070 | 팩스 051-507-7543
sanzini@sanzinibook.com
www.sanzinibook.com

ISBN 978-89-6545-168-6 93810

* 책값은 뒤표지에 있습니다.
* 본 도서는 2011년 부산문화재단 지역문화예술육성지원사업의
일부지원으로 제작되었습니다.